陇原当代
文学典藏
散文卷

走笔山河

王若冰 著

读者出版传媒股份有限公司
敦煌文艺出版社

图书在版编目（CIP）数据

走笔山河 / 王若冰著. -- 兰州：敦煌文艺出版社，2017.2
（陇原当代文学典藏. 散文卷）
ISBN 978-7-5468-0997-7

Ⅰ. ①走… Ⅱ. ①王… Ⅲ. ①散文集－中国－当代 Ⅳ. ①I267

中国版本图书馆CIP数据核字（2016）第325300号

走笔山河
陇原当代文学典藏·散文卷
王若冰　著

出　版　人：马建东
责任编辑：漆晓勤　杜鹏鹏
封面设计：马吉庆

敦煌文艺出版社出版、发行
地址：（730030）兰州市城关区读者大道568号
邮箱：dunhuangwenyi1958@163.com
0931-8773233（编辑部）
0931-8773112　8773235（发行部）

深圳市精一瑞兰印刷有限公司印刷
开本 880毫米×1230毫米　1/32　印张 9.75　插页 6　字数 270千
2018年10月第 1 版　2018年10月第1次印刷
印数：1～2 000

ISBN 978-7-5468-0997-7
定价：68.00元

如发现印装质量问题，影响阅读，请与出版社联系调换。

本书所有内容经作者同意授权，并许可使用。
未经同意，不得以任何形式复制。

陇原当代
文学典藏

第一辑

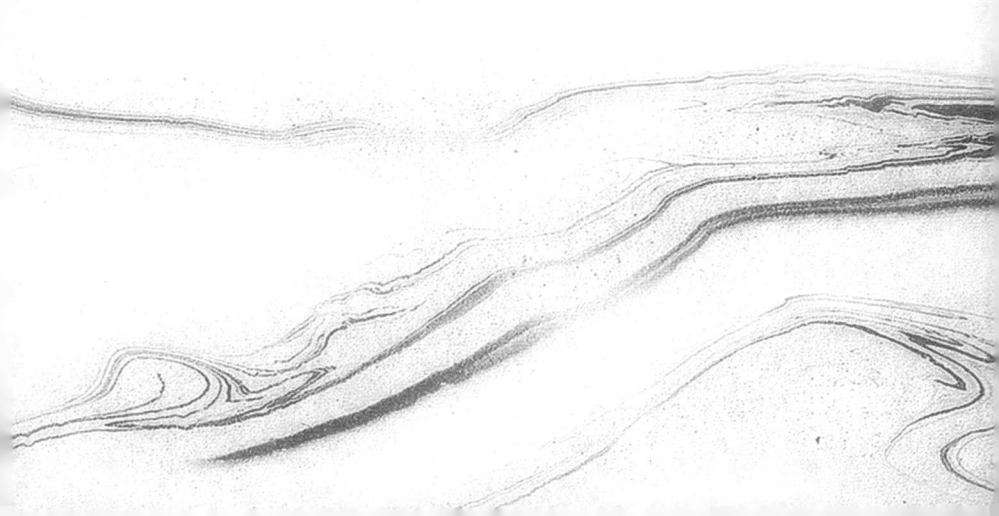

山

无雪的冬天

今年的冬天，无风、无雪，也无寒。

立冬前后，一场匆匆的雨雪飘过，中国北方的天空便是一日接一日的蔚蓝、晴朗和干燥。路旁落光叶子的树木然呆立，从晨到昏都保持着那种僵直、绝望的姿态。山川绵延在浮尘飘荡的雾霭里，面目全非。没有寒流南下的警报，更看不到白雪皑皑、冰天雪地的景观。一天比一天温暖的太阳无聊地迈着悠闲、懒洋洋的步子，从城市和村镇上空狭窄、空虚、灰雾蒙蒙的天空飘来飘去，使这个冬天显得干渴、怪异、荒诞。

春华秋实，冬雪夏雨。自然万象，万变不离其宗。多少年来，我已习惯于凭借灵魂的感应，从四季轮回的物象中寻找不同季节应该持有的生活方式。然而，面对今年这个温暖如春、无冰也无寒的冬天，我变得惶恐不安起来了。

没有呼啸的寒风，没有雪花飞舞的冬天还是冬天吗？阴阳变换，寒暑交易，最本质的意义其实在于为每一种生命体和生物体提供了一种或枯或荣、或生或灭的可能。大自然依照它固有的节律安排了人间万象的秩序，该诞生的如期到来，该消亡的准时退场，这才是生命的自然形态。否则，活着的不肯死去，只是无休无止地生长，死了的又不再新生，这世界将会是怎样的一种情形呢？就像今年这个似是而非、暧昧迷离的冬天，如果整个世界一下子变得四季如春，无疾风骤雨的苦夏、无肃杀凋零的悲秋，人类终日都沐浴在明丽的阳光下，偌大的地球鲜花常开不败，春天永驻不去，我们既无缘承受生命浮沉起落的震颤，也不曾体验天地间生死有序的悲喜，这人生还会不会如此多彩绮丽？我们还会不会拥有敏锐的思想，以及与艰辛、苦难、不幸抗争的力量呢？

今年这个干燥、无味的冬天，注定要给活在阳光照耀的北方大地上的每个人心中留下遗憾和空白。

还是在去年冬天最后一场积雪融化之际，我就伫立在故乡山坡残存的雪地上，翘首期待今年冬天能有一场比我记忆中任何一场雪都要壮观纷涌的漫天大雪猝然降临。我渴望在另一场空前绝后的白雪里重新体验和经历，唤醒我三十多年来丧失殆尽的激情与活力。我甚至在骄阳如火的六月，就为今年冬天必须践约的一次于惊天动地的暴风雪中开始的孤身远行惊悚并兴奋着，为这次终将到来的雪地独行写下这样的诗句："雪落到山林里/那是多么动人的情景/一只又一只鸟/驮着雪花/在雪窝里安睡/比雪更宁静的/是雪/在不露任何表情的河面/雪把所有的痛楚/都讲完了。"

然而，今年的冬天，却没有雪。

我两手空空，站在干涸的河沿上，远山干瘦的树木绝望地指向天空，飘浮的浮尘笼罩着模糊的村落，一只麻雀飞过河滩，挥翅无声。烦躁与焦渴令我喘息艰难。然而，所有走过这个虚情假意的冬天的人们，却沉醉在温暖的阳光里，表情麻木。有人从我身旁走过，仿佛陶醉于一场巨大的幸福之中，高声惊叹："今年的冬天真暖和！"那人的身影迅即被捉摸不定的阳光和迷雾吞没，我却被那难辨性别的声音刺疼、激怒，恨不得追上去，揪住他的衣领，大声喝问："逃避冬天的人们/你庆幸已经躲避过了严寒/你又怎么能够逃避春天的腐烂/春天的死亡呢？"

积雪的冬天，寒冷的冬天，让懦夫与蠢材无地自容，使英雄更显光彩的冬天！你是一年中的最后关口，四季里的辉煌顶峰！谁能在阴云沉重的天空下捧住自己的头颅，谁才是冬天之王、四季之王、生命之王！

现在是十二月的夜晚。案头灯光明亮，室内温暖如春。昏暗但绝不阴森的漫漫冬夜安静地铺展在村庄四周，平静、悠闲、无悲无喜的时光在继续，但冬天即将结束。我预感到这个不伦不类的冬天正一分一秒，不肯回视，也不带怜惜地离我而去。一场大梦将我灵魂深处一场铺天盖地的暴风雪骤然唤醒。天地深处那种尖啸、狂暴的声音让我震悚、激奋。

那是弥漫了我的整个童年、少年和青年时代所有冬天的暴风雪。它强大、残酷、不留情面，把我一次又一次逼到自下而上的绝境，刺痛我的灵魂，鞭笞我的肉体，迫使我选择唯一的言辞，与冬天对话。暴风雪在我所熟悉的一个又一个黄昏或清晨，越过光秃贫瘠的山梁，飞沙携雾，奔杀而来。它会在转瞬间将我那安卧于山坳里的村庄吞没，把没有重量的器物卷走，把没有根茎的物体掀翻，然后使天地间骤然陷入空前的混乱、惊慌和危机之中，胁迫每个生活在冬天的人们直接面对生或死、进或退的拷打和逼问。

寒冷使我对温暖向往终生，严冬也迫使我从童年就学会了如何对付冬天。我还清楚地记得，在那些或寒雾弥漫，或风雪交加的黎明和黄昏，父亲背负巨大的冬天，举步维艰地在空旷而辽阔的天地间跋涉，与冬天拼死抗争。我敬仰父亲的坚强与坚持不懈，以及他那些为暴戾的寒风击中之际决不呻吟，双唇紧抿，与寒冷对抗的表情。我至今怀恋那一个个大雪封山的日子，我孤身只影，行走在从家里到学校十华里早已被积雪掩埋的山道上，满怀悲怆与凄凉，一步一步逆风跋涉一座又一座堆满积雪的山梁之际艰难、坚持的姿势。那是为了在穿过风雪之际不被风雪击倒，并且能够在震撼天地的北风中坚持住自己的姿势。积雪载途，寒风排空，我双足紧扣大地，双眼里弥望的是高原上的十二月风雪弥漫的冬天。冻僵的树木，冰封的河流，积雪中显得更加严峻、冷酷的山崖，在我的视野里一点一点移动。我那一块隐痛的伤痛一般黑暗、沉重、模糊的村庄，无声地驻留在浩大的雪地中央。黑夜即将降临，风雪将我团团围住，穷追不舍。没有人将我召唤，没有人为我做伴，但我能感觉到另一个灵魂，在严冬的尽头已为我准备的欢迎庆典。

最寒冷的冬天已经度过，最残酷的日子已经被我击倒。我理解冬天的重量与含义。我甚至认为，冬天是大自然为所有有幸生存在这个严峻时刻的生命特别设置的一次打击，一次考验，一个领悟和体会生命奥秘的机会。

然而，就在我早已做好御冬的准备，等待我一生中又一个严寒的冬天到来之际，今年的冬天竟表现得如此暧昧、乏味！

还有雪，那在每个冬天都给我无尽幻想和伤痛的白雪，你将以何种方式，在什么时候抵达我干渴的灵魂？在这个混沌的冬日，飞扬的尘埃、污浊的空气，等待着一场飞雪清洗；面前这个灰雾蒙蒙、睡意蒙眬的世界，等待着一场大雪警醒。然而，冬季将尽，头顶依然太阳高照，身旁依然是虽僵未死的树木僵直的队列。我惯于在冬天的积雪中安宁、倾听的灵魂，焦躁不安。十二月的某一日，当我以整整一天的时间驱车奔驰于陇中三县绵延起伏、黄土连天的山梁之际，迷蒙的天空下苍黄赤裸的颜色使我心中充满了困顿和疲倦。

没有严寒，也没有积雪的冬天，还是冬天吗？如果冬天没有了毁灭和新生的抉择，如果冬天没有了生与死的诘问，那么冬天又将意味着什么？

秦岭的山

　　如果没有穿越秦岭的经历，我可能到现在都不能把"山"和"岭"的含义，从形而上区分开来。

　　2004年夏天，整整60天，我就在横贯中国腹地，绵延1600多公里的秦岭山脉之中行走。从早到晚，我一睁开眼睛就能看到、一抬腿就触摸到、一张口谈论的，是矗立在南中国与北中国大地之间，如排天巨浪般汹涌连绵的崇山峻岭。晚上，无论睡在灯疏夜深的山间客栈还是县城里依山傍水的宾馆，一闭上眼睛，白天翻越的那一道道苍苍莽莽的山岭，如具备了形体和精神一般，带着令人激动、亢奋、不安的激情，不容置疑地闯入我的梦境。

　　于是那段日子，山的呼吸，山的神韵，山的灵魂，整天整夜笼罩着我，震慑着我，召唤着我。我像一只小小的甲虫，盲目而又神迷情醉地从南到北，从北到南，一趟又一趟沿着山间河谷，在秦岭深处的山岭之间南北穿行。我甚至习惯了在盛夏如火的烈日下突然改变行走路线，从四轮生风、恨不得一口气逃出高山重围的长途汽车上跳下来，或坐在连一只飞鸟都看不见的山谷，任充满了秦岭山区蓝天和大地的知了的叫声将我淹没；或背着沉重的行囊，一步一步，不紧不慢地在山间行走。

　　这种时候，秦岭那显得温润柔美的山溪、河流，就在我伸手可及的山谷或湍急、或舒缓地流淌，高高的山岭从前后左右朝我怀中走过来。即便是那一座座在雾霭迷蒙的黎明和黄昏如蹲踞在暗淡的天光下面的怪兽般让人心怀恐惧的奇峰峻岭，这时在我的感觉里竟那样令人心旌飞扬。

莽莽秦岭山脉到底蹲踞着多少座高低起伏、纵横交织的山峰，谁也说不上确切的数字。从陕西凤县凤州火车站坐车到略阳的路上，我留心过火车隧道口上的编号，到略阳还有一个小时路程，编号已经到了396。也就是说，宝成铁路从宝鸡大散关进入秦岭，在南下二百多公里的路程中每走不到一公里，就要翻一座山。这样计算起来，从甘肃陇南山地一直延伸到湖北神农架、河南伏牛山的秦岭，到底有多少座山，有多少道岭呢？

我没有统计过，也无法统计。

平时，我们已经习惯了把山和岭当作一回事，用"山岭"一词作为山和岭的通称。然而，当我就这样与秦岭相依为伴度过六十多个日日夜夜后我才发现，原来山和岭就像一棵树上的两片叶子，看似相同，其实是两码事。山是一座一座独立崛起的高峰，许慎对山的解释是"有石而高"；岭则是由较为平缓的山组成的。如果山和岭没有截然的分野，中国古代那些长于咬文嚼字的文人在创造"翻山越岭"这个词时，为什么说山是需要"翻"的，而岭则可以"越"过呢？

一道道山岭是秦岭高大的身躯，一座座山峰是秦岭高高隆起的脊梁。山与山相连，岭与岭沟通，组成了这条横贯中国腹地，被迷信的中国传统文人称为"中国龙脉"的秦岭山脉。走遍秦岭，自西到东排列的崦嵫山、天台山、太白山、终南山、翠华山、华山、武当山、崤山……不仅从地质地貌上构成了绵延秦岭山脉的主体骨架，而且从精神层面上蕴含、开拓、衍生了历史和文化意义上的秦岭。在陕南丹凤，诗人慧玮和远舟指着县城后面一座孤零零崛起、泛着铁青色的山峰问我，你看商山像不像一个"商"字？收住脚步仔细瞅一会儿，我不禁惊讶地喊了一声："那不就是大篆里的商字吗！"后来查县志，《丹凤县志》上说商山之所以叫商山，是因为"形似商字，汤以为国号，郡以为名"。看来商汤时代把这里建的国家叫商，后人把封邑于商镇的战国时期改革家卫鞅叫商鞅，都是沾了商山的光了。秦人最早居住的天水一带，在秦岭北坡西部余脉的秦岭山地，与西部戎狄相去不远，过去被称为西垂。屈原以为现在被叫作齐寿山的崦嵫山是太阳落山的地方，所以便在《离骚》中慨叹"吾令羲和弭节兮，望崦嵫而勿迫"。汉阴和紫阳，是一条汉江边上的两只丝瓜，秦岭就势南下之际在汉江谷地上直棱棱崛起一座凤凰山，一下子就把紫阳县逼到了大巴山下。凤凰山上有座山峰叫毛公山，据说从汉阴县城远远望去，山体酷似毛泽东卧像。汉阴县委宣传部的王涛说，几年前毛泽东的女儿李敏站在汉江岸上，面对毛公山，竟潸然泪下。

　　查阅秦岭资料时，我发现古人对秦岭的评价只有五个字："天下之大阻。"

　　秦岭山区几乎所有县志在描述本县地域时，都使用过"弹丸之区，千岭屏障，万溪襟带，幽林菁谷，最易伏戎，故成为历代兵家用武之地"一类的字眼。为了争夺天下，刘邦可以在高山峻岭之间明修栈道，暗度陈仓；为了杨贵妃能吃上新鲜荔枝，唐明皇可以差驿马飞牒经子午道从两千余里外的涪陵运送荔枝。然而，对于生活在秦岭山里的老百姓来说，这连绵的山岭、横空出世的山峰，是横亘在他们今世与来生之间的座座高墙，谁想逾越，就得付出一生的精力和代价。从周至老县城出来,在黑河上游峡谷里一个叫沙子梁的地方跟一位去厚畛子探亲的老人说起太白山上的土匪。老人说,太白山下的黄泥巴梁、活人坪梁、龙草坪、牛背梁,过去都是"大王"出没的地方。从老县城到洋县华阳镇,如果能活着翻过活人坪梁,就可以长长地舒一口气了。秦岭南坡的陕南和湖北西部,人们千百年来都处在东山一户、西山两户的散居状态。听说山阳、柞水、镇安交界处的高山上,有几户人家至今还生活在与世隔绝的原始状态。陕西山阳和湖北郧西交界处的漫川关镇邮政支局,一个镇的邮路在山岭之间环绕200多公里,4名乡邮员出一趟班,骑摩托跑,也要花3天时间。在南郑县牟家坝街上,一位老药工说,当年他跟师父上太白山采药,一来一去,至少要用半个月时间。

兀立的山峰给了秦岭高峻伟岸如顶天立地的气质,绵延起伏的山岭让我觉得秦岭就是一位历尽沧桑、满腹经纶的智者。翻越宁陕与户县之间的秦岭梁、广货街到柞水之间的营盘梁、褒斜古道上的狮子岭、傥骆古道上的兴隆岭的日子,虽然每走一步我的内心都会袭来一种穿越生死界的恐惧,但一旦与一段仅存于古老的秦岭之中的历史情感相遇,我的心中却当即会涌起一种莫名的喜悦和振奋。那些日子,我就是秦岭痴情的追随者,成天沉醉在或高大险峻、或端庄秀丽、或气势磅礴、或险象环生的峰岭对我无始无终的刺激、压迫、召唤、覆盖中,我一次又一次地心怀惶恐,从大山深处逃出来,又一次次迫不及待、急匆匆转身投入峡谷纵横、群山如浪的群山巨浪之中,周而复始,不能自已。

在山里待得久了,我对秦岭的山山岭岭竟有了一种依恋、依赖、难以割舍的情感。一旦远离与我日夜相处的山岭,我就感到空虚得难以忍受。只要走进天荒地远的山林之中，立马又会精力充沛，激情飞扬。以至于后来到了秦岭北坡的豫西平原和关中平原，我竟像一位热恋中的情人，恋恋不舍地一次又一次深入到秦岭腹地，或一个人漫无目的地在山谷里穿行，听满山遍野知了的鸣叫在山谷轰鸣；或静静地坐在山崖上，看拔地而起的山顶云起云落。

2004年8月26日，即将结束我的首次秦岭之行前几天，我忍不住那巍峨的山岭的诱惑，又一次冒着大雨从水陆庵附近进入终南山，沿312国道穿山越岭，朝秦岭深处商洛北部的牧护关、黑龙口而去。云雾在林立的奇峰之间翻滚，公路在幽深的峡谷之中穿行。"佛爷腰""黑光岩"一类听起来都让人胆战心惊的地名从车窗外一闪而过，陡峭的峰岭让我再一次沉浸于巨大的惊悸与幸福之中。直到这时我才发现，秦岭的山岭已经成为我感情和灵魂不可分割的部分。愈是深入到秦岭的内心深处，我荒芜的情感就愈益频繁地被那一座座看似沉默，其实每时每刻都涌动着山呼海啸般生命律动的山岭，唤起一种我此生从来没有过的冲动、战栗、振奋和惊悸。因为我平生第一次发现，在长江与黄河之间，除了人，原来还有一个有血有肉、有过去和未来、有魂魄和精神的庞大群体，那就是紧紧围拢在1600多公里秦岭山脉之间的大小不一、形状各异的群山峻岭！

终南仙境

渭河在周至县境内的最大支流，是发源于太白山二爷海、流经周至老县城附近，然后从群峰高叠的秦岭山谷中向北，流向渭河和古都长安的黑河。现在，黑河在即将从群山之间奔流下来，进入渭河之际，被周至县马召镇后面山脊之间突然筑起的一道大坝截断了奔流的去路，黑河之水就在那里的高山之巅形成一座水波浩渺的黑河水库。那里是西安城市用水的水源地。水库旁边，曾经孕育了白居易《长恨歌》的仙游寺法王塔的倒影，荡漾在高山平湖之间。

如果站在法王塔朝东望过去，还可以遥望楼观台的依稀背影。

莽莽秦岭从甘肃甘南临潭县白石山起步东行不久，就与渭河相遇了。穿越甘肃和陕西之际，秦岭与渭河就像一对相依为命的兄妹，一路并肩而行，相互照料。到了接近十三朝古都长安附近的眉县到蓝田一线，渭河进入关中平原腹地，流水变得愈加开阔从容，与渭河结伴而行的秦岭，也骤然间变得愈加高峻挺拔起来。纵横其间的幽谷峰岭，起伏跌宕，神秘莫测。

这一段秦岭，就是终南山。

也不知从什么时候开始，终南山成了中国历史上道教神仙、云游道士和远离俗世的隐士高人聚集的神秘家园。从《诗经》"终南何有？有纪有堂"的记述可以断定，早在西周时期，与西周都城镐京相去不远的终南山，就是先秦时期贤人高士云集的地方。只不过，那时候道教还没有诞生，往来于群山密林深处的那些高人，大抵都是如隐居崆峒山的广成子和在楼观台结草为楼修行的尹喜一样，渴望通过隐居修行，达到如庄子《逍遥游》所描述的"肌肤若冰雪，绰约若处子；不食五谷，吸风饮露；乘云气，御飞龙，而游乎四海之外；其神凝，使物不疵疠而年谷熟"的神仙境界。但到了汉唐以后，渭河凝望的终南山，就从凡尘俗界中逐渐脱离出来，成了神仙和隐士的专有家园。

沿渭河再度进入蓝田和楼观台依靠的终南山崇山峻岭之际，沉寂已久的终南山已经变得热闹非凡了。这大概缘于二十多年前美国人比尔·波特寻访中国当代隐士的那本书——《空谷幽兰》，让中国文化史上一个被大家遗忘已久的秘密再度引起关注的缘故吧。

2011年夏秋之交，当我再次进入渭河南岸这片莽莽山岭边缘的时候，面向古城长安的秦岭北坡众多沟峪、高山、密林深处，高耸的经幡伸出林梢，各式各样隐居者居住的石屋、窝棚、洞穴密布在山崖、林间。"当代隐士"张剑锋隐居终南山事件，正被媒体炒得火热。

从草堂寺出来，望着一场大雨后圭峰上缭绕变幻、神秘莫测的云雾，我一直不清楚，现在的终南山是不是真的还有五千隐士在重现历史上隐士云集、风餐露宿的古代生活？不过，在历史上，自从渭河流水让关中成为中国古代文化中心之后，终南山就成了中国神秘文化的一个喻体和归结。

"隐士是中国保存得最好的秘密之一。他们象征着这个国家很多最神秘的东西。"这是比尔·波特20世纪80年代跑遍终南山后得出的结论。2004年行走秦岭和这次追随渭河足迹行走，《空谷幽兰》这本书一直跟随着我。我也曾经在2004年进入终南山密林深处，面对留下过去和当代隐居之士生活气息的古洞石屋长久驻留过。

如果要寻找历史上有名有姓、最早在终南山的隐居者，也许就是在函谷关挽留老子写下《道德经》五千言的尹喜，还有后来隐居在商山的秦朝四位博士东园公唐秉、夏黄公崔广、绮里季吴实、甪里先生周术。到了西汉初年，在刘邦打下大汉江山过程中立下大功的张良，也从原本可以得到令人羡慕的爵位赏赐、广田豪宅、美女金钱的俗世中脱身而出，遁出长安城，回到终南山密林深处，享受他梦寐以求的饮风吸露、云游四海的神仙生活去了。

如果从渭河支流沣河流出的沣峪口进山，高山上、山林间随处可见的被遗弃了的石洞土室，是已经还俗或者云游别处的当代隐士留下的遗迹。而高山之巅旗幡下面隐约可见的建筑，是迷恋于终南山谷幽林密、清流山岚的隐居者，试图达到灵魂与天地自然相通境界的当代隐士的修行之处。

"现在人们所说的'终南山'这个词，既是指西安南面40公里处的那座2600米高的山峰，又是指与之相毗邻的东西各100公里以内的山峦。但是3000年前，'终南山'是指从河南省的黄河三门峡的南岸，向西沿着渭河，直到这条河的源头——位于甘肃省的鸟鼠山——为止的所有山脉，长达800公里。"这是当年美国人比尔·波特概念中的终南山。比尔·波特还这样阐述他对终南仙境的印象："这部书关于西部群山的章节，始于三门峡南面的那些山，然后向西沿着终南山和昆仑山一直到达乔戈里峰，并且超过了乔戈里峰。在它们神秘的群峰中，坐落着帝（天神中之最高者）在尘世的都城，那儿还有西王母（月亮女神，长生不死药的施予者）的家。另外还有一些山，萨满们在那里收集配料，自己炼制长生不死药，并飞升上天；在那里，死得早的人也要活上800年。在此期间，他们随心所欲，尽情享受；那里是太阳和月亮睡觉的地方；在那里，一切都是可能的；那里的动物奇形怪状，令人难以置信，无法描述。"

在这里，美国人比尔·波特显然接受了中国古代将秦岭统称为南山、终南山的影响。同时在他的意识里，终南山与渭河显然有着密不可分的关系。

其实，历史上的终南山和往来于云雾缥缈的终南山之间的神人、仙子和修行者与这座神秘山岭的关系，远远要比比尔·波特的描述生动、具体得多。

户县草堂寺西边，从终南山流入渭河的河流叫甘峪河。甘峪河流经的祖庵镇重阳宫，是活着的时候就被元世祖忽必烈封为重阳全真开化真君的道教全真教创始人王重阳早年修行和死后葬骨之地。

重阳宫大门正对着的山岭，就是终南山上的一座高峰圭峰。

这位死后被列入道教神仙谱的全真教教主，出生和修炼的地方，都在渭河两岸。他的老家在渭河北岸的咸阳，后来出家，来到终南山下的祖庵镇，将自己关在一个叫作活死人洞的洞穴里修行。这位熔道家、佛家、儒家思想为一炉的道教宗师生活的时代，是女真族和蒙古人入主中原时期。王重阳并没有参与纷争的政治斗争，但他的弟子、曾经在宝鸡境内渭河南面支流磻溪和千河流经的宝鸡陇县龙门山修炼的丘处机，却赢得了金朝和蒙古人创建的元帝国的统治者的共同敬重。

如果说王重阳生前是一个活生生的人，死后才被终南山扑朔迷离的仙雾推到了神界仙境的话，那么据说老家就在离祖庵镇不远石井镇的钟馗，从出生到后世，就是被比尔·波特叫作月亮山的终南山养育的神仙。

神界的钟馗生得豹头环眼，铁面虬髯，相貌奇异却又才华横溢，满腹经纶，还有正气浩然、刚直不阿、待人正直、肝胆相照的品性。因此，由于有了钟馗捉鬼的故事，钟馗也就成了守护一家安宁的门神。唐代以来，钟馗就与中国百姓亲密无间地生活在一起。

遥望渭河，面向长安的终南山到底有多少河流山溪从仙雾笼罩的终南山流入渭河？要弄清这个问题，只有顺着朝着长安敞开的道道谷峪走进去，才能看清一条条来自神山仙境的河流流向人间的蜿蜒姿态。但即便是走遍终南山所有山岭峡谷，我们还是无法破解那么多神仙遗留在渭河南岸高迈山岭之间的所有秘密。

唐元和十四年（819年）岁末，风雪交加的蓝关古道上，一位满脸悲戚与茫然的老者，乘一辆马车，在风雪交加的终南山深处艰难前行。他就是因反对唐宪宗从法门寺迎请佛骨到长安而被贬，赶往潮州刺史路上的一代文学大师韩愈。面对漫天风雪，韩愈立马驻足，遥望远处被茫茫雪雾遮掩的长安，为自己迷茫黯淡的前途与命运，也为一个爱恨交加的王朝，吟诵出了他那被后世千古传诵的著名诗篇《左迁至蓝关示侄孙湘》：

一封朝奏九重天，夕贬潮阳路八千。
欲为圣明除弊事，肯将衰朽惜残年！
云横秦岭家何在？雪拥蓝关马不前。
知汝远来应有意，好收吾骨瘴江边。

关于韩愈"云横秦岭家何在？雪拥蓝关马不前"的含义，有一种说法是，这两句诗，是八仙之一的韩愈侄孙韩湘子送给爷爷韩愈的暗语。

八仙中的韩湘子和吕洞宾都是终南山中人。他们两个都是在终南山得道成仙的。这个传说还说，韩湘子是韩愈侄孙，后来经吕洞宾点化成仙。韩湘子成仙后，曾劝韩愈放弃尘世生活，度化入道，但既不信佛又不信道的韩愈一直没有答应。为了规劝爷爷，韩湘子先后曾作云降雪，并在韩愈生日宴会上造酒开花。

那时，韩愈还在刑部侍郎任上。高朋满座的生日宴会上，侄孙韩湘子飘然而至。为了显示成仙后造化自然的本领，韩湘子让一空酒樽变出满满一樽美酒，随即又让一堆土转眼间长出一支碧翠鲜花，那朵鲜花花瓣上就有"云横秦岭家何在？雪拥蓝关马不前"的诗句。韩愈询问这两句诗的含义，韩湘子说："天机不可泄漏，日后自会应验。"几年后，行走在蓝关道上，面对漫天风雪，韩愈突然想起自己今天的命运，多年前早已被韩湘子预言，才写下了这首诗。

蓝田县终南山深处，还有一条河最终将从仙雾弥漫的崇山峻岭流出，汇入渭河。这条河就是灞河。灞河源头附近的辋川，有被称作诗佛的唐代大诗人王维的辋川别业。韩愈途经蓝关的时候，曾经在辋川别业度过大半辈子半隐生活的王维已经去世。但在终南山的沟壑山岭之间，越来越多的神人仙子还将在这里聚集、留恋、往来。如果要将曾经让终南山充满仙气的古代隐士高人、道士神仙一一列举出来的话，他们分别有：门神钟馗、道教天神教祖太上老君（老子）、全真圣祖王重阳、文财神刘海、武财神赵公明、文史真人尹喜、药王孙思邈、八仙之汉钟离和吕洞宾、仙人刘海蟾、华严宗师杜顺、商山四皓、张良、姜子牙、诗佛王维和西域高僧鸠摩罗什、昙摩流支、阇那崛多。

这些生前是人、死后成为神仙的脱俗之人，沉浸在终南山雾霭仙境中所看到的秘密，我们永远无法破译。

山水精神

每隔几年，著名画家刘文西都要到太白山写生。他到了太白山，既不求神拜佛，也不上大爷海、拔仙台欣赏太白山自然风光，而是和他的助手从汤峪或红河谷进山，钻进太白山深处人迹罕至的深山老林，寻访鲜为人知的自然山水，一住就是十天半月。

这是我在太白山听说的故事。

刘文西是黄土画派开创者。他的作品，多以人物为主，而且一直以陕北黄土高原为创作基地。那么刘文西为什么经常到太白山写生，并将黄土画派仅有两个创作基地，一个放到陕北，另一个设在山水俱佳的太白山呢？在网上，我看到一本陕西人民出版社出版的《刘文西山水画》，封面上特别注明"太白山2011年6月"字样。在这本画册里我发现，到了太白山，刘文西不仅画太白山的山、太白山的水，也画太白山的松柏云雾。那种开阔雄浑的笔墨意境，让人感觉太白山自然精神，已经深入到了这位当代人物画巨匠感情与心灵深处。其一笔一墨，都能让人感受到一座卓然挺拔的大山灵魂的呼吸。即便如此，我终究还是不能完全理解一个以黄土地为创作对象的画家，对太白山的感情到底从何而来。

直到后来追索到中国山水画本源，有人告诉我，中国古代山水画巅峰之作、范宽的《溪山行旅图》，就是以太白山为摹本创作后，我才恍然大悟：原来中国山水画之所谓真山真水之根源，竟来自于太白山！

太白山山水自然，不仅让盛唐以来的中国山水诗歌充满令人迷醉的自然之气，还让中国山水画走向了一个更为辽阔、饱满、壮美的崭新世界！

点透范宽《溪山行旅图》与太白山山水关系的，是陕西太白山投资集团副总刘强中。我至今没有找到《溪山行旅图》的山水出自太白山的直接证据，但从充盈画面的大山大水所呈现的壮美气势，以及占据整个画面主体的高山峭壁、险山巨石、丛莽飞瀑可以看出，范宽所表现的是纯正北方山水。而且从作品所透露出的雄浑气势可以断定，《溪山行旅图》是一座千古名山催生的产物。在北方，尤其是出生于陕西耀州的范宽所能面对的北方名山中，北岳恒山没有画面中所表现的山水丰富，西岳华山又少了太白山的丰润空阔，至于东岳泰山的山与水，一旦放到《溪山行旅图》画面上，又显得过于纤秀。如此，与《溪山行旅图》气质气势、山水形态、精神气象可以匹配的北方名山，也只有太白山了！

历代赏玩者在评论《溪山行旅图》时，惯用的评价这样说道："扑面而来的悬崖峭壁占了整个画面的三分之二。这就是高山仰望，人在其中抬头仰看，山就在头上。在如此雄伟壮阔的大自然面前，人显得如此渺小。山底下，是一条小路，一队商旅缓缓走进了人们的视野——给人一种动态的音乐感觉。马队铃声渐渐进入了画面，山涧还有那潺潺溪水应和。动中有静，静中有动。这就是诗情画意！诗意在一动一静中慢慢显示出来，仿佛听得见马队的声音从山麓那边慢慢传来，然后从眼前走过。"

凡是与太白山山水精神有过交往的人，对《溪山行旅图》

中那直插云霄的山，以及面对太白山夺人魂魄的自然山水之际的渺小与仰视，都有感同身受的体验。因为太白山不仅有中国大陆腹地最高矗的山峰，还有最接近原初状态的山水自然。在太白山，人的存在永远是最不起眼的，而山、水、树木，甚至看似纤弱的花草，以及生活其间的万千生灵，才是这座圣山的主人。那么《溪山行旅图》的作者通过画面上人与大自然之间的对比，是不是也在表达他面对太白山苍茫山水之际的这种感受呢？

我们不知道构思《溪山行旅图》之前，范宽是否曾经长期沉迷于太白山自然山水，更不知道他笔下的自然山水来自太白山的哪座山？哪条水？但有一点是可以确定的，即"外师造化，中得心源"绘画理论，在唐代已经提出。中国山水画强调的真山真水真性情绘画实践，从五代董源、巨然的江南山水，荆浩、关仝的中原、太行山一带高山峻岭已经付诸实践，那么范宽《溪山行旅图》的山水，也不可能是无本之木，一定是有出处的。更重要的是，范宽一生沉迷终南山水，晚年又隐居终南山，作为八百里终南仙境起点和唐宋以来被朝野广为崇拜的文化名山——太白山，范宽不可能视而不见。我了解到的一些当代画家，为了学习《溪山行旅图》所表现的山水形态、自然精神，至今一手执《溪山行旅图》，一手带着笔墨，经常深入太白山深处，体验画面上行旅者在丛林掩映中与大自然交融的感受，面对太白真山真水，一点一点对比研究《溪山行旅图》中高山、巨石和丛林之间相互陪衬的构图关系。如此，我也就在思考，既然范宽是终南山山水的痴迷者，那么他一定有可能到过太白山；既然到了太白山，太白山自然山水就一定会对他的创作形成影响。也就是说，虽然我们无法确定范宽什么时候到过太白山、他的《溪山行旅图》是否一概以太白山山水为蓝本，但太白山山水对范宽及《溪山行旅图》的影响，必然是存在的。

中国山水画出现于魏晋南北朝，到了隋唐，才从人物画中独立出来，成为专门以描述自然山水，展现作者情怀的独立绘画艺术门类。中国山水画达到第一个高峰的盛唐，也是道、佛、儒聚集于大唐都城长安南的终南山，将标榜大唐盛世情怀与中国传统文化精神高度的终南文化推向极致的时期。作为终南山起点和最高峰，佛、道、儒叠加的太白山文化，不仅受到皇家青睐，也备受盛唐文人热爱。众多文人学士和佛家、道家修行者纷纷隐居其中，一方面读书习经，一方面面对太白山自然山水修身养性。苦读面壁之余，琴棋书画，吟诗作赋，是他们调节心绪，表达与大自然交流所得的另一种方式。于是，宣扬道家文化的道家山水、表现禅宗机理的佛家山水的出现，让盛唐山水走向一个前无古人的境界。有人通过对敦煌莫高窟壁画的研究得出结论，唐以前，莫高窟壁画的山水画凤毛麟角，极为稀少，而到了唐代，山水画不仅数量剧增，而且艺术水准举世无双。而敦煌莫高窟壁画最能表现盛唐山水画高度的，则是青绿山水。

尽管我不能确切说出盛唐青绿山水是否与太白山有关，但终南山是盛唐都城御花园，也是盛唐文人寄情山水、郊游散心的休闲目的地，更是佛家僧侣和道家修行者的精神家园。盛唐最初的青绿山水，也许正是出于这些成天沉醉于终南山水的文人雅士和隐居修行者之手。所以，董其昌后来总结说，终南山是中国"南宗"和"北宗"山水画共同的源头。既然如此，太白山作为终南仙境自然山水与文化景观非常集中的地区，对盛唐青绿山水的哺育与影响，自然无法回避。

晚年的王维，是在距太白山不远的终南山深处辋川度过的。诗歌、绘画和佛经，是这位诗佛与画家晚年生活的唯一陪伴。因为充满禅机的山水画作品，王维和李思训被董其昌尊为盛唐中国山水画新纪元开创者。我不知道王维生前是否到过太白山，但从写给太白山唯一一首诗《终南山》里，我还是能感受到太白山让他的山水诗抵临的高远、空阔、苍茫境界：

> 太乙近天都，连山接海隅。
> 白云回望合，青霭入看无。
> 分野中峰变，阴晴众壑殊。
> 欲投人处宿，隔水问樵夫。

公元742年，太白山迎来一位大诗人。

他就是刚刚离开长安的李白。

这是李白第二次满怀失望地走出他渴望已久的盛唐都城长安。此次进京，本是唐玄宗妹妹玉真公主和贺知章共同推荐给唐玄宗的。最初的日子，由于唐玄宗和杨贵妃欣赏他的才华，李白在长安过得很开心。但好景不长，被分到翰林院草拟告示的李白，由于经常被唐玄宗叫去陪伴游玩，受到皇帝的宠信，招致同僚对他妒火中烧；另一方面，舒心日子过久了，李白放荡不羁、口无遮拦的毛病又犯了。由于诽谤与嫉恨，李白在京城处境再度不顺，最终因为一首《翰林读书言怀呈集贤诸学士》，被借机赏以黄金，客客气气地被打发并离开长安。

这时的李白已经不再年轻，或许是为了散心，也许是为了看看他早已倾慕的天下名山太白山，李白离开长安后沿渭河西行，开始了关中西府之行。据有人考证，进入宝鸡境内，李白第一站就直奔太白山。

此前，开元二十三年（735年），正在从安陆北上西游的李白，因为唐玄宗狩猎而上《大猎赋》获得玄宗赏识，被召进京。这期间，他还将自己的包括《蜀道难》在内的诗作，献给当时身任银青光禄大夫兼正授秘书监的贺知章。贺知章对李白《蜀道难》和《乌栖曲》尤其赞赏，问李白："你是不是太白金星下凡啊？"尽管《蜀道难》将太白山的高险奇峻写得惊心动魄，但第一次到长安，李白是从东面进入关中的，还没有登过太白山。所以李白这次西行直奔太白山，似乎也有了却一个心愿的意思。

  西当太白有鸟道，可以横绝峨眉巅。
  地崩山摧壮士死，然后天梯石栈相钩连。
  上有六龙回日之高标，下有冲波逆折之回川。
  黄鹤之飞尚不得过，猿猱欲度愁攀援。

           ——《蜀道难》

应该是太白山与李白心灵上的呼应，以及诗人奇绝的想象让没有到过太白山的李白将太白山的高峻描写得如此真切吧？我们无从考证李白到太白山是否登临过拔仙台、大爷海，但从一口气在太白山留下两首诗作可以看出，现实的太白山山水，比想象中的太白山更真切地进入了诗人的感情深处：

  太白何苍苍，星辰上森列。
  去天三百里，邈尔与世绝。
  中有绿发翁，披云卧松雪。

不笑亦不语，冥栖在岩穴。
我来逢真人，长跪问宝诀。
粲然启玉齿，授以炼药说。
铭骨传其语，竦身已电灭。
仰望不可及，苍然五情热。
吾将营丹砂，永与世人别。

——《古风·太白何苍苍》

李白在太白山留下的另一首诗，是著名的《登太白峰》。放下两首诗共同表达李白一生所追求的仙道思想且不说，单就面对太白山之际，由太白山与李白共同完成的"诗中有画，画中有诗"的中国山水文化精神，就让我们对太白山于缔造中国文人精神的意义，有了更深切的体会。同时，从这两首诗中我还发现了一个令人惊异的秘密：一生狂放不羁的李白，一到了太白山，原有的豪迈之气怎么就骤然减退了呢？原来的李白写匡庐是平视，庐山的高峻尚有银河作陪衬；写天姥山时，他似乎已经羽化成仙，让人叫绝的是由天姥山所激发的诗人那种鸟瞰山川大地，"一夜飞度镜湖月"的辽阔气概；即便是面对群山汹涌的巴山蜀水，他也只是发出"噫吁嚱！危乎高哉"的惊呼感叹。然而面对太白山，那种"太白何苍苍"的无奈、"夕阳穷登攀"的无助，让我明显感到，已经遍游全国名山大川的一代诗仙李白，从精神到情感上完全拜服在了太白山脚下！

接下来，包括杜甫、岑参、张籍、白居易、韩愈、王安石、苏轼在内的唐宋诗人，无论山前遥望，驻足流连，还是披荆斩棘，都陶醉在太白山水中。太白山的奇峰、怪石、飞瀑、幽洞、深谷、林莽、古庙、老寺，以及弥漫于太白山的佛家、道家、儒家文化，既是他们写作、表达的对象，更是这些劳神于宦海俗世的精神自省者于自然山水的映照中发现自我、荡涤灵魂的一种文化行旅。久而久之，醉情于太白山水的超脱快慰、天人合一的文化精神，也就成了中国山水文化自然而然的血脉所在。

宋仁宗嘉祐年间，到凤翔府出任判官的苏轼，不仅和当地百姓一起三次向太白神祈雨，还在游历太白山时，经常借宿于清湫太白庙、斜峪关蟠龙寺寺庙禅房。从这种与太白山山水朝夕相处的经历来看，苏轼应该是历代文人中，对太白山山水精神理解最为深刻的一个吧？所以当僧人邀请其为仙游寺山门题写门联时，当时仅二十多岁的苏轼连写两联。苏轼一落笔，就道透了太白山的自然精神："客远红尘丛中，到此俗家了尽""堂开白云窝里，从此觉岸齐登"。如果不是太白山山水自然，以及周秦汉唐以来积淀于太白山的文化精神，青年苏东坡怎么能够将太白山自然风光与佛家禅宗机理表现得如此透彻呢？

比诗人和画家更早赋予太白山山水丰富文化精神的，还有那些追求心境和生命与太白山山水自然完美融合的隐居者、修行者。在隋唐时期太白山众多隐居者的背影中，有一个人虽然没有留下书画辞赋，但对太白山山水的热爱，却让他的名字千百年来一直与太白山联系在一起。这个人叫田游岩，陕西三原人，唐永徽时期的补太学生。本来已经从大唐最高学府——国子监毕业的田游岩回家时游历太白山，一进入重峦叠嶂、山环水绕、云海苍茫的太白山，就被太白山的山水林泉所吸引住了。这次乐而忘返的太白山之行，促使田游岩放弃仕途，回家将和他一样喜欢自然山水的母亲和妻子接到山中，遁迹太白山水中，蚕衣耕食，不交当世，在太白山隐居长达二十多年之久。

据说田游岩才学很高，但一生只写过一首诗。如果不是后来欧阳修等编的《新唐书》收录不足百字的传记、清代郑板桥《田游岩碑》的存世,这样一位钟爱太白山水的文人,恐怕早已淹没在浩荡俗尘之中了。不过,所幸凡与太白山结缘的文人,原本早已将俗世荣辱、功名利禄置之度外,他们乐山、乐水、乐自然的心境所期待的,是自己的灵魂和肉体能够如春荣冬枯的自然万物一样,自然而然地生长,自然而然地灭寂,只将心灵与自然山水的对话,深藏于心间。

潍县做官时期已经产生隐遁山林想法的郑板桥,不仅敬仰田游岩隐居太白山的超然风度,还不止一次书写《田游岩碑》抒发情怀。由此看来,让太白山水成为中国传统文人精神家园的,不仅仅是太白山的高山流水、松风雾岚,更有自古以来沉醉其间,效法自然,追求人与自然完美结合的太白山挚爱者赋予太白山水的文化精神与文化气质。

王维走了,李白来了;老子走了,孙思邈又来了。从古到今,太白山从来就不缺乏那种胸怀大志,探求人与自然和谐相处的隐秘的思想者。太白山无言,但太白山山水绽放的生命光辉,却让更多的思考者体会到了"天地有大美而不言,四时有明法而不议"的生命至境。太白山山水,也因为他们前赴后继的驻留、言说、表达,成为中国山水文化一座让人仰视的高峰。

山头南郭寺

初来天水城,晚饭后总喜欢独自在藉河边散步。

那是20世纪80年代中期,夏天一来,藉河还是一川清流,两岸绿草。当时,天水城内高楼不多,临街建筑大都是明清以来留下的店铺,虽然古旧残败,却让满城回荡着悠悠古风。一旦西天铺霞,南山含黛,倾城人便从街巷深处走了出来,聚集到城南河堤上,面向南山,静静享受一天之中最轻松惬意的时光。

这时,就有淡淡的风顺着河沿悠然吹来。于是收住脚步,站在河水低喧的堤岸上,抬起头来,顺着河对岸一路铺开的绿畴碧树望上去,慧音山山坳里高高隆起的一片苍然古木、几座隐约红墙,会把我的目光和心绪久久挽留下来。

痴痴站在那儿,不由就想,如果这种时候援山而上,那绿树红墙环绕的地方会是怎样一种意境呢?一位老者凑上前来,指着山坳里那一簇苍绿说,那就是在大诗人杜甫"山头南郭寺,水号北流泉"的诗句里流芳千秋的南郭寺。

人的情感就是这么奇怪,对某种东西渴慕久了,反而就愈怕轻易得到。早在中学上唐诗课时就听语文老师讲,天水城里有座寺院叫南郭寺,杜甫《秦州杂诗》之十二那首诗就是杜甫当年登临秦州城外这座千年古刹时写的。从此,南郭寺在我封存已久的知觉中便拥有了一棵老树、一眼清泉、一首杜诗相互映照的典雅诗境,以至于在居住天水城的最初几年,我竟只是远远地遥望,不敢贸然接近——我担心过于直接、过于仓促的闯入,会破坏这么多年南郭寺在我内心和情感上已经形成的那份圣洁、高远、朦胧、完美的韵致。

"山头南郭寺,水号北流泉。老树空庭得,清渠一邑传。"

踏着杜甫诗韵,第一次登上南郭寺,也是一个草木凝色、天高云疏的秋天。

从高大巍峨的山门走进去,空荡荡的寺院没有几个游人,参天古柏正苍翠得浓重如墨，而古槐枝头一些早凋的黄叶则在稀疏的秋风中飒飒落地。寺院大殿与佛堂正在修葺，没有几尊佛像供人参拜。不过，自清代以来就被列为"秦州八景"之一、1200多年前就被杜甫称为"老树"的春秋古柏，却依旧一株奔放、权分南北，将一簇高远得令人目眩的绿色举向蓝天。

既然自西方净土迢迢而来的圣佛在曾经频遭劫难的寺院里尚没有安顿好落脚之处，便踅足与禅林院一门相通的杜少陵祠，去拜谒多少年来被秦州百姓与佛祖一堂供奉的诗圣杜甫。

杜少陵祠虽然庭小门矮，诗史堂里的杜甫造像也彩绘剥落、落满灰尘，但让我始料不及的是寺院建筑和佛祖造像"文革"中均遭劫难，始建于清代的杜甫造像竟毫发无损，依然慈眉善目、稳稳当当，端坐于安谧清静的祠堂之上!

慧音山上秋色正酣。山脚下，藉水环绕的天水古城正从一场渐去渐远的酣梦中醒来，"文革"中南郭寺幸存的建筑草木却依旧以一种千秋未损、一如佛理般幽静、无悲无喜的静穆与淡定，任温暖的秋阳无声照临。品尝过如今已变为"北流井"的北流泉水，伫立在山门两侧昂首云天的唐槐下我便想，如果没有那棵老枝不衰的春秋古柏，没有神奇如初的古树清泉，尤其是没有大诗人杜甫即兴之间的登临感怀，没有了虽然真伪难辨却被堂而皇之地收入清乾隆版《秦州志》的李白《南山寺》诗，南郭寺及天水古城的历史，还会不会如此光彩照人呢?

人以物荣，则名垂古今;物以人名，则物值升天。人与物之间相互附丽、相互参照，是中国传统道德规范的基本关系。因此，在后来一次又一次从南郭寺秋风古韵中走出又走进之后，我愈来愈感到地方史研究者对南郭寺创建年代的考证与争论，其实没有多少意义。因为从南郭寺现有文化遗存——历朝历代留下的诗文、楹联、碑刻、辞赋来看，真正使这座历经劫祸的千年古刹挺拔如故的最终因果，既非由于这庭院里曾经矗起过隋文帝杨坚诏封兴建的隋塔，也不是因为南郭寺曾经拥有过诸如"妙胜院""护国禅林院"这样一些充满荣耀与繁华的称谓。在我看来，南郭寺的初创缘于宗教、缘于佛，而南郭寺那"一庭塔影，万古泉声"的不朽神韵，则缘于公元759年满目秋风中孤身老病的大诗人杜甫的登临与感怀。

"万丈光芒传老杜，双柯磊落得芳兰。"

这是甘肃省人民政府原主席、天水邑人邓宝珊将军为杜少陵祠题写的对联。

历史上的天水，一直是西域文化与中原文化交汇传递之地。在古秦州更辽阔的版图上，佛教沿漫漫丝绸之路挺进中原之际，在这里留下了众多佛教石窟寺院。然而让我百思不解的是，天水古城周围星罗棋布的麦积山、大像山、水帘洞、拉梢寺等佛教圣地，其建筑规模、历史文化和宗教影响都在南郭寺之上，为何只有寂寞千古的南郭寺在古秦州千秋历史上始终占据着"出门有兴便贪山，老柏青苍护酒颜。已是双株看不足，蹁跹鹤影又飞远"这样一种宗教情感与人间情怀相映生辉的特殊地位呢？

几年前大年初一的早晨，我和诗人角巴踏雪登上南郭寺，试图在没有人间喧闹，没有世俗呼吸的氛围中探寻这座千年古刹的真实魂魄。

除夕之夜一场短促的暮雪之后，慧音山被空前的寂静与素雅笼罩着。推开紧闭的山门，薄薄的积雪使整座寺院溢荡着素洁清静的淡淡禅境。当庭横卧的春秋古柏铁青苍枝上还挂着些许积雪。禅房里酣睡的僧人尚未起床。大殿香炉里的香烛早已灭罄。微风吹过，偶尔响起的风铃"叮咚"回荡。在这样一种天籁无痕、禅语有声的意境里，我和角巴只是静静伫立在雪地中央，任暗暗浮动的佛语天音把我们淹没、消解、融化，然后随无声滚动的空气，把我们仅有的肉体和灵魂飘洒向宁静如初、洁净如玉的秦州大地……

拜过佛，烧过香，自然是要到杜少陵祠为诗圣杜甫也燃一炷清香的。不知什么时候，有人给杜甫塑像披了一袭绛紫色布袍。本来剥痕斑斑的杜甫造像，穿上这么一身崭新的衣裳，多少显得有些不伦不类。然而转念一想，在中国众多佛教寺院里，除了南郭寺，还有哪一座寺院把生前不仅不曾皈依佛门，而且苦苦挣扎于"致君尧舜上，再使风俗淳"的俗世苦海中的凡夫俗子与佛祖同供一堂呢？对于千百年来如一首古韵深沉的绝句般赫然印在天水古城历史扉页上的南郭寺来说，曾经昂然临风的古塔、重现往昔庄严与辉煌的大殿楼牌，仅是这座千年古刹的俗身肉体。真正体现并提升了南郭寺魂魄与精神的，则是自唐乾元二年（759年）大诗人杜甫登临咏怀之后绵延1200多年间愈积愈厚的以佛教文化为基础，以悲世悯人的世俗文化和儒教文化为特色的中国传统文化情感。因此，杜甫之于南郭寺，就如佛家百年苦修之后的涅槃。原本凋敝至极的南郭寺不仅在杜甫意境中获得了永生，连自然造化于天地之间的俗物北流泉、唐柏汉槐、春秋老树，也都浸淫于神圣的佛光和年久愈浓的人文光彩之中，成为南郭寺永垂不朽的文化喻体和精神意象。

萧萧秋风从慧音山上空一度又一度刮过，梦幻般遥远的唐代早已被滚滚落下的历史尘埃湮没。然而唐乾元二年（759年），深陷困顿、孱弱、疲惫的杜甫登临南郭寺之际满怀孤愤的咏叹之声，却至今在紧紧环抱这座千年古刹的慧音山山坳久久回荡：

山头南郭寺，水号北流泉。老树空庭得，清渠一邑传。秋花危石底，晚景卧钟边。俯仰悲身世，溪风为飒然。

老树清泉，古刹秋风，这便是自杜甫开始，在历代文人名士此起彼伏的吟诵声中南郭寺如旭日朝暾破云而出的千秋意境。怀抱南郭寺的慧音山也就这样在交融着佛性、人性、诗性的精神光芒普照下，穿越1200多年漫漫岁月，完成了从一座普通宗教寺院到佛学与儒教相互融汇、人文情怀与自然景观相辉映的文化名山的融通与缔造。

20世纪最后一场大雪降临之际，浩大的洁白从慧音山顶上漫彻下来，藉河两岸深陷于一场酣畅淋漓的大梦，恍惚、隐秘、安静。对面山坳里，苍柏老树簇拥着的南郭寺却愈显高远、醒目、凝重地蹲踞于天地之间，我的耳际回荡着的，是诗史堂前那副令人千古感怀的对联：

陇头圆月吟怀朗，蜀道秋风老泪多。

大堡子山遗骨

深秋，大堡子山上的麦苗一片苍翠。苍翠的麦苗泛着淡淡的绿晕，随着起伏的山峦，紧紧依偎着静静流淌的西汉水向东流去。弥漫着绿晕的群山上面，是高远辽阔的蓝天。沿西汉水平坦开阔的川地向东，是三国古战场祁山堡。那里的河谷地带，是秦人刚刚来到西垂时牧马求生的故园。再往东，就进入了天水，从天水再向东北经清水，可以到达秦人历史上获得的第一座封邑，位于关山西麓的秦亭了。

现在是2008年秋天的大堡子山。秦文公带领五百步卒越过关山进入关中2700多年后，我陪同谢冕、林莽和刘福春来到这座至今满山留着被盗墓者挖开的墓穴，也让考古界困惑不已的秦西陵，不是为了寻觅，仅仅是为了凭吊和瞭望。

2700多年前，大堡子山下的河谷地带也许一样有五谷生长，只不过那时候这里生长最多的是黍和粟一类的植物，更多的川道和山坡上是丰茂的牧草。秦人在这里以放牧为主业，也间或耕种农作物，还要心怀惶恐、提心吊胆地时时提防、抵御山前山后突然袭来的西戎军队。

秦人是一个深信天命的民族。他们相信人死后如果有一个通风向阳、山水俱佳的地方作为墓葬，不仅死者的灵魂可以尽早升天，后辈也会身披死者墓地上温暖明亮的阳光，享受更多的幸福。于是，为与西戎作战而死或者在朴素的生活中寿终者选择一个让死者安稳、生者安心的墓地，在两千多年前已经被秦人看作是与出兵打仗、祭祀先祖一样的大事。

生活可以在平坦的西汉水谷地开拓，但死者的亡灵一定要有一个居高临下、面对太阳的地方：死者不仅可以享受充足的阳光，让他们的灵魂更接近他们先祖太阳神羲和的抚摸，还可以时刻看着山脚下他的后辈儿孙生活。最终，他们在西汉水两岸的山坡上，选定了让自己灵魂归于安静的两块墓地：我现在徘徊的大堡子山和隔西汉水与大堡子山相望的圆顶子山。

我已经不止一次登上大堡子山。每一次，我都会在这座被20世纪八九十年代盛极一时的盗墓风潮挖掘得遍体鳞伤的山包上，捡拾到一些散落在田埂上、草丛中的陶片和骨片。那些在风吹雨淋中依然散发着赭色黏土光泽的陶片和苍白得没有一丝光泽的骨片，是我在大堡子山唯一能看到的历史。然而，毕竟时光过于遥远，大堡子山上的黄土也过于浩荡，要凭借几段时光的碎片复原一个帝国童年的经历，还是太难。

这一次到来时，一个刚刚出土了大量青铜器的墓穴和另外一个有一个半篮球场大的建筑遗迹被清理出来了。尽管出土文物已经运走，但我毕竟在这座据说早年通过这里出土的文物造就了天水、礼县、西和一大批最早的暴发户的墓地上，看到了秦人当年生活和死亡的一些场景。虽然不多，但有了这墓道和墓室上遗留的两千多年前的泥土，我就可以嗅到历史的真实气息了。

就在我抚古思今，胡思乱想之际，又有一截苍白的尸骨出现在我眼前。

那是一截足有四五寸长的骨片，像腿骨，也像肱骨，静静地躺在距新开挖的墓道不远处的麦苗之中。初冬季节麦苗绿色光晕映照下，本来苍白的骨头竟也有了一丝光晕和生气。

顺着这座墓穴往东、往西、往南或者往北，拨开麦苗下面的泥土，还有更多细碎的骨片和陶片散落在地埂上、麦田里。面对那些零碎的骨头碎片，我的内心又有了战马嘶鸣、刀光四射、鲜血喷涌的感觉。

大堡子山附近，是秦人进入关中前生活最艰难的时代，死亡和厮杀是他们赖以生存的基本方式。但大堡子山和对面的圆顶子山墓地，却不是为那些普通的百姓和士兵而准备的——圆顶子山是贵族墓地，而大堡子山则是君王死后才可以进入的陵园。

我捡起那截骨头，却无法辨认它的主人。

这骨头的所有者是一位与西戎拼杀一生的君王、是秦襄公之前为保卫家园战死的将领，还是生前陪伴君王的妻妾嫔妃或王室成员？

一切皆有可能，一切又都无法断定。由于考古界20世纪90年代从盗墓者手中接管过大堡子山时，这里已经变成一座浩劫后的废墟，许多有价值的文物被倒卖或损毁，直到现在关于大堡子山到底埋葬着哪些秦人的先祖，仍然是一个费解之谜。不过有一点是可以肯定的，秦人将这里作为祖陵后就再也没有人选择这里做墓地了。大堡子山下的百姓告诉我，大堡子山是帝王穴，没有帝王相的人不敢选择这里当墓地。早些年，这个村子有人将自己的老人葬在这里，家里倒霉事情接连不断，最后不得不将墓迁走。

最初来到天水境内的秦人先祖中潏、女防、帝皋、大骆，大抵是不会埋葬在这里的。原因是中潏、女防、帝皋、大骆时代，秦先祖活动的中心还在大堡子山北、渭河上游的甘谷县朱圉山一带。那时候的秦人才开始披荆斩棘、在四周戎狄密布的环境艰难求生，没有时间，也没有精力和财力建设如此规模的墓地。

秦人从中潏到文公先后有14代生活在以西垂、西犬丘为中心的西汉水上游和天水境内渭河流域，那段时间也是这个外来民族艰苦创业的时期。最初的时候，秦人只是周王室的奴隶，他们所求甚少，与相杂而居的戎狄的厮杀，对周王室的言听计从，在艰难的环境中尽量争取扩大一点地盘，所有的努力都围绕着部族的生存和繁衍。直到非子被封到秦地，有了自己的姓氏和城邑，秦人一度折断的翅膀才渐渐长出羽毛，并开始幻想和飞翔。

非子刚刚受到西周封赏的时候，秦人的进攻能力和防御能力还十分弱小。所以在不期而至的与戎狄争战中，更多时候只能用鲜血和肉体抵挡戎狄的弯刀铁蹄。公元前841年，西戎攻占犬丘，生活在西犬丘的大骆一族甚至遭遇灭族之灾。

那时候的大骆后代，应该是生活在西汉水谷地。他们的鲜血流进了西汉水，破碎的尸骨也掩埋在了西汉水两岸丰收的黍粟和茂密的牧草下面。

直到秦庄公收复犬丘，成为西垂大夫之后，秦人才开始在政治上争得了一些尊严和威严。那时候的秦人，从生活习俗、祭祀礼仪上开始向周人学习。死亡和埋葬作为维护族人尊严的重要方式，被秦人看得越来越重要。到了秦襄公成为周平王册封的诸侯之后，秦人虽然仍偏居西垂一隅，但从政治权力上已经是受周王室指派，替周天子实施关山以西政治、经济和军事管理的一方诸侯了。于是，秦襄公在衣锦还乡后做的第一件事，就是参照周礼祭祀天地先祖的方式，确立自己的祭祀仪式和祭祀对象。

受封后的秦襄公回到西垂，在西垂建起秦人第一个宗庙性质的祭祀机构——西畤，将远祖少昊作为自己部族保护神进行祭祀，不仅规定了祭祀的时间、礼仪、方式，还明确规定以黑鬃红马、黄牛、羝羊为祭祀少昊白帝的贡品。

殷商时代，秦人在东方的时候向往的是西方。因为他们是颛顼的后代，对太阳的崇拜是他们的精神寄托和归宿。在远古神话传说中，秦人先祖颛顼、羲和、夸父始终沐浴在太阳金光四射的光芒里。早在尧帝时期，秦人先祖羲和奉帝尧之命来到西汉水发源的崦嵫山附近观测日象，并开始了历时几百年的部族西迁。西周初年，作为商族血亲的秦人先祖被迫离开太阳升起的海滨故乡，举族迁徙至临近崦嵫山的渭河上游后，大海上每天冉冉升腾的旭日又成了他们回归故乡、走向东方的梦想。所以他们选择墓地的第一条件，必然要有一条奔腾东去、流向大海的河流。而在西垂，离西垂宫和犬丘最近的一条河流，就是他们身边昼夜流淌的西汉水。

很快，紧邻西汉水的大堡子山和圆顶子山进入了秦人视野。

最早选择这两座山作为秦人墓地是什么时候，考古界不知道，我们更无从知晓。但在大堡子山是秦文公以前的王室陵园，而圆顶子山是秦人贵族陵园这一点上，已经被考古结论一致认可。

那么，大堡子山到底埋葬着秦人早期哪些君王和首领呢？史学界还在争论，我们且不去管它。不过，已经有考古发掘证明，在那位首次进入关中建立新都城的秦文公以前的一段时间，大堡子山已经是秦人的祖陵了。

司马迁在《史记》里明确说过，秦襄公战死在征讨岐丰之地西戎战场上，尸体却运回西垂并在那里安葬。在关中开创了秦人第一条东拓之路的秦文公死后，也回到了大堡子山。

坟墓是一个生命的终结之地。无论帝王还是百姓，死后以一抔黄土掩埋，生于尘土，归于尘土，一个生命也就完成了一个周而复始的过程。

大堡子山上究竟埋葬了多少秦人早期的君王和重臣，我们也不得而知。但在公元前716年秦文公在宝鸡境内战死沙场、魂归大堡子山之前很长一段时间，这里绝对是秦人心目中最神圣的地方。

绵延起伏的山坡上，巨大的陵墓一座接一座。阴森肃穆的陵区内古木参天，坟冢高隆。每当一位君王或宗室要员下葬之际，便有祭祀的牛羊、陪葬的活人、生前骑乘的马匹被宰杀。鲜血染红了墓道，低沉的哭号声、战马的嘶鸣声、牛羊的哀叫声、沉重的钟磬声、西汉水的呜咽声响成一片。

对面圆顶子山，则是那些从来都不出征打仗、只享受君王赏赐俸禄和从下人那里获得牛羊食物的贵族们走向另一个世界的路口。离开这个世界之际，他们带着对衣食无忧的奢华生活的遗憾和众多的精美青铜礼器、陪葬品，躺进活着时已经修好的陵寝，依依不舍地朝另一个世界而去。

秦人葬俗与当时中原各国不同。他们让死人头西面东，保持一种与西汉水相同的流向，躺在墓穴里。

西汉水向东，死者紧闭的双目依然遥望东方。也许，这就是离开山东半岛的秦人在还不曾想到他们的后辈可以东进关中、荡平中原之际，寄托对故乡的思念之情的最后一种方式吧？

大堡子山时代，是秦人刚刚成长壮大的童年时代。

那个时期，秦人更多的血和泪，流在了与戎狄争夺生存权和生存空间的厮杀中。被泪水、血肉和无尽的苦难折磨着的秦人，一开始还在强忍悲伤适应牛羊肉的腥味和不断袭来的游牧民族弯刀的残杀中煎熬。然而，正是这种无始无终、与虎谋皮的残酷经历，让他们学会了狼的残忍与凶残，也让他们懂得了一个在与狼共舞中求生的道理——这就是勇敢地面对鲜血和死亡。

在同样位于西汉水北岸的礼县县城附近鸾亭山下，我看到一座正在挖掘的春秋时期秦人墓葬里，一位仰身而卧的成年男子头骨上，还残留着一支射进头颅的青铜箭镞。

那应该是一位在战场上拼死杀敌，被敌人箭镞射中牺牲的秦人将领。面对两千多年前射进这位死者头颅的青铜箭镞，我不知道这位秦国勇士从马背上跌落那一刻已经魂归西天，还是

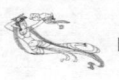

一息尚存，但从他被葬在曾经的秦人都邑可以断定，死者不是一位将军就必然是备受将士尊敬的英雄，而且尸体应该是从战场上抢回来的。在抢夺他的尸体或者受伤的生命时，或许又有人死在了呼啸而来的戎族弯刀箭镞下。死者的尸体从血肉横飞的战场运来时也许已经死亡，也许这位勇士是在抢救、治疗过程中慢慢死去的。无论如何，作为一个生命终结的纪念，这支置他于死地的青铜箭镞从此永远留在了他的头骨上。

从已经开挖的墓室陪葬形制可以断定，这位墓主人应该是早期秦人的功臣之一。墓葬形制严格遵循了秦孝公以前秦人的殉葬规制，墓室里和他一同被埋葬的还有他的妻妾或者女奴，以及一只狗。因为墓葬里还发现了一位三十多岁的女性、一位十五六岁的女子和一只狗的骸骨。

在进入关中的秦武公以后，秦人墓葬已经有了显示权力和身份的奢侈陪葬品。但在大堡子山时代，秦人还在艰难中求生，我所看到的墓葬里除了必要的祭祀品、生活用品外，印象最深的还是这些被前些年的盗墓者暴露在地面上的死者和陪葬者的白骨碎片。

阳光照射下，一截一截、一片一片的破碎骨片暴露在我眼前，让人感受到一股久久不肯散去的气息至今还在四周弥漫。那是一个个鲜活的生命突然间被终结后，留在人间的最后气息。时隔两千多年，这气息尽管很微弱、很缥缈，也一样令人惊悚、恐惧。

我不知道大堡子山下面还埋葬着多少至今尚未腐烂的白骨，但我知道一个人的身体上最不容易腐烂的有两样东西：一是骨头，二是头发。骨头支撑人的肉体，头发则象征着尊严和思想。

大堡子山归来时，同行的诗人周舟问我，秦人为什么能大败六国统一中国？我思考了一下，指着从大堡子山捡拾来的那截骨头说，是骨头，秦人有比别人更坚、更硬的骨头。

秦人在大堡子山附近生活的时代，是在生与死的刀刃上锤炼筋骨的时期。在与戎狄无始无终的生死争战和沉重的精神压力下，秦人度日如年地求生，最终学会了用残忍制造死亡、用冷峻面对死亡、用仇恨将死亡推向极致。这一切，都让他们的筋骨更加坚强、更加强壮，坚强到可以让敌人血流成河、尸横遍野，让秦人的黑色大旗在东方六国大地上任意飞扬。

一根骨头坚强起来的时候，再矮小的人，也会高大起来。

一群骨头坚强起来，一个民族的脊梁就会高耸起来。

寻访仇池古国

一

2004年走秦岭，为了节省时间，直接从陇南山地北部的徽县进入了陕西。一年来，每当夜深人静，思绪再次回到一年前秦岭山林里所度过的那些难忘时光时，我的内心就不断回响起一个古老高山王国的名字：仇池。

从秦岭归来的日子，我一直都在寻找继续走完横陈在甘肃南部，西汉水和白龙江之间的秦岭西部余脉的机会——在中国历史上群雄割据的南北朝时期，就在这片群山横陈、峡谷交织的山岭之间，先后出现过五个前后相互联系的地方政权：前仇池国、后仇池国、武都国、武兴国、阴平国。这五个国家，都是在以甘肃陇南、陕西汉中和四川西北部为中心的西秦岭山地，开始并完成了它们的帝国之梦的——它的创立者是一个少数民族家族：氐族杨氏。

到了西和县城，一打听，要到仇池山，还得赶八十公里山路，而且从仇池山下的大桥乡到仇池山顶，道路极为险峻。从地图上看，仇池山在已经很接近武都县（今武都区）的西汉水岸上。对于西秦岭南坡来说，密布在崇山峻岭之间的高山峡谷，几乎都与西汉水一脉相通。

汽车一出西和县城，迎接我们的便是连绵山岭，公路在幽深的峡谷穿行，村庄也愈见稀疏。以陇南山地为中心的西和、徽县、成县一带，是位居世界第二的我国最大铅锌矿带。一年前从凤县坐火车到略阳，沿途的嘉陵江岸边，到处都堆满了等待运输的铅锌矿。据说这一带狂采乱挖中开采了二十多年的铅锌矿，已经接近衰竭。所以一路上，我们只遇到了一辆拉矿石的汽车。

偶尔出现的一两座村庄，都掩映在零乱的树林之下。麦收刚过，村口麦场上，毛驴拉着石碌碡碾场的古老方式，还在这里继续。顺着纵横交织的峡谷愈是往南，村落房舍布局、人们的语言风俗，就愈和西和县城一带相距甚远。

就在我们被植被稀疏、荒凉而寂寞的风景折磨得昏昏欲睡的时候，一口安放在河对岸石崖下的棺材却意外地出现在我们面前。

二

那口安放在石崖下的棺材，最早出现在我的视线。

汽车在经过洛峪乡之后，幽深的峡谷、崎岖的山路、高远的山岭，让我再一次感受到了真实而险峻的秦岭。就在那一刻，河谷一侧一座高隆的石崖下，一口暴露在光天化日下的棺材，赫然出现在了我的面前。

从车上下来，河对岸不远处凹进去的石崖下面，一口巨大的棺材静静停放在那里。零乱的石头，荒芜的野草，在山坡上蔓延。清澈的河水悄无声息地从山谷间流过。棺椁上的木头显然是经过了长时间的日晒雨淋，呈现出一种腐烂前的黑色。公路下面的河水里，还浸泡着几块似乎也是破碎的棺材上脱落的木块。

在这之前，曾经听说在陇南的康县宕昌一带，至今还遗留着人死后将尸体装入棺材，然后将棺材置放在路边，几年以后才入土为安的丧葬习俗，当地人称之为"架葬"，或者"厝葬"。与裸露的棺木相遇的那一刻，我的内心突然涌起一阵惊悚——当一个人跌跌绊绊走完一生之后，只有温暖而深厚的大地，才是他最后的家园。然而在西秦岭南坡山区，人们却要让这些苦难的灵魂，死后依然接受风雨打击，这中间到底有什么神秘的缘由呢？

后来一位对地域古老风俗充满兴趣的朋友在介绍那种葬俗时说，他感觉到，这种葬俗有一种历史文化的根性，很可能是古代少数民族葬俗遗风。

在更漫长的历史过程中，陇南一带是氐族和羌族的故园，洛峪乡一带就在氐族杨氏仇池国政权中心区域内。早在公元前111年，白马氐族就聚居在洛峪河谷地带，形成了以氐羌族为中心的陇南氐羌社会。前仇池国时代，仇池山是仇池国的大本营，与仇池山遥相对应的西和县洛峪河东岸的要庄村，就是仇池国的治所。在前后仇池国历史上,洛峪一带一直是氐族杨氏防御作战的前哨。

《诗经·商颂》说:"昔有成汤,自彼氐羌,莫敢不来享,莫敢不来王。"可见历史上的氐族和羌族,曾经被看作是一脉血统。这支曾经生活在青藏高原的古老民族,大约在母系氏族晚期发生了分流,其中一部分顺秦岭北坡渭河流域进入中原,形成了后来的华夏氏族;留在青藏高原的一支,就是现在的藏族;另一支则沿秦岭南坡南下,一直抵达了西南的金沙江流域,这就是现在生活在西南地区的羌族。南下羌人要抵达四川和云南,陇南地区是必经之地。现在陇南文县白马河流域的白马藏族,就是古代氐族后裔。历史上的羌族,以战死为荣,以病死为辱。宋代《太平御览》引《庄子》的佚文里就有"羌人死,燔而扬其灰"的说法。

那么,这至今遗留在仇池古国一带的"架葬"习俗,是不是创建了古仇池国的古代氐人孑遗呢?

从洛峪到喜集,一会儿是高山,一会儿又急急地转入峡谷,道路本来就够险要的了,上了青枫岭,峰岭突然壁起,峡谷更加幽深,环绕在山岭上的公路,就在悬空的山崖上穿行。在从陇南山地一直蔓延到河南伏牛山区的秦岭山区,凡是群山丛生、险途连天之地,必然在历史上曾经留存了大量至今让人揣摩不透的秘密历史。陕西山阳和湖北上津之间的古代蛮子国、上津古城,神农架深处的上庸古国,都是在与世隔绝的密林深处,保存了它那血与火书写的神秘历史。

快到大桥乡的时候,公路在刀削斧劈般的山顶盘绕。不远处,就是如一根细线般穿行在崇山峻岭间的古老西汉水;再远一点,四周都是苍苍茫茫的山岭。汽车就在高悬在半空中的悬崖上行驶。这情景，让我又一次想起了去年这个时候，我从山阳去漫川关的情形——那一天，也是这样一个闷热的正午。我乘坐的长途汽车就在这样上不着天、下不着地的山岭幽谷间小心翼翼蛇行。驾车的司机显然是跑惯了这种人间"鸟道"，每遇弯道便鸣号警示。就是这样，转弯时还是与一辆迎面而来的卡车突然相遇。两辆汽车戛然刹住的时候，客车的半只轮胎已经悬在了崖边。我冒着一身冷汗朝外一看，轮胎下面，就是和这儿一样的万丈深渊。

深山藏险要，也是盗匪强人和偏居一方的诸侯、军阀称雄称王的绝佳处所。

从西和县城出来的一路上，面对险象环生的山岭鸟途，同行的朋友一直谈论的一个问题就是，当年的仇池人，到底是以怎样的耐心和毅力，在大山深处，让自己的政权能够连续延续380年之久的。

三

那天的午饭，是在大桥乡政府对面一家厨房悬在哗哗流淌的西汉水上面的吊脚楼里吃的。窗外是从遥远的山岭深处而来，还要向更远的深山丛林流去的西汉水；四周是围绕着仇池山奔涌而来的群山，再加上窄小、低矮、零乱而又古朴的小镇，耳边不时飘过的，是一种已经与县城一带很有区别，软绵绵的蜀腔巴调，那顿饭吃得让人至今回味不止。

从魏蜀吴三国争雄的东汉末年，到群雄争霸的南北朝时期，是中国历史上王朝更迭最迅速，英雄好汉最容易凸现个性、施展才华的时代。那时候，中国大地上出现过的王朝，实在是太多了。由于地处偏远，又是一个少数民族地方政权，在当时和后世，以中原为中心的正史编纂者，多少年来对曾经和马超一起与曹魏都作过对，又协助前秦皇帝苻坚参与过淝水之战的仇池国历史，竟然疏而不载。

然而仇池古国的神秘与神奇，在历史上毕竟留下了不同凡响的声音。

从大桥到仇池山，简易公路在高矗的群山之间沿着西汉水曲折东行。除了西汉水窄狭的河谷，沿途都是那种见首不见尾的山峰。到了仇池山西北角，雄矗高翘的仇池山主峰，如一只雄踞的苍鹰，蹲踞在高远的蓝天下。不舍昼夜的西汉水也变得舒缓、开阔了。紧挨着山脚的山坡上，拥挤着几户人家。河水里，一群十三四岁的山村少女在河里戏水，几位老人坐在路边玩牌。本想步行上山，一位老人却建议我们顺着河再往东走，从新修的公路上开车上山。

"要爬山，到今天半夜，你们也未必上得了山。"看了看悬在仇池山上的太阳，老人说，"就是我们山里人，要爬到山顶上，也得一天工夫。"

问起这座紧挨着仇池山脚的村子名字，老人说："以前叫尧空巴，现在叫赵尧村。"

尧空巴！

乍一听，怎么都让人觉得有点藏文化味道。

本来，从仇池山再往西南，过了武都、宕昌、白龙江，就可以到达舟曲、迭部藏区。在过去的历史上，这一带与甘南藏区，应该是存在商贸往来、民风相濡的可能的。但在我看来，这个村名，多少还是有些早年建立仇池国的氐族人留下的历史信息。

仇池国的创立者氐族人杨腾，是秦汉以来世居在天水境内略阳清水氏族杨氏后裔中的佼佼者，也是在陇右地区极有势力的地方豪族。东汉末年，杨腾一族生活在当时被称作略阳的甘肃秦安。建安初年，中原大地动荡不安的波澜已经波及天水一带。为了躲避战乱、图谋霸业，杨腾一个叫杨驹的儿子率领部族跋山涉水，来到了三面环水，四面陡壁，易守难攻，山顶又有良田百顷的仇池山。

仇池山地处出陇入蜀要塞，退可防守，进可扩张。尤其重要的是，仇池山绝壁临空，不要说是冷兵器时代，就是现代，除了飞机火箭，地面部队要实施进攻，也绝非易事。杨驹选择固若金汤的仇池山之后，一个以前后仇池国为中心，后来又有武都国、阴平国和武兴国为后续和外延的氐族地方政权，就在陇南山地的崇山峻岭中诞生了。

东汉末年和南北朝时期的军阀混战，曾经埋没了多少英雄豪杰。与杨氏同为氐族的秦安老乡、前秦皇帝苻坚，曾经在短短几十年间横扫北部中国，开创了路不拾遗、夜不闭户、人民富足的太平盛世，最后还是在淝水一战之后，身首异处，亲手葬送了自己的基业。从渭河上游迁徙到西汉水流域的杨氏氏族，却凭借仇池天险，开创了立国时间比唐、宋、清还要长的历史。到了杨腾的孙子杨千万时期，仇池杨氏已经拥有千万之众——而当时由于战乱，全中国人口不足两千万。因此，曹操在与刘备争夺汉中时，还专门派人封杨千万为百顷王。刘备占据汉中之后，曾经出兵支援过马超的杨千万再一次审时度势，投奔镇守阳平关的马超。无论倒向曹魏，还是投奔刘汉，杨氏氏族以其所拥有的实力和占据的战略位置，在当时都是一股不可轻视的政治力量。仇池国的势力，也因此由陇南发展到了四川北部和汉中一带。

过去上仇池山，路若羊肠，有二十四隘，三十六盘。

汽车从河沟村附近的西汉水边朝山顶爬行。迂回曲折的山路悬在半空中，对面的山岭紧贴着蓝天。一边是望不到头的高山，一边是深不见底的沟壑。路愈高远，山脚下川流不息的西汉水，便愈轻飘得如一根细细的丝线，在阳光下飘忽不定。

杨氏氏族真正以一个国家形态出现在中国政治舞台上，是在公元296年。这一年，杨茂搜率四千户氐人部落再次返回仇池，建立了仇池国。这就是真正意义上的前仇池国。此后，氐人建立的仇池国，也随着中原大地政治大潮历经多次大起大落。在战乱频繁之际，连前秦皇帝苻坚、北魏主拓跋焘，都纷纷将自己的女儿远嫁仇池，寻求政治联姻。然而一旦中原安定，仇池国便在重兵压境之时，频遭血光火海戕残。到了公元442年，后仇池国被南朝刘宋所灭之后，杨茂搜后裔先后又在武都建立了武都国、在陕西略阳建立了武兴国、在文县建立了阴平国。公元580年，离开仇池山之后流落在西秦岭南坡的杨氏氏族最后一个政权——阴平国被北周所灭之后，这个在群山环绕中存活了380年之久的少数民族政权，便被日复一日的滚滚尘埃，深深地埋没在时光的残骸下面，成了至今让史学家玩味不透的永久的秘密……

四

高山上的太阳没有阴影。

上山之际的惊恐，终于被仇池山顶上平坦安静的千亩良田上一派男耕女织的田园风光所代替。东、南、北三面被西汉水和洛水紧紧环绕，西面是悬崖万仞的仇池山上，碧绿的玉米在山坡上摇曳，刚刚收割的麦田在阳光下泛着金灿灿的光芒。散落在平坦的田野中间的村庄，被一堆一堆的大树簇拥着。几头耕牛在山坡上吃草，路旁院落里，小鸡在欢叫；村头麦场上，古老的连枷还在伴随村民打麦扬场；路边水渠，清流潺潺……一切都是如此安静，就像陶渊明时代的一首田园诗，让人迷恋，令人回味咀嚼。

上有平田百顷，煮土成盐，因以百顷为号。山上丰水泉，所谓清泉涌沸，润气上流者也。

这是《水经注》对当年仇池山的描述。

如果不是曾经阅读过的历史，如果不是刚刚攀登了险象环生的绝壁险途，有谁会相信，这里就是那个前后经历了将近400年血与火洗礼的仇池古国都城呢！

和几个碾场的村民相聊时才知道，仇池山山顶方圆二十多平方公里，到现在还有一千多亩可以耕种的土地。山上上马、下马、庵房、河沟四个自然村，七八百人组成了仇池村。说起煮土为盐的事，一位年岁稍长一些的中年人说："那都是哪一辈子的事了！"

然而在一千多年以前，这应该是仇池国最基本的生存依据之一了。千余亩良田、史书上记载遍布山上的九十九眼泉水，再加上必要的给养补给，在仇池国最鼎盛的时候，这山上驻扎的上万人守卫部队，基本生活必需品，大体上是可以自给自足的。

在当年曾经旌旗如云的仇池山上徜徉之际，我想如果没有这片平坦肥沃的良田，仅仅有高绝险峻的自然天险，仇池国肯定是不可能延续那么长的历史的。

除了伏羲崖上一座道观，以及前些年甘肃省人民政府立起的"仇池古国遗址"的标志，已经找不到一丝当年留下的痕迹了：没有想象中的残垣断壁、没有宫殿遗迹、没有官署衙门的残骸、没有都城城墙残迹……甚至连一片残碎的瓦砾也没有！

通往伏羲崖的路边，一位老人从院子里走出来。我想探寻一点当年氐族杨氏的消息，老人的回答还是令人失望——老人说自己祖上就住在这里，但这村子里现在已经没有杨姓人家了。

也难怪，据史书记载，"氐于平地立官室果园仓库，无贵贱皆为板屋土墙"。可见，当年的仇池王国应该是处在一种既无巍峨宫殿，也没有高低贵贱等级制度的社会形态之中，这也许是它之所以能够号召千万之众，持续近四百年之久的原因之一吧？至于在别的都城里都能看到的高墙城堡，在原本就是一座巨大防御工事的仇池山，根本就是多余之物。到了仇池国后期，父子相残、兄弟为仇，以及盲目地向外扩张，再加上天下归一的大势，使杨氏政权终于走上了末路。在各种势力逼迫下，王公贵族不断在陇南、陕西略阳和川北地区四处流亡，寻找安身之地的杨氏家族，已经无法挽回当年一呼百应的王者气象了。

一个在中国历史的血管里留下它神秘、神奇印痕的民族，随着一个王朝的消失，就这样神秘地消失在了华夏大地之上！曾经轰轰烈烈、撼天动地的氐族杨氏政权的兴衰，也把一段迷雾紧锁的神奇历史，留给了后人。

直到近些年，才有学者说，现在生活在川西九寨沟附近的白马藏人，就是当年创立了仇池国的氐族人后裔。

秦岭为何叫秦岭

打开《中国地形图》，在莽莽昆仑山脉收住脚步的青藏高原东缘，一座苍茫突兀的山岭拔地而起，集合起千山万岭，莽莽苍苍，逶迤东去，绵延1600多公里，将中国内陆分为南北两半。

这条如奔腾巨龙般横亘中国内陆中央的山岭，就是"中华民族父亲山"、中国大陆南北自然分界岭——秦岭。

秦岭山脉的起点在甘肃省临潭县北部的白石山，途经甘肃、陕西、四川、湖北和河南五省，直奔伏牛山区，与淮河遥遥相望，成为中国大陆中东部最为挺拔庞大，对中国大陆自然地理、动植物分布和文化形态影响最为深远的山系。

古老地理学认为，中国大陆众多山岭的根系在昆仑山。所以在汉代以前，秦岭和昆仑山被笼统地称作"昆仑"。成书于春秋战国时期的《诗经》《左传》《山海经》，又将矗立在关中平原的秦岭主峰称为"南山"和"终南"。直到秦以后的西汉，秦岭才有了属于自己的名字：秦岭。

"盖秦岭天下之大阻也。"

这是我们能够寻找到的秦岭一词出现的最早证据。这名字的创造者，是西汉时期大史学家司马迁。

是什么原因让司马迁将长期被称之为"昆仑""南山"和"终南"的秦岭改称为秦岭的呢？2004年，我对秦岭进行考察时翻阅了不少资料，访问了不少学者，都没有得到确定的回答。

中国文化讲究因果，中国境内的山川河流叫什么名字，历来都是有前因后果的。比如淮河，就是商王朝灭亡，一支叫淮夷的商余民南迁时从商地老家带来的地名；再如华山，因为其山峰如一朵盛开的莲花而得名；就连秦岭山区好些名不见经传的小山丘叫什么名字，也有个原委来头。那么司马迁要给一座对中国南北文化和地理、气候、动植物分布产生重大影响的山岭改名，难道就没有原因吗？

这些年来，我一直在思考这个问题。我在想，作为一位严谨而严肃的学者，司马迁绝不可能在他苦心经营的"史家之绝唱"的《史记》里信口雌黄，为一座已经有了约定俗成称呼的山岭，随随便便更改一个没有因果的称谓吧？

秦岭一词出现于秦代以后。秦岭经过的甘肃陇南山地、关中平原和川西北、鄂西、河南西部秦岭山区，是秦人最初的家园和最早建国立业的地方。那么秦岭的称谓会不会和秦人、秦朝有关呢？

2004年，我在秦岭山区行走期间发现了一个有趣的现象：现在湖北和河南西部的秦岭山区方言，至今还带有浓重的关中腔。河南内乡一带流行的南阳梆子——宛梆，就是从秦腔演变而来的地方戏种。

翻开秦人历史我们发现，秦人发展壮大的过程，一刻都没有离开秦岭的怀抱。

商朝灭亡后，作为殷商王朝盟友的秦人先祖被剥夺嬴姓，成了周人的奴隶，被从山东半岛的泰安一带发配到西汉水上游的西秦岭山地，开始了长达数百年忍辱负重、披荆斩棘的创业生涯。在戎狄丛生的西垂艰难求生的岁月，是秦岭山区丰茂的水草养育的战马，让他们赢得了周王室信任，重新获得了标志一个部族尊严的秦姓，并有了自己的封邑——秦亭；在与诸侯列强争霸过程中,是秦岭黄河之间退可防守、进可攻伐的地理环境,成就了秦人从周王室一介马夫成长为横扫六合、独霸天下的霸业。

秦人最早的安身之地,在西秦岭北坡的西汉水上游。在秦文公东猎进入关中到秦始皇建立大秦帝国的五百多年间,秦人先后五次迁都的地点,从来都没有离开过秦岭的怀抱。在秦穆公成为春秋五霸和秦人成长为战国七雄的时候,以秦岭为轴心,西到天水,东到函谷关,南及汉中和湖北西部的秦岭山区,是秦国最初的国土范围。秦始皇死后为自己选择的陵寝,就在秦岭支脉骊山脚下;秦先祖西陵——甘肃礼县大堡子山,也在西秦岭之中。

当年秦始皇大兴土木,修建阿房宫需要大量木材和石材,这位傲视天下的千古一帝却明令禁止:不准采伐秦岭一木一石。有人在解释这种现象时说,在本来就非常迷信的秦人心目中,秦岭被视为与秦人兴衰存亡攸关的"龙脉"。

这种多少有些形而上意味的解释到底有没有道理,我们姑且不论。但有一点是不可否认的,那就是在长期求生、发展、壮大的过程中,秦岭给秦人的印象太深刻了。在秦人看来,秦岭见证了他们先祖求生、创业、奋斗、立国的全部历史,秦岭的一草一木里渗透了秦人的鲜血和泪水,秦岭培养了秦人不屈不挠、开拓进取的性格。所以这个有着"好祭祀,敬鬼神"传统的民族,就将一座山岭推向了寄托一个民族精神和理想的高度,成了他们共同崇拜的精神图腾。

正是由于这种原因,就如人们之所以把汉江南岸古代巴人活动中心区域的那座山叫作"巴山"一样,司马迁将这座与秦人崛起、兴盛与存亡息息相关的山岭称为"秦岭"。所以司马迁当年以秦岭命名这座山岭的本来含义,应该是指秦岭就是秦人生活的山岭;或者说秦岭就是秦人赖以生存、发展和壮大的山岭吧?

还有一种说法,说"秦岭"一词是从西方传入中国的。

即便如此,那也应该是在秦始皇统一中国之后的司马迁时代。而据史书记载,西方世界最早知道的中国,是秦国。

春秋中后期,秦国在秦穆公时代成长为可以与黄河以东各诸侯国抗衡的春秋五霸之后,开始着手处理与秦人结下恩怨数百年的西戎问题。

包括后来匈奴在内的西戎,是对早年生活在西北的游牧民族的泛称。西周初年,秦人刚刚来到陇山以西的天水一带的时候,那里生活着数以百计的西戎部族,这些当时还过着逐水草而居游牧生活的马背上民族,有一部分就来自遥远的西方。秦人在与这些游牧民族争取生存空间的过程中,结下了太多的恩怨。到了秦穆公时期,秦国已经成为西方大国,可以腾出手解决这些数百年来如影随形,对秦人带来太多麻烦的敌人了。

公元前623年,秦穆公采用由余的作战方案,一举将盘踞在陇山以西和关中西北部的众多西戎部族击败。这些长期与秦人既邻又敌的游牧部族,面对秦人强大攻势,一路向西逃窜,其中有一部分逃到了欧洲。当时尚处在氏族社会末期的西戎,对中国的所有认识,都来自秦人和秦国。所以到了欧洲,在向他们后代讲述自己种族历史时,遥远的记忆里只留下一个古老国度的名字:"赛尼""希尼"。成书于公元前四五世纪的古波斯弗尔瓦丁神赞美诗称中国为"赛尼",古希伯来称中国为"希尼",后来印度史诗《摩诃婆罗多》《罗摩衍那》称中国为"支那",都是"秦"的音译。

由此可见，无论从秦人与秦岭的经历，还是西方人对秦和秦岭的称谓，我们都可以断定，秦岭一词的来源，与建立大秦帝国的秦人有关。秦岭的含义，就是秦人赖以生存、发展、壮大的那条山岭。

苍老的古道

从北向南穿越秦岭的古道，最著名的有故道、连云道、陈仓道、褒斜道、傥骆道、子午道、阴平道等，这些纵贯秦岭南北的古栈道和由汉江南岸延伸而来的荔枝道、文川道、金牛道、米仓道相互连接，就形成了我国古代通史上蔚为壮观的古蜀道。

2004年夏天，我是从甘肃徽县境内青泥岭的古蜀道转向，经从甘肃两当、徽县到陕西略阳、四川广元的故道，进入陕西凤县的。

现在被称作铁山的青泥岭往南，也有一条古栈道，叫白水道。公元759年秋天，贫病潦倒的杜甫在漫天秋风中且走且吟，从秦州到徽县，就是从宋代才开通的白水道经铁山附近南下，由略阳、剑门关进入四川的。时隔一千多年以后，杜甫扶老携幼一路跋涉的青泥岭，依然乱石当道，四野无人。当我要求去看一看向南到略阳白水江镇的山崖上残留的栈道痕迹时，陪同的徽县旅游局局长告诉我，前些年悬崖上还有不少栈道孔，现在已经很难看到了。

秦岭大概是中国栈道最为密集的地方。

历史上，秦岭的名声，也总是和刘邦、诸葛亮争夺穿越秦岭的古蜀道紧密联系在一起的：刘邦隐居汉中之初火烧连云栈道，为他争取到了养精蓄锐的时间；后来又明修栈道，暗度陈仓，也是这潜行在秦岭中间的古道，把他送上了皇帝的宝座。相反，诸葛亮的后半生，几乎天天都是往来于从南秦岭到北秦岭的古道上的，而且诸葛亮的遗憾，也就在于他一生最终还是没有能够拥有这些从汉中到关中和天水一带的古栈道。

那么，什么是栈道呢？

临行前我查阅的资料说，栈道又叫阁道，是古人为了解决崇山峻岭里的交通问题在陡峻山崖上凿石架木，下撑木柱，上覆板，边有栏杆防护的悬空通道。由于这种被称为我国古代"高速公路"的道路往往悬在高山峡谷之间，上有顶棚，旁有栏杆，远远望去好似一串串凌空筑起的空中楼阁，所以又被称为"阁道"；又由于古代的栈道一般都傍水而行，于是又有人称栈道为"桥阁"。在幅员辽阔的中国内陆，秦岭雄踞疆土中央，将隋唐以前中国政治文化中心关中与巴楚大地隔阻开来。自战国以来，为了沟通秦岭南北交通，历朝历代，在秦岭崇山峻岭之间修筑了一条又一条栈道。这些栈道，在险途漫漫的秦岭巴山之间艰难前行，将巴蜀大地和关中连接在了一起。所以，有人称它为我国古代继长城、大运河之后的又一土木建筑奇迹。

在古代秦岭南北政治斗争中，谁能够占领蜿蜒在秦岭巴山之间的栈道，谁就拥有了战争的主动权。即便是现在，经凤县到汉中的宝汉公路、从眉县经太白到汉中的西汉公路、从周至经洋县到城固的周城公路，以及从陕西宁强到四川广元的川陕公路，基本上还是沿着古蜀道栈道的线路修建的。

从甘肃徽县到陕西凤县，嘉陵江上游的灵官峡，就是当年汉高祖刘邦大败章邯于陈仓时翻越秦岭的故道。在凤县登记好住处后，我让送我出甘肃境内的徽县县政府的吉普车把我捎到灵官峡，然后沿嘉陵江一路步行，去寻找故道残迹。

故道是甘肃境内西秦岭古道中规模最大的一条古蜀道。这条连接甘、陕、川三省的古道开通于殷周时期，从略阳逆嘉陵江北上，经甘肃徽县、两当，在凤县黄牛铺、红花铺附近与后来的陈仓道相接，从大散关越过秦岭，直抵宝鸡。相对于连云道，故道所走的线路山高路远，又偏离关中，汉武帝以后，朝廷将官驿道东移至褒斜道，这里仅仅作为必要时的军事通道和商道，在汉代以后并没有多少大事件发生，所以历史上也就显得更加落寞一些。但五十年前，著名作家杜鹏程一篇著名的《夜走灵官峡》，却使这条古蜀道上的灵官峡声名鹊起。

在峡谷中宝成铁路灵官峡道班，两位师傅告诉我，一个月前，杜鹏程夫人张文彬还到这里凭吊过杜鹏程创作《夜走灵官峡》的故地。

从灵官峡到凤县县城十几公里，我走了整整一个下午。

2004年夏天的嘉陵江，在甘肃境内枯瘦如一条小溪，无声无息地在峡谷里穿行。沿着河谷，是国民党时期修建的甘陕公路，现在的316国道。现在凤县境内的宝成铁路，也行走在原来故道线路上。从宝鸡到天水的312国道打通后，这条过去甘肃通往陕南的唯一通道上，过往车辆已经很少。宁静的峡谷里除了漫山遍野蝉鸣，就是每隔一会儿，有一列从成都或者宝鸡穿越秦岭的火车轰轰隆隆地从头顶隧道穿过。就在我漫无目标地在公路上徘徊的时候，江对岸如烈火焚烧过的赭红色山岩上，突然出现了一个又一个的小石孔。四五个规则的石孔整齐地排列在距水面两三米的石崖上，让我本来失望的内心突然涌起了一阵亢奋。虽然手头没有任何资料证明灵官峡现在还有故道栈道遗迹，但凭我的直觉，那应该是古代故道的栈道孔。

古代栈道，一般都是沿河谷而行。由于各个年代和每条河流水文现象不同，不同时期和不同河段栈道，距水面的距离也非常悬殊。从汉中褒城到眉县斜峪口的褒斜道，栈道路基距地面和水面的距离，最高处可以达到300多米。十多年前川陕公路还未改道时从广元明月峡到陕西勉县，我从峡谷上看到的古代栈道残迹，就悬在滚滚嘉陵江水的半山腰。然而这一次从明月峡、棋盘关一线经过，作为旅游景点开发的古栈道，已经失去了当年我目睹过的那种风采和气势。

没有征兆，没有预感，从灵官峡出来的时候，晴朗的天空突然涌来一片沉重的乌云。一道犀利的闪电在黑云和峡谷之间腾起，沉闷的雷鸣落在两面的山岩上，灵官峡四周回荡起让人心惊肉跳的巨响。

急骤的暴雨从天而降，峡谷里迅即弥漫起迷茫的雨雾。

急匆匆一路赶到峡口一个叫灵官峡村的地方躲雨，浑身已经成了落汤鸡。

一家小卖部门口，几位老人正在一棵核桃树下下象棋。雨珠落在巨大的树冠上激起哗哗啦啦的巨响，几步之外雨水涟涟，灵官峡口的山谷上烟雨弥漫。老人们就在这废弃了的古道旁悠闲地出车走炮。谈起灵官峡石崖上的石孔，一位眼睛患有严重白内障的老人说，那就是过去故道的栈道孔。他扬手指着山坡上村后面乌云翻滚的山顶说，那里也有古道，过去有很多驿站。早些年他在山里林子里，还看到过许多被马蹄磨得又光又滑的石头。

"那条古道是过去汉中和四川到天水的官道，地下还有古代的犁铧和箭头。"另一位老人接着说，"后来土匪出没，那条路就没有人走了。"

十多天以后，我在汉中画家魏玉新陪同下沿褒河峡谷从马道、青桥驿一线寻访褒斜道遗迹时，在褒河河谷浸泡的巨石上，也发现了不少四方四正的栈道孔。

褒斜栈道是秦岭栈道里历史上最繁华热闹的一条。自秦代开掘以来，一直沿用到明清。那一座座建在褒河东岸的"栈阁"在马道一带，一般都在距离水面七八米的悬崖上。我们看到的那些横躺在河中的巨石，应该是在山洪暴发或者山体滑坡时滚落下来的，最大的如一间房子，横卧在滚滚急下的激流之中。当年支撑过千军万马的栈阁早已灰飞烟灭，一个又一个曾经是悬在空中的工匠历尽千辛开凿的石孔，现在如一只只干枯了的眼眶，里面注满了河水。

栈道千里，通于蜀汉，使天下皆畏秦。

这是《史记》对战国时期穿越秦岭巴山之间的古栈道盛况的描述。

公元前316年，秦惠王征服生活在四川丰都一带的巴人时，秦人千军万马从这条古道如狂飙飓风突破秦岭巴山隔阻，仅用了3个月时间就灭掉了巴王。

魏老师是一位喜欢游走的画家。最近几年，在创作反映秦巴山区小人物生活的速写作品，每到节假日，他都夹着自己的画册，在山村小镇到处游走。他指着暮霭中莽莽苍苍的山岭说，那里的山林里，以前还有古道遗迹，川陕公路通车后，那条路也就渐渐荒废了。

一路从秦岭走过，那些曾经造就了一个又一个王朝的秦岭古道,已经基本上被荒林碎石掩埋得难觅踪迹。褒河石门水库,广元朝天、剑门关一带修复后供游人游览的栈道修建得再逼真,也无法复原古代阁道那种飞绝凌空的气势。然而,只要行走在早已废弃了的古栈道曾经走过的线路上,我仍然会被千百年间往来于古木森严、激流飞渡的栈道上的身影所感动。

对于秦岭来说,它曾经有过的驿马飞驰、旌旗蔽日的年代,才是它真正经历和创造的日子。

古道苍老了,我的想象却更加开阔。

茶马古道

中国最古老的茶马古道不在别处,在汉江流域。

2014年8月到天门,是为了拜谒一代茶圣陆羽,然而市区主干道被命名为陆羽大道的陆羽故里,除了一座陆羽公园,再也没有和陆羽有关的遗迹。也是在天门,我才知道茶圣故里天门市盛产棉花和稻谷,却不产茶。

不过半年后,进入汉中和安康,山坡上、竹林旁、高山上,一畦畦如绿色巨蟒般萦绕巴山北麓的茶树,让汉江两岸的空气都弥漫着清新芬芳的茶香。从西乡堰口到镇巴,沉落在泾阳河峡谷的公路逐渐升高,到了罗镇附近的高山上,漫山遍野的茶园突然间蜂拥而至,恍惚间,我感觉自己置身于碧波荡漾的绿色茶海。

豁然开朗的峡谷间,一座孤零零、突兀而起的尖顶山从山脚到山顶,被一行一行整齐环绕的茶树覆盖,形成一座顶天立地的巨大茶山。刚刚升起的太阳挂在茶山顶端,阳光照耀之下,我们面前这座山恍如一颗巨大的绿色宝石,矗立在天地之间。刚刚从大巴山潮湿、浓重的朝雾里苏醒过来的绿叶片,水洗过一般青翠欲滴,在同样新鲜纯粹的阳光照耀下,茶山四周浮动着芬芳晶莹的绿晕。

从西乡到镇巴,再从石泉、汉阴到紫阳,汉江南岸大巴山北麓的林间坡地、山坳峡谷,遍地都被青翠诱人的茶园装扮得婉约迷人,胜似江南。

日渐暗淡的记忆里,祖母和我的外公、父亲一生都离不开茶,所以对陕南茶的味道并不陌生。长大后有了些见识,才知道当时让先辈们沉醉不已的陕南茶叫"陕青茶",产自汉中、安康一带。我接触过的天水老一代茶商说,解放前在天水、汉中之间有一条茶马古道。不少天水茶叶商贩,常年来往于天水、汉中之间贩运茶叶。一般情况,这些商贩在汉中茶铺里采购好茶叶后,雇人肩背马驮,翻过秦岭到天水。这种茶以产自安康的紫阳茶居多,也有汉中西乡、镇巴茶和从汉口通过汉江转运而来的江南茶。为了保证茶叶品质,占据价格优势,天水茶商也经常到西乡、紫阳等地,从茶园收茶。

久而久之,在天水、陇南的秦岭山区,就有了一条条纵横交织,连接陕南、汉江的陕甘茶马古道。这条古道最东端的起点,在汉江边上的紫阳县瓦房店。

从西乡出来几天后到紫阳,当地人说中国最早的茶马古道不在云南,而在陕南。他还告诉我,从紫阳沿汉江到汉中,然后翻秦岭至关中、天水以至于青海、宁夏、内蒙古、西藏的陕南茶马古道,开通于唐宋时期。

长期研究陕商历史的西北大学教授李刚也认为,中国第一条茶马古道是陕甘茶马古道,这条茶马古道起源于唐宋时期的"茶马互市",至清代止,历经岁月沧桑近千年。李教授经过多年考察研究,还为我们勾勒出从陕南汉中出发,通往甘肃的陕甘茶马古道干道在陕南的大致走向。他认为,伴随唐宋茶马互市发展,"为运送陕西茶产到边疆,遂形成经紫阳—汉阴—石泉—西乡—城固—汉中—略阳—凤翔—河州—兰州的中国历史上第一条茶马古道"。

有一个故事说,以前藏区没有茶,更没有奶茶,奶茶是文成公主进藏后的杰作。这故事说,茶在唐代已经成为唐人生活必需品。文成公主也有饮茶习惯,所以进藏时随身带了不少茶叶。到了西藏,文成公主对每天每顿牛羊肉的生活很不习惯,经常饮食不思。一次偶然机会,文成公主将随身带来的茶叶掺到牛奶里熬煮后,不仅味道可口,胃也舒服了,而且神清气爽。从此以后,一种西藏藏区特有的炊饮——奶茶诞生了。

如果这传说是真的,那么唐朝首创茶马互市,大抵应该是在西藏等北方少数民族对制作酥油茶所需茶叶需求越来越大之后吧?《新唐书·陆羽传》也说:"(中唐)时回纥入朝,始驱马市茶。"

少数民族需要大量茶叶,好在大唐都城南面的汉江流域盛产茶叶,用大唐的茶叶换少数民族的马匹,这对于大唐来说不啻是两全其美的交易,甚至可以说是一本万利的买卖。于是,在大唐政府倡导下,一条从陕南汉江沿岸通往甘肃的茶马古道就此诞生。产自汉江南岸大巴山区的茶叶,经水路被运送到汉江北岸有栈道与北秦岭沟通的汉江及其支流码头,然后通过人背马驮,翻过秦岭,再沿古丝绸之路,由骆驼运送到青海、西藏、宁夏、内蒙古等地。往来于西北牧区的茶商去的时候,运载的是浸染了秦岭巴山清芬的茶叶，回来时，为大唐帝国牵来的是一匹匹膘肥体健的马匹。

从汉阴朝南进入紫阳，由紫阳南境奔涌而上的群山逼迫着汉江，必须转向东流，于是进入安康境内一直在高山峡谷间奔突的汉江，陷入最为拥堵纠结的境地。原本要在被江水逼挤到一面山坡上的紫阳县城附近调头往东，进入安康市汉滨区的江水，又受到自南向北从大巴山深处涌来的任河冲击，两条江流在逼仄的高山峡谷里纠缠回环，将汉江和任河汇合后更显得清幽开阔的江面推到瓦房店附近。

瓦房店是任河岸边一个小山村，在汉江流域名声却很大。

在安康境内水流湍急、两面高山雄矗的汉江两岸，要找一个水深适度、地势开阔的地方建码头，不是件容易的事。汉江和任河在两河交汇的瓦房店拓展出一片相对开阔，呈三角形状的空间。江水西岸虽然狭窄却相对平缓的坡地，为建设与码头配套的各种服务设施提供了难得的空间。两河相汇后回流倒灌的江水，在如瓮口敞开的山谷间江面开阔而又平缓，同时与汉江和任河相通的水面，既适宜大型航运船停靠，也适宜小船进出。得天独厚的自然优势，让瓦房店在汉江航运刚刚诞生的时候，就成为建设天然良港的首选之地。

应该是在汉江航运开通之前，已有茶商开始用人背马驮的方式，翻山越岭，开始将紫阳、西乡、汉阴产的"山南茶"运往关中、长安了。有了往来于汉中和汉口之间的船只靠岸停泊，瓦房店成为开通于唐代的中国第一条茶马古道——陕甘茶马古道的起点，也是来自江南、四川等地茶叶进入西北最重要的中转站。

十年前到紫阳，紫阳县城和瓦房店还有供往来于汉江和任河两岸的渡船停靠的码头,自从经紫阳通往四川万源的包茂高速贯通后,紫阳到瓦房店的水面上,已很难看到青山碧水间游弋的船只。但瓦房店码头还在,而且正在美化扩建,只不过重建中的瓦房店码头,是为了依托古汉江茶马古道,打造汉江航运旅游小镇。

根据安康地方史料描述,汉江航运最热闹的时候,也是安康茶市最繁荣的时期。汉江两岸茶市林立,江面上帆船云集,瓦房店码头停靠的船只,动辄数以百计。这些或从汉中顺流而下,或自汉口、襄阳逆江西进的船只运送的主要货物,一度就是产自陕南的"山南茶"。安康茶市以紫阳为中心,沿汉江两岸水旱码头分布着宦姑滩、瓦房店、红椿坝、紫阳县城、洞河、洄水湾、毛坝关、麻柳坝、蒿坪河等十余处茶市。茶市上挤满了挑着担、背着背篓、挎着篮子向茶商卖茶的茶农,也混杂着刚刚从船上下来,收购茶叶的各地茶贩。

一开始,遍布安康、汉中汉江沿岸码头港口向外贩运的茶叶以陕南茶为主,其中以紫阳毛尖最为有名。随着汉江与长江航运沟通,来自江南、四川的茶叶也经由汉江,源源不断向西北转运。瓦房店成为汉江上游最有名的航运码头,大概就在这个时候。

如今的瓦房店,已经沦落为汉江边上一个依旧贮存着繁华的历史记忆,却繁华散尽的小山村。一度舟楫往来、船帆林立的古汉江码头也沉没水底。江水依旧清澈碧翠的任河西岸,大约三四十户人家散落在连接四川万源的公路两旁山坡上。我到那里时临近中午,炊烟袅袅中,新修的旅游码头后面台地上,曾经一度倾圮、坍塌的龙王庙、川陕会馆正在修复。路西半山上,居高临下的江西会馆屋顶破败不堪,院子里、房脊上长满荒草，但江西会馆的雕梁画栋，依然显示着它曾经有过的繁华。

从废弃应该不止几十年的江西会馆下来，在路边超市买打火机时，店主人吴文全告诉我，早年的瓦房店码头比紫阳县城还繁华。码头上往来船只进进出出，昼夜不息。围绕码头，旅店、饭馆、烟铺、妓院无所不有。来自湖北、江西、陕西、四川等地商人聚集在这里，做汉江转运生意，五个省的会馆一个比一个豪华。

问起当年瓦房店最火爆的是什么生意，吴文全说："那自然是贩运茶叶了。"

以汉江为起点，辐射整个西北的陕甘茶马古道最为繁荣的时期，是宋代。

熙宁年间，宋神宗任用王韶收复河陇之战战幕拉开，军队需要大量战马，西北少数民族也需要源源不断的茶叶，制作一日三餐离不开的奶茶。这种情况下，宋熙宁七年（1074年），宋神宗决定在渭河沿岸开放边贸口岸，开展以茶易马的边境贸易。北宋朝廷设置的第一个茶马贸易管理机构茶马司，选择在秦岭北麓、渭河岸上的秦州（今天水）。天水是宋代已经粗具规模的陕甘茶马古道的重要节点，与陕南茶区和南茶北运黄金水道汉江仅隔一道秦岭。只要沿汉江源源不断运抵安康、汉中的江南茶和陕南本地茶，经跨越汉江、秦岭的陕甘茶马古道进入天水，就有数以万计的北方良马装备大宋军队，所以《宋史》便有了"汉中买茶，熙河易马"的记载。

时势的需要，让从安康紫阳到汉中汉江上游再北越秦岭的茶马古道，进入前所未有的辉煌期。沿汉江而来的江南茶、产自汉江南岸的陕南茶，在安康、汉中一线汉江码头和沿江港口堆积如山。汉中通往秦州（今天水）的秦岭古道上，运送茶叶的骡帮驮队络绎不绝。汉中成为当时中国最大的茶叶聚散地,秦州茶马司设立第一年,仅各地茶商在汉中收购的茶叶达700余万斤,汉中因此成为与开封、成都并列的北宋三大税收城市。在陕甘茶马古道另一端,秦州茶马司成千上万的茶叶一落地,即被转运西夏、河套等游牧民族地区。成群结队的西域良马,也迅速被输送到全国各地,为北宋王朝装备起一支又一支枕戈待旦的军队。

到了明清两代,陕甘茶马古道不仅成为全国各地茶商南茶西进的大通道,也让陕南汉江流域茶叶名震全国。承袭宋代茶马互市政策,明代颁布的《茶马法》,让以汉江为起点的陕甘茶马古道茶马交易更加繁荣。明代,陕南茶叶生产空前繁荣,开荒种茶也成为当地农民趋之若鹜的朝阳产业。《西乡县志》记述说,受《茶马法》鼓舞,西乡一度出现"其民昼夜治茶不休,男废耕,女废织,而莫之能办也"之景象。与此同时,以陕南为中心的茶马古道,也开始沿汉江向东延伸。抗战时期,人们在汉江中游的河南南阳、湖北西部茶叶市场上看到的紫阳茶身影,就是通过顺汉江而下的茶马古道延伸段贩运出去的。

2014年1月26日,《西安晚报》发表的一篇题为《宁强茶马古道发现记》的文章说,2004年4月,该文作者和宁强县农业局局长丁振华在宁强与广元交界处的黄坝驿乡一座海拔900多米高山半山腰悬崖峭壁上,发现了一段高约10米、人工开凿的古栈道,并推断有可能就是金牛茶马古道蜀门段遗迹。

2014年11月,我在汉江上游陕甘茶马古道寻觅时才知道,继以紫阳瓦房店为起点的陕甘茶马古道开通后,中国第二条茶马古道也经由汉江上游,穿越巴山蜀水,向康定藏区延伸,这就是陕康藏茶马古道。由于这条茶马古道从关中经陕南到四川,绕来绕去，来去一趟又一趟，都要经过司马错伐蜀时开通的古道，"趟"和"蹚"同音，所以又被称作"蹚古道"。根据《明太祖实录》"秦蜀之茶，自碉门、黎、雅抵朵甘、乌思藏，五千余里皆用之"的记载可知，陕康藏茶马古道开通于明代。

最初，奔走在这条长达千余公里古茶道上的，是陕西商人。

由于陕甘茶马古道和政府的重视，明代陕南成为全国茶叶主产区。已经在这条古道上有过其他贸易经验的关中商人翻过秦岭，来到陕南，直接到茶园或到聚集在汉江北岸的茶商手里收好茶叶，交给雇来的脚户马帮，放开嗓子唱一曲让人撕心裂肺的《走西口》，伴随着马帮把头"啪啪"脆响的马鞭，一包包散发幽幽清香的茶叶从汉江起步，踏上了前往康巴藏区的漫漫长途。

沟通汉中和成都的金牛古道，是陕康藏茶马古道必经之路，所以《宁强茶马古道发现记》作者发现的古道遗迹，应该是"蹚古道"的一部分。

汉江上游陕甘茶马古道和陕康藏茶马古道延伸的地方，至今随处可见煎茶岭、盐茶关、茶镇、茶稻村等与茶有关的地名。行走在这条1000多年来曾经马蹄哒哒、驮队络绎不绝的古道上，我至今还能嗅到迷人的茶香在汉江两岸飘逸、弥漫。

陇原当代
文学典藏

第二辑 水

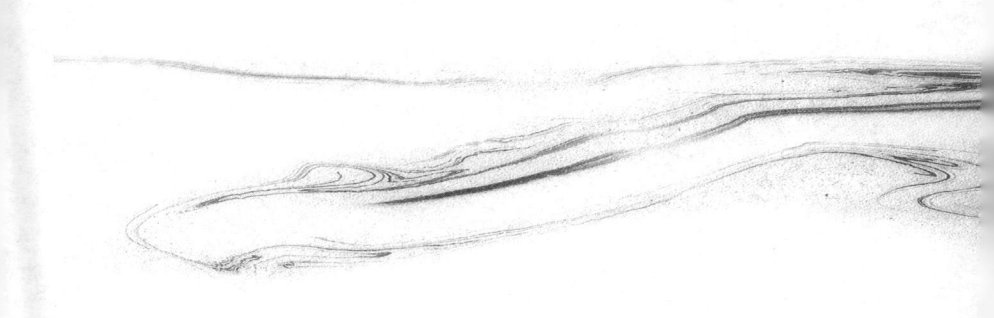

昆明池笔记

初识昆明池

与湮没古长安城郊两千多年的中国古代最大人工湖、中国历史上第一座水军训练基地——昆明池相遇，是在2011年一个秋高气爽的日子。

这年秋天，为追寻孕育了周秦汉唐绝代风华的陕西人民母亲河——渭河的文化精神，我从甘肃天水出发，经渭源鸟鼠山、翻六盘山，追逐着泾河滚滚浊浪翻山越岭，从渭北黄土高原周秦故地进入西安近郊时，关中平原腹地稼穑成熟、秋意正酣。穿过如今已高楼林立、成为西咸新区核心腹地的三桥，进入紧依着终南山的长安区马王镇、斗门镇一带，便是周人立国以来第一个真正意义上的都城丰京和镐京旧址——丰镐遗址。

五六年前，西咸新区尚未启动，但丛林般蔓延的高楼让西安和咸阳这两座千年古都之间的界线愈来愈模糊。如果不是泾渭分明处泾河渭水两水相汇，一清一浊的自然奇观提示，从紧逼渭河与泾河岸边的高楼丛林里人们已经很难分辨出哪是西安，哪是咸阳了。不过，有古长安八水之中的沣河、滈河、潏河由南向北绕西安城汇入渭河的长安区马王镇、斗门镇沣东新城一带，那时还是一片长满玉米的沃野。

距今三千多年前，这片南毗秦岭、北望渭河、川原相依、河湖交错地带，是周人自岐山、扶风一带壮大起来顺势东进，图谋天下的京畿之地——丰京城和镐京城所在地。寻访过分别在沣河西岸和东岸的镐京遗址和丰京遗址，从密不透风的玉米林穿过那一刻，我尚不知道我双脚叩问的泥土下面，沉睡着汉武帝开凿的总面积相当于4个西湖的水乡泽国——昆明池。

一座供奉中国民间爱情女神织女石刻头像的石婆婆庙出现，将两千多年前一座水波浩渺，楼船游弋，戈船穿梭，似云汉之无涯的灵沼神池推到了我面前。

斗门镇东玉米林深处，关中乡下常见的那种大红大绿、色彩酷似户县农民画的庙宇香烟缭绕，端坐在正殿中央的不是佛教菩萨，也不是道教神仙，而是一尊披红挂彩的半身石雕女神像。石雕雄浑圆润，刀法粗犷刚健，尽管岁月侵蚀让石雕线条显得有些模糊，但写意刀法勾勒的面部轮廓依然清晰可辨。

守庙的两位老妇人坐在殿前树荫下绣花聊天，见我行色匆匆且看得仔细而好奇，其中一位便停下手里的针线介绍说，石婆婆庙最早建于汉武帝时期。这庙是新修的，这石像就是民间传说中的织女，石婆婆庙东面还有座石爷爷庙，供的是牛郎，它们都是20世纪80年代从庙前庄稼地里发现的。那妇人还说，长安区斗门镇一带是牛郎织女传说发源地。为了证明她的观点，还领我走进侧殿，指着一张被装扮成闺阁绣床的石板床说，这是牛郎织女的床榻，也是从昆明池湖底淤泥里发现的。石床一侧，还有同时出土的一只石鲸尾巴。

临出门，另一老妇人扬手指着庙门外玉米地画了一圈，说这里就是汉武帝时期长安城的昆明池。以前沣河水很大，昆明池水面也很大。石婆婆庙在昆明池西岸，石爷爷庙在昆明池东岸。石婆婆庙内新修石婆婆庙碑文也说，石婆婆庙为汉武帝元狩三年（前120年）所建，是当年汉武帝开凿、训练楼船水师的中国历史上第一大人工湖——昆明池林苑宫馆建筑组成部分。

告别石婆婆庙，继续在玉米林穿行，我怎么都无法将脚下这片长满庄稼的平畴沃野与一座水波浩渺、舟楫穿梭的平原湖泊联系起来。后来查阅史料才知道，在今西咸新区沣东新城所在沣水与潏水之间，历史上曾经有过一座烟波浩渺、前后延续一千多年繁华的汉唐皇家池苑，它就是水域面积三百余公顷、相当于4个西湖的昆明池。《三辅旧事》记述汉武帝开掘的昆明池时说"昆明池周三百三十二顷，中有戈船各数十、楼船百艘，船上建戈矛，四角悉垂幡旄葆麾，盖照烛涯涘"，是中国古代水军摇篮。不过更多时候，这座处在汉长安城、秦阿房宫与西周都城丰京、镐京之间的水域泽国，则是汉唐皇家宫苑和八水绕长安盛景的滋润者、见证者。

时隔六年，一个春雨蒙蒙的午后，再次来到西安市西南沣河东岸斗门镇、马王镇所在的昆明池旧址时，沣东新城蓬勃崛起的楼群已经蔓延到曾经遍地庄稼的沣河东岸，作为引汉济渭核心工程的斗门水库工程粗具雏形。由秦岭南麓汉中境内黄金峡穿山越岭而至的汉江水，在昆明池原址形成的800亩水面碧波荡漾，画舫亭榭，桃红柳绿，潋滟生辉。陪同的沣东新城管委会同志告诉我，昆明池消逝于宋代。汉唐时期，昆明池不仅是林泉俱佳的皇家林苑，还是汉唐长安城城市用水保障地。近年来，为实施"一带一路"倡议和丝绸之路经济带起点发展战略，为建设中的大西安提供充裕水利支持，陕西省委、省政府决定借助引汉济渭工程，利用昆明池旧址低洼库盆遗存和该区域土壤天然防渗地质条件，在昆明池原址建设昆明池遗址公园，重现汉唐盛世昆明池水波荡漾、兰棹摇曳盛景。昆明池遗址公园核心工程——斗门水库一期，2017年2月已经完成注水试验。

漫步花木扶疏、曲径通幽的环湖路，沣东新城管委会同志说："规划中的斗门水库总面积10.4平方公里，总库容4600万立方米，相当于4个西湖。届时，昆明池将重现'汪汪积水光连空，重叠细纹晴漾红'风采。一座湖堰相通、水波浩荡的湖畔新城将崛起在昆明池故地，消逝一千多年的'八水润长安'盛景，将重现十六朝古都、古丝绸之路起点西安。"

灵沼神池

大唐开元年间一个芳草青翠的春日，宰相张嘉贞和尚书省同僚陪唐玄宗到昆明池赏春宴饮。面对水波浩荡、杨柳依依的昆明池，张嘉贞在记述这次游宴活动的应制诗《恩敕尚书省僚宴昆明池应制》里写道：

灵沼初开汉，神池旧浴尧。昔人徒习武，明代此闻韶。地脉山川胜，天恩雨露饶。时光牵利舸，春淑覆柔条。芳酝醒千日，华筵落九霄。幸承欢赍重，不觉醉归遥。

在诗星璀璨的大唐盛世，张嘉贞算不上有影响的大诗人，但《恩敕尚书省僚宴昆明池应制》却是这位大唐名相入选《全唐诗》仅有三首诗之一。这首唐玄宗命题，张嘉贞受命创作的应制诗，描述的是汉武帝开掘昆明池一千年后的水景风物，却为后人探寻昆明池古老身世提供了一条重要线索。这线索，就是昆明池的另一个称谓"灵沼神池"。

历史上水波浩荡、宫馆弥望、水域面积纵横300里的昆明池,早在公元前120年已经出现在汉长安城龙首原西南沣水和潏水之间。然而,第一个探寻昆明池神秘身世的文人,却是中国历史上第一帅哥、西晋文学家潘安。潘安,原名潘岳,字安仁。潘安在《关中记》里说:"昆明(池),汉武习水战也。中有灵沼神池,云尧时理水讫,停舟此池,盖尧时已有洿池。汉代因而深广耳。"

潘安所谓昆明池里有"灵沼神池"、尧帝大禹治水时曾在此泊船休息的说法,应该是来源于《三秦记》。《三秦记》是记述汉代三秦故地长安一带山川地理、都邑宫馆、风物民俗的早期地方志书,为汉代辛氏所著。根据其中记述了许多稀奇古怪的怪异故事断定,《三秦记》许多素材来自民间传说。其中有关昆明池里有灵沼神池和汉武帝开凿昆明池的描述,就充满神秘色彩。

《三秦记》说,昆明池里有灵沼,名曰神池,尧帝治水时曾停船于此。还说昆明池之水与秦岭北麓的白鹿原相通,原因是有人在白鹿原钓鱼,鱼拉断鱼线,带着鱼钩从白鹿原逃到了昆明池。而这神奇故事的见证者,正是昆明池的开凿者汉武帝。《三秦记》说,一天夜里,汉武帝做了一个梦。梦中,一条鱼嘴上挂着鱼钩鱼线,说它从白鹿原一位钓鱼人手中死里逃生,祈求汉武帝将它嘴上的鱼钩鱼线取掉。第二天,汉武帝到后来成为昆明池一部分的西周池苑镐池游玩,果然发现一条体魄巨大的鱼嘴上挂着鱼钩和鱼线在水中痛苦挣扎。汉武帝见状,回想起刚刚经历的梦境,觉得甚为神奇,立即命人去掉鱼嘴上的钩和线,将大鱼放生。几天后再次到此,汉武帝在池边得到一对夜明珠,惊喜过望,认为这是放生大鱼给他的回报。为了纪念这次奇遇,汉武帝修造昆明池时分别在昆明池和太液池置放了两条长达三丈的石鲸造像。

据介绍，太液池石鲸前半部收藏在陕西历史博物馆；石鲸尾部，就是我在石婆婆庙见过的那一截。历经两千多年风雨侵蚀，让石婆婆庙那截鲸尾鳞纹有些模糊，但大汉雄风孕育的刀法简洁、造型粗犷的艺术风格依然清晰在目。

汉武帝兴建昆明池的起因，自然与这场难辨真伪的奇梦奇遇没有多少直接联系，但《三秦记》和潘安都煞有其事地追溯昆明池与尧帝大禹的关系，显然不是猎奇，而是为了证实昆明池古老神奇的身世。后来的《搜神记》里说，汉武帝开凿昆明池挖到很深的地方，尽是黑如墨迹的堆积物，却不见泥土。这一发现让汉武帝和当时的东方第一智者东方朔十分惊异，却无人识辨此灰墨为何物。直到距汉武帝开凿昆明池180多年的汉明帝时期，来自西域的僧人才将昆明池底发现的灰墨谜底揭开。西域僧人在仔细辨认这些从西汉保存到东汉的灰墨结块后告诉汉明帝说："此乃世界毁灭之际大火燃烧留下的灰烬。"

如果《三秦记》和《搜神记》所述真有其事的话我们就可以确定，汉武帝开凿昆明池发现的灰墨，应该是后来考古学界确认是否有人类文明存在最可靠的依据——灰土层。这似乎又从另一个方面证明了大禹治水期间曾停船于昆明池原址传说的可信性——既然汉武帝在昆明池很深的地方发现了人类生活的遗迹灰土层，那么是不是可以说在华夏文明混沌初启的夏商时代，沣东新城所在的斗门镇、马王镇一带已经有一群临水而居、渔猎为生的先民在这里繁衍生息呢？

从民国时期开始，围绕汉昆明池的考古揭秘工作一直没有中断。2016年，陕西省阿房宫和上林苑考古队考古人员在对昆明池面积与深度进行再次勘探研究时，在斗门水库库区发现了灰坑和文化堆积层。北京大学碳十四实验室对从昆明池原址采集的人、兽骨骼标本进行测定后得出的结论也证明，在关中其他地区荒无人迹，还是一片荒寂的夏朝和商代早期，昆明池所在的沣东新城一带已经人声熙攘、灯火明灭了，是关中先民栖息的乐园。汉武帝开凿昆明池出现大量灰土的地方，正是西周镐京城所在地。

与正在兴建的斗门水库和昆明池遗址公园隔沣河相望，是三千多年前周人到达渭河南岸后第一个首都——丰京遗址，往北和东北，依次有西周镐京城、秦阿房宫和汉长安城在距今两三千年前相继崛起。

商代末年，从渭河北岸周原渐次东进的周人来到沣河西岸，将宗庙和王室苑囿安置在丰京后随即又越过沣河，在沣河东岸建立了镐京城。周人将围绕沣河而建、护佑西周近三百年的两座都城合称丰镐，且分别以一个专用于统治者建都之地称谓的名词"京"字，命名他们的精神首都和政治首都——丰京、镐京。中国历史上一个全新的政治地域概念——"京都""京城"由此诞生。

三千多年前的镐京城内，就有一座水波潋滟、与昆明池池水相通的池苑——镐池。我们不知道镐京城里的镐池是不是当年大禹停泊过的灵沼神池，不过从考古研究已经得出结论看，有沣水和滈水环绕，又有众多湖沼镶嵌其中的丰京城和镐京城，无论建筑形制还是建筑规模，都堪称中国历史上第一座真正意义上的城市。

根据《诗经》"考卜维王，宅是镐京"记述可知，周文王选择丰镐之地建都，决非一时冲动，而是经过占卜问卦，得到了神明指示。

果然，周人占据丰镐之地后迅速成长为让统治中原500多年的殷商王朝如鲠在喉的西方大国。公元前1046年，在镐池水波映照中，周武王抬着父亲周文王灵柩，以姜尚为主帅，统帅兵车三百乘、虎贲三千名、甲士四万五千人，从镐京挥戈东进，联合诸侯各国展开诛灭商纣的大决战——牧野之战。

公元前1020年十二月某一天清早，一队车马告别寒意渐浓的西周都城镐京，朝东都洛邑匆匆而去。端坐车辇中央的一位皓首老者，是周武王弟弟，著名政治家、军事家、思想家周公旦。周武王去世后，周公旦辅佐周成王推翻商纣王朝统治，东至大海、南及江淮的辽阔土地，已尽归坐镇丰镐之地的西周版图。为了适应新的形势，周公旦部署的东都——成周洛邑也已建成。这次，周公旦从宗周丰镐出发，前往洛邑的任务除册封诸侯、封赏诛灭商纣有功之臣外，还有一项更为重要的工作，那就是向天下诸侯颁发他筹谋已久的各种典章制度——礼乐大典，推行礼乐治国。

礼乐制度看似规范人们日常生活的行为规范，实则是一种以人为本的政治管理制度。礼乐制度颁布实施是在东都洛邑，然而这种最终影响并造就了中国成为礼仪之邦的文明规范体系的萌发、形成，则是在后来倒映在昆明池潋滟波光的镐京城，由为辅助年幼的周成王"一日三吐哺"的周公完成的。

为了推行礼乐治国之道，周公旦还在镐京城内设立了当时世界上最早、规模最大的音乐教育和表演机构——大乐司，选拔诸侯长子、公卿大夫子弟和民间优秀青年培养学习，学成后派遣各地，向全国推广礼乐教育。

西周都城东迁洛邑后，依然河湖交叉、水波盈盈的丰镐之地并不寂寞。伴随秦阿房宫在镐京城东侧崛起，这里又成为秦皇家林苑上林苑的核心。当时的上林苑林木葱郁，河湖环绕，恰似仙境。一生都想得道成仙的秦始皇仿照蓬莱、方丈、瀛洲海上仙山样子挖池筑山，建造了三座他想象中的海上仙山。

历经周秦两朝，后来有昆明池出现的莽莽秦岭山下这片河汉地带，正在孕育着一个人水合一、水脉担当的崭新形象。

楼船笙鼓

公元前202年十二月，持续三年的楚汉战争以刘邦胜利宣告结束。

夺取政权后，刘邦最初准备以东周都城洛邑为国都，后经张良、娄敬劝说才改变了主意。张良和娄敬劝说刘邦建都长安最有说服力的论据，就是关中不仅沃野千里、物产丰富，更重要的是拥有"被山带河，四塞以为固"的军事地理优势。这里的山，指的是关中屏障大秦岭，水指的是渭河及其众多支流——其中自然包括发源于秦岭山区的沣河、潏河、滈河等长安八水。

萧何接受汉高祖刘邦诏令，将新建的汉长安城都城城址选择在现西安城西未央区的龙首原。这里不仅是渭河南岸难得的一块台塬，而且北邻渭河、泾河，南面有密如蛛网的渭河支流奔涌而来，无论地理位置还是风水地脉，都堪称可保大汉江山长治久安的风水宝地。果然，刘邦定都长安后，经文景两代皇帝苦心经营和胸怀宏图伟略的汉武帝刘彻开疆拓土，一个气象万千、威仪凛然的西汉帝国庞然身影巍然出现在世界东方。

汉武帝元狩三年（前120年），奉命出使西域的大汉使臣张骞已经回到长安；以河西之战两战两捷为标志，西汉帝国全面掌握了丝绸之路的控制权；从根本上清除匈奴边患的漠北大决战战机成熟，开战在即。在胸怀宏才大略的汉武帝苦心经营下，西汉帝国疆土已经拓展到东抵日本海、黄海、东海、朝鲜半岛中北部，北逾阴山，西至中亚，西南至高黎贡山、哀牢山，南至越南中部和南海的广大地区。然而，就在一个威震四海的强大帝国巍然出现在世界东方之际，汉武帝试图打通经西南抵达印度和阿富汗的计划却在昆明国受阻，这无异于对已经做好四海朝服准备的汉武帝迎头一击。

汉武帝对远在万里之遥的印度（时称身毒）和阿富汗（时称大夏）发生兴趣，缘于张骞第一次出使西域归来后告诉刘彻说，他在印度和阿富汗见到过产自西汉蜀地的布匹和邛崃的竹制手杖。这一消息让急于与西方世界建立联系的汉武帝预感到，在汉帝国西南，有可能存在一条通往西亚的商道，于是立即派使臣出使印度。未曾想到的是西汉使臣到了昆明，却被西汉初年摆脱北方统治、建立少数民族割据政权的昆明国阻止。

这时的汉武帝已经是名副其实的东方世界主宰，对于昆明国的阻挠与藐视，自然不能容忍。这位后来被孙中山与拿破仑相提并论的西汉帝国缔造者当即决定，他要像远征大宛、车师、龟兹一样剪灭昆明国，开通另一条从西南通往南亚的丝绸之路。

为了打通这条国际通道，汉武帝萌生了在长安开凿一座人工湖、训练大汉帝国强大水师的想法。

此前，无功而归的使臣告诉汉武帝，昆明国有一座方圆300里的滇池，训练的水兵非常厉害，要诛灭昆明国，必须依靠强大的水师。汉武帝也十分清楚，秦国在诛灭东方六国时曾拥有一支训练有素的楼船水师，并在诛灭楚国及南粤诸国中发挥了重要作用。为了清除昆明国，也为了保持东方世界领导者地位，大汉帝国迫切需要建立一支强大的水上作战部队。产生想法的那一刻，汉武帝目光已经锁定了上林苑南沣水与潏水之间一片荆莽丛生、天然湖泊和池沼星罗棋布的洼地——这里也是西周滮池故地、秦上林苑旧址。

西汉立国之初，文景两代倡导休养生息、勤俭治国，秦上林苑一度被荒废，西汉皇帝只有在心有闲暇时才到这里游猎取乐。到了汉武帝时代，祖父汉文帝和父亲汉景帝积攒的财力不仅可以保障他为开疆拓土连年用兵，国库里堆积如山的财富也让他有足够的信心重塑帝国形象。

此前，汉武帝已经着手在这里扩建宫殿、疏浚湖沼，八水环绕、纵横三百里的汉上林苑粗具规模。但南依秦岭的上林苑南湖沼闪烁的西周灵沼一带依然一片沉寂，等待汉武帝再一次舒展他的宏才大略。

动工之前，汉武帝对昆明池的定位非常明确——这就是仿照天上银河和滇池模样，建设一个大汉水师部队训练基地，为帝国培养强大的水师，并且将这个为剪灭昆明国而修建的大汉水军基地，命名为昆明池。汉武帝还要求，昆明池水面面积要超过滇池。据史书记载，当时滇池方圆300里，而汉武帝建成后的昆明池水域面积320顷，地点就在现长安区斗门镇沣东新城南。

元狩三年（前120年），由陇西、北地调来的戍边士卒和被贬谪官员组成的昆明池开凿大军进驻龙首原下沣水、潏水之间上林苑南的湖沼之地，开始修筑昆明池。汉武帝选择在斗门一带开凿昆明池，看中的正是这里地势低洼，湖沼密布，南有莽莽秦岭提供丰富水源的地理优势。

汉武帝开凿昆明湖的具体细节，史书上记述极为简略。但从各种史料零星分散的文字可知，昆明池分两次、历时三年修建而成。从诸多史料来看，元狩三年（前120年）开工的昆明池一期工程，更像对荒废已久的周秦池沼和众多天然湖泊的挖凿疏浚改造工程。三年后，与第一次开凿昆明池同步进行的盐铁专营政策让汉武帝国库更加丰盈，西汉朝野也传来南越和东越欲利用水战与朝廷对抗的消息，昆明池二期工程于是开工。昆明池二期工程动工时，为荡平昆明国，讨伐南越和东越训练有素的强大水师，为大汉帝国占据河海控制权建造强大水军基地的想法，在汉武帝心中愈加坚定。

开始于元鼎元年（前116年）的昆明池二期工程，到元鼎二年（前115年）完工。这一次，昆明池修筑大军不仅砍树伐荆、凿池拓展、疏通渠道，将沣水、潏水、滈水引入池中，形成了浩浩荡荡、总面积320顷的湖面，还让昆明池与上林苑池沼相通，并在周围修建了建章宫、豫章台等一系列宫苑建筑。三年后，一座水天相连、烟波浩渺、宫苑环绕，令后人叹为观止的我国古代第一大人工湖赫然出现在长安城西南。昆明池320公顷湖水与林水俱茂、宫馆林立的上林苑遥相辉映，不仅为长安城又添一处皇亲贵族趋之若鹜的游乐盛景，西汉帝国一支强大的水军也即将在这里诞生。

既然汉武帝开凿昆明池的目的是为帝国打造一支训练有素、装备精良的水战部队，昆明池建成后最先登台亮相的自然是大汉水师部队。《三辅旧事》记述昆明池战船云集盛况时说："（昆明池）中有戈船各数十，楼船百艘，船上建戈矛。"

《汉书·食货志》也说，当时昆明池停泊的"治楼船，高十余丈，旗帜加其上，甚壮"。昆明池来往穿梭的战船上，是披甲执利、摇橹挥桨的大汉水兵。他们将成为自轩辕黄帝以来中国历史上第一支具有独立水上作战能力的新军种——中国海军的前身楼船水师。

要拥有一支强大的水师部队，还需要装备精良的战船。

西汉时期，我国造船技术已经非常发达，昆明池西汉水军基地的建立，让汉武帝时期的造船技术进一步提升。当时的汉军拥有动辄就能集中两千艘战舰的强大水师，其中不仅有楼船、戈船等可用于近海作战的大型战舰，还可以制造出比罗马海军战舰高将近一倍的巨型楼船。《史记·平准书》记载，汉军当时在昆明池建造的楼船高十余丈。按照当时的计量单位计算，汉军当时制造的楼船高度可达15米，而罗马海军当时的战船最高也只有8米。除楼船、戈船外，又被称作楼船水师的汉军水师还拥有楼船、斗舰、艨冲、冒突、先登、赤马舟、下濑、走舸、斥候、龙舟等二十多种不同型号和功能的战船。

昆明池不仅是水军训练基地，同时肩负着制造各种军用战船使命。这些模拟海战训练的楼船水师在昆明池经受严格水战训练后，将驾驶同样诞生于昆明池的各种战船沿漕渠进入渭河，然后驶向江南和大海，与习惯于水上作战的南越国、东越国军队作战。紧随其后的，还有从昆明池驶出的保障军需供给的舟师船队。

昆明池水师基地建成后，汉武帝很快建立起一支无论从装备还是兵员规模、素质和作战能力上都堪称世界上最庞大、最先进、最专业化，具有大规模海军江防和近海海防作战能力的海军舰队——楼船水师部队，它也是中国历史上第一支真正意义上有正规建制的海军部队。后来汉武帝在江淮一带组建的富于水上作战的10万水师常备兵员，也是在昆明池完成训练后才派往江南的，昆明池因此成为中国海军诞生的摇篮。

大抵是慑于汉武帝在昆明池组建的楼船水师强大威力的缘故吧,西汉楼船水师组建后昆明国和西汉之间的水战并没有打起来。昆明池建成6年后,昆明国土崩瓦解,变成了西汉王朝一个郡,汉帝国从西南通往缅甸、印度的商道宣告开通。不过,汉武帝在昆明池精心打造的楼船水师并非无用武之地。在平息南越、东越叛乱和征服朝鲜战争中,汉武帝在昆明池打造的楼船水师所向披靡,立下了赫赫战功。

与此同时,作为汉长安城水域面积最大的水景林苑,昆明池建成后成为上林苑核心。据史书记载,每年三四月春暖花开,昆明池碧波荡漾,花木扶疏,汉武帝都会带着后妃宫女,坐着雕梁画栋的游船画舫游弋于昆明池上。当时的昆明池上除了林立的楼船战舰,还有可载万人的游乐船——建章大船供皇室聚会游乐。汉武帝后,汉帝国向外扩张告一段落,昆明池作为西汉楼船水师基地的作用渐渐丧失,昆明池迅速以另一种风情韵致进入人们视野。湖面上林立的战船被往来穿梭的游船画舫替代,装饰华丽的游船、笙歌燕舞的鼓乐、翩跹起舞的宫女,陪伴着惬意游乐的皇亲贵胄,转身而为长安城最令人销魂陶醉的皇家游乐池苑。

这种状况一直持续到唐代。公元623年三月,刚刚建立大唐王朝的唐高祖李渊还专门在昆明池举办盛大宴会,"宴百官,习水战"。此后,李世民、李隆基和他们的宠妃宫女、文人贵族都是昆明池的常客。这种现状,一直持续到唐末昆明池日趋干涸。

公元1750年,昆明池消逝800多年后,和汉武帝一样胸怀宏才大略的乾隆皇帝在对北京西郊瓮山泊进行疏通扩建时,联想起1000多年前汉武帝在西汉都城长安开凿昆明池,遂借用汉昆明池之名，将瓮山泊改名为"昆明湖"。

长安绿肺

汉武帝元光六年（前129年），卫青率1万铁骑直捣匈奴祭天圣地龙城凯旋之际，一条保障汉长安城生活供给的人工运河——漕渠开凿工程修建犹酣。这条古老运河与渭河平行，从秦岭北麓向东直抵潼关，可沟通黄河水道。

漕渠修浚时昆明池尚未动工，但从昆明池完工后即与漕渠相通并成为这条保障大汉都城物资供应大动脉的漕渠入口来看，利用昆明池和漕渠构筑沟通全国各地直通长安的水运网络，也应该是汉武帝开凿昆明池的目的之一。

自从汉武帝扩建上林苑，引灞、浐、泾、渭、沣、滈、涝、潏八水出入其中后，八水绕长安格局基本形成。但在漕渠开通之前，汉长安城城市规模已经发展至现在西安城城内面积的三倍，城内生活的近50万居民生活保障，特别是已经开始的对匈奴作战急需大量军需物资源源不断集中长安。此前，尽管绕长安城北滚滚东流的渭河也可以通航，但由于航线漫长且受河水季节性变化影响明显，从山东通过黄河和渭河向长安运送一趟粮食，运输船要在蜿蜒曲折的河道漂泊6个月。无论从长安城物资供给保障，还是大汉帝国开疆拓土战略需要考虑，正在成长为东方第一大国的汉帝国迫切需要一条方便快捷、畅通无阻的水运航道将帝国心脏长安与全国各地连接在一起。

这是汉武帝在秦岭北麓开凿漕渠的根本目的。

漕渠修浚9年后，汉武帝时期又一重大水利工程——昆明池动工。尽管众多史料记述，汉武帝开凿昆明池的真正目的是训练水师，对付善于水战的昆明国，然而在昆明池与漕渠相通相连，成为漕渠起点和入口后，昆明池对保障长安城物质供应及汉帝国战略安全的意义，和其作为西汉水军训练基地的意义同等重要。

近些年，考古人员在昆明池东侧发现的昆明渠和漕渠遗迹，正是汉武帝将漕渠和昆明池这两大战略性水利工程融二为一的见证。考古结论证明，昆明渠的开凿年代是汉武帝元狩三年，即公元前120年。也就是说，在汉武帝第一次开凿昆明池时，连接昆明池和漕渠的人工水道——昆明渠同时动工。

有沣水、滈水、潏水汇流其中的昆明池与行走在秦岭渭河之间的漕渠相互勾连，让漕渠航运通过昆明池延伸至长安城。漕渠也在以昆明池为渠首后，不仅与环绕长安城的另外5条河流渭河、泾河、涝河、浐河、灞河连为一体，直抵潼关，与黄河相通，一条以昆明池为起点，经黄河连接全国的航运大通道也就此形成。漕渠与昆明池连通后，长安城朝廷文武百官出游巡视、军队调遣外运，只要从昆明池码头上船，即可轻松东进黄河、南下江南；来自江南的稻米丝绸、山东的粮食布匹，只要通过水道，即可迅速北上西进，经漕渠到达昆明池货运码头。一度扼制汉帝国政治中心的物资保障供应问题，随着漕渠和昆明池建成彻底改观。昆明池与漕渠沟通之前，重型物资运输船无法进入长安，运输也非常耗时耗力；漕渠未与昆明池沟通前，漕渠水源只有水文状况受季节影响极大的渭河一个，漕运航道水量极不稳定，直接影响着漕运速度和运输能力。昆明池开通后很快成为漕渠第二水源，昆明池不仅成为漕渠直抵长安城的货运码头，还成为漕渠水源的重要调节地。每至汛期，昆明池成为接纳漕渠过剩水量的蓄水池；到了枯水期，昆明池及其积蓄的沣水、潏水、滴水又可以随时补充漕运所需水源，确保漕运一年四季畅通无阻。昆明池与漕渠相互依托的长安水运系统形成后，长安与全国各地的航运时间迅速缩短，航运能力也随之迅速提高。有资料显示，沟通昆明池的漕渠开通前，通过水路运抵长安的粮食每年只有几十万石；漕渠与昆明池连通后，全国各地经漕渠进入长安的粮食迅速提升至六百多万石。漕渠与昆明池互为依托，全国各地的粮食和物资源源不断进入长安城，也让汉武帝有了足够的底气和实力动辄发兵数十万甚至上百万，北伐匈奴、南平吴越，实现他开疆拓土的宏图伟业。

然而，这还不是昆明池与汉帝国及其都城长安城不舍情缘的全部。

晚年的汉武帝，尽管拥有之前任何帝王都没有过的辽阔疆域，但连年的征战挞伐也让他意识到了帝国的潜在危机。汉武帝不仅通过《轮台罪己诏》反思自己穷兵黩武的过失，还重提轻徭薄赋、与民休息的治国策略。到了昭宣二帝时代，无为而治的黄老思想再度成为汉帝国主流文化，昆明池上白帆林立的楼船战舰销声匿迹。在规划建设阶段已经考虑到除供皇室游乐，保障漕渠航运畅通外，昆明池所肩负的为长安城长治久安提供充足的城市供水、调节并滋养长安城生态繁荣功能更加凸显。

元狩三年（前120年），汉武帝开凿昆明池时关中遭遇大旱。《汉书·五行志》记载："元狩三年夏，大旱。是岁发天下故吏伐棘上林，穿昆明池。"由此我们可以看出，开凿昆明池以保证长安城用水安全，也应该是汉武帝不惜耗费巨额财力人力两次开凿、扩建昆明池的题中之义之一。

我国古代，威胁北方的最大自然灾害是旱灾。上海交通大学教授陈业新研究证明，两汉时期全国共发生旱灾112次，平均每四年就有一次。对于深处西北内陆的西汉都城长安和关中地区来说，旱魃来袭也就更加频繁。汉武帝时，长安城城市规模和人口超过西方最大城市罗马城三倍，居民生活起居、朝廷宫苑绿化、城市日常管理用水量与日俱增。作为一位襟怀天下的帝王，汉武帝在修建昆明池这项当时的世纪性水利工程时，必然考虑到了保障与西方罗马城齐名的东方第一大都会长安城的供水问题。2016年和2017年，中国社会科学院考古研究所在昆明池遗址相继发现了一条进水渠和四条出水渠遗迹，其中就有昆明池与漕渠沟通的昆明故渠。出水渠有调剂昆明池水量的泄洪渠，也有引昆明池水供应长安城及其周边地区生活用水的供水道。长期参与汉长安城考古发掘的中国社科院考古所原所长刘庆柱，还在三桥附近发现了当年为保障并调节昆明池向长安城供水水量修建的揭水陂。修建这座人工水库揭水陂的意义在于：从昆明故渠流出的水一条东流注入漕渠，另一支专门用于长安城城市供水的昆明池水则在揭水陂经水库调蓄后再次分流，一部分注入滈水供应宫城；其余两支一支引入建章宫经太液池泄入渭河，另一支则进入未央宫、长乐宫，经沧池、酒池调蓄后汇入渭河。

如此复杂而科学的供水系统，不仅让长安城旱涝无忧，昆明池也因此成为保障汉唐都城千年繁华的蓄水池。

在反省西汉时期水波连天的昆明池历史时，我还看到历代记述者对昆明池出产的鱼类津津乐道。不过在汉代，昆明池出产的鱼鳖一度只有皇亲贵族才有口福享用。《汉官旧仪》记载说："上林苑中昆明池、镐池、牟首诸池，取鱼鳖给祠祀，用鱼鳖千枚以上，余给太官。"一开始，昆明池的鱼鳖首先用于皇家祭祀和皇家御膳，如有剩余还可分赏给贵族。大抵是昆明池生态环境过于优越的缘故吧，昆明池的鱼鳖繁殖十分迅速，产量越来越大，以至于后来皇室在昆明池发展起了鱼类养殖业。养鱼业一兴起，鱼翔浅底、鲤鱼腾跃，"千鳞万尾无所之，一网牢笼莫知数"成为320顷昆明池又一胜景。有史书记述，昆明池发展起养鱼业后昆明池鱼产量迅速攀升，陵庙祭祀和皇室贵族根本无法消耗，只好将剩余的鲜鱼拿到市场上出售。一度时间，由于昆明池养殖的鱼上市，导致长安鱼市鱼价大跌。这件事被《西京杂记》和《三辅旧事》描写得绘声绘色。昆明池作为长安城渔业养殖基地，一直持续到唐代。只是到了唐代，由于白居易一首《昆明春》上疏，昆明池渔业一度时间向百姓开放，百姓可以到昆明池养鱼，然后拿到长安集市买卖。昆明池美景和渔产业的收益太令人眼馋了，唐中宗时安乐公主要求父皇将昆明池赏赐给她，中宗皇帝以"百姓捕鱼所资"的理由，拒绝了爱女的要求。

大唐帝国处于一个气象万千的时代，为了皇室成员游乐享受并标榜大唐盛世繁荣，先后修建了曲江池、骊山等一系列离宫别馆。然而，要保持这时已经拥有百万人口的世界第一大都市繁荣，昆明池依然是唐长安城命脉所系。长安城城市供水、保障漕运畅通离不开昆明池，甚至备受唐玄宗和杨贵妃钟爱的曲江池一部分池水，也来自昆明池。由于长安八水和昆明池的滋润，盛唐时期的长安城清流环绕、碧水漫流，皇宫坊里、大街小巷婉转环流的波光水影，一度时间让长安城酷似东方威尼斯。长安城内外河道纵横，渠道相连，游船画舫，往来穿梭。人们出行或者在城内游览，乘船如现代人乘坐城市公交车一样，是最为便捷的交通工具。乘船郊游、游船览胜，是当时居住在长安城文人的生活常态。大诗人王维的辋川别业在浐河上游蓝田县秦岭山中,但这位亦官亦禅的半隐诗人往来于隐居地辋川与长安之间,常常是坐着类似于现在私家车或公务用车的游船进出于长安和蓝田之间。由于昆明池和漕渠对环绕长安城的包括浐河、灞河在内发源于秦岭山中众多渭河支流的调节,即便是冬季枯水季,王维游船照样可以在灞河上自由自在行驶。

从唐太宗到唐文宗,唐朝曾先后对昆明池进行过三次疏浚维修。其中前两次主要是为了整治并改善年久失修的昆明池水源和水系,保障昆明池对长安城用水供给,改善昆明池对长安城蓄水泄洪功能。第三次维修,则纯粹是唐文宗为了粉饰太平,试图恢复盛唐时代长安盛景。由于这次维修工程浩大,唐文宗甚至不惜以征收茶税方式筹措资金,并以宣传昆明池与长安城阴阳五行对应关系的方式统一人心。

唐朝三次维修,不仅扩大了昆明池水域面积,也让昆明池重现水波潋滟、游船画舫往来穿梭的胜景。然而对于历经千年沧桑的昆明池来说,这种昙花一现的繁华,也是这座中国古代第一大人工湖消逝之前的回光返照。到了宋代,这座曾经为汉唐帝国崛起立下汗马之劳,为汉唐长安城持续繁荣留下绮丽迷人记忆的长安绿肺,终于耗尽最后一滴滋润并生长的水珠,从长安版图上彻底消失。

昆明池干涸了,但昆明池所赋予汉唐盛世的绝代风华却从未被一个民族的历史情感和记忆淡忘。

距昆明池消逝一千年后,我在汉唐昆明池旧址——建设中的斗门水库和昆明池遗址公园施工现场看到,斗门水库波光莹莹,库区两岸桃红柳绿,重建中的亭榭廊桥倒映浩荡水波之上。曾经给汉唐长安城带来一千多年繁华与富足、滋润并哺育了让世人仰望的汉唐雄风的昆明池,即将以它曾经有过的惊艳迷人的风姿神韵重现在世人面前。昆明池这种时越千年的盛世重光，是不是也暗含了昆明池兴衰与一个时代之间的神秘宿命呢？

碧水鹊桥

被当地人称作石婆婆和石爷爷的牛郎织女出现在昆明池遗址那一刻，原本徘徊在昆明池舟楫穿梭、画舫游弋、鱼翔浅底历史中的我，突然被一种恍惚迷幻的情绪领向一个遥远而熟悉的神话世界。

在这个如梦如幻的世界里，有一座只有中国人的"情人节"——七月七日七夕夜才会在一轮圆月照耀下凌波出现的爱情之桥——鹊桥。然后，就有一对阔别已久的恋人分别从鹊桥两侧飘然而至。神话传说中万千喜鹊搭成的鹊桥横卧银河，牛郎织女踩着鹊桥，双眸含情，款款而至。牛郎织女相拥相抱那一刻，月光更加澄明，星汉更加闪烁明亮，天河之水也愈加清澈宁静。

这就是从古至今，每个中国人耳熟能详的牛郎织女故事。

在斗门镇石婆婆和石爷爷庙，面对昆明池旧址出土的牛郎织女石雕像，听当地百姓讲牛郎织女故事并再三申明昆明池是牛郎织女故事发源地，总觉得有些迷离恍惚。然而，一旦打开汉昆明池历史身世，再比照昆明池考古发现实物，你又不得不承认汉武帝建造的这座汉长安城巨型水库，的确与鹊桥相会的牛郎织女故事之间有一种说不清、理还乱的纠葛。因为牛郎织女故事作为一个完整爱情故事最早被文人记录在案，是在南北朝时期南朝人萧统选编的《古诗十九首》，而在《古诗十九首》里的《迢迢牵牛星》登上大雅之堂500多年前，汉武帝已经在昆明池为牛郎织女竖起了两尊高达2米左右的石雕像。

牛郎和织女原本是银河两边两颗最亮的星宿。牛郎星也叫牵牛星，在银河西岸，织女星在银河东岸。牛郎织女最早出现在古代文献，是在《诗经·小雅·大东》和湖北云梦泽出土的秦代占卜简书《日书甲种》中。但《诗经》和《日书甲种》中的牛郎和织女，还只是两颗星星，与人无涉，也与爱情无关。汉武帝在昆明池建造牛郎织女石雕像，也仅仅是为了将先秦以来代代相承的象天思想具体化、形象化，所以后人记述这件事时说，汉武帝"立牵牛、织女于池之东西，以象天河"。也就是说，当年汉武帝仿照又称天河、天汉的天上银河模样开凿了昆明池，而在昆明池东西两岸建造牛郎织女石雕像，无非是告知世人：长安城西南这座水波浩渺的西汉水军训练基地，就是人间天河，并以此彰显大汉帝国国威。

昆明池边两尊石雕像的出现，让牛郎和织女从浩渺星空降落到人间，成为有性别之分的人，也为其后由两颗浩瀚太空中隔银河相望的星星演化出一曲缠绵悱恻爱情故事做好了铺垫。接下来，由于《淮南子》"鹊桥填河（天河、银河）而渡织女"的记述，又名鹊桥相会的牛郎织女神话爱情故事开始孕育萌生，并最终在东汉和南北朝经民间补充完善，渐渐成形。

关于牛郎织女的爱情故事，与昆明池一山之隔的汉水流域流传也颇为广泛。2014年考察汉江，我发现甘肃西和，湖北郧西、襄阳，河南南阳都说他们那里是"乞巧之乡"、牛郎织女故事诞生地。从汉水之名来源于"天汉"之说来看，汉江流域诸多地方与牛郎织女神话传说发生瓜葛顺理成章。不过，在考古专家已经得出结论，发现于昆明池遗址的牛郎织女石雕像的确是汉武帝元狩三年（前120年）实物，而其他地方只有地方史料记载没有实物依据的情况下，昆明池和牛郎织女石雕也就成为后来人们演绎创作牛郎织女神话故事的最初依据。有了被汉武帝比作人间天河的昆明池，有了昆明池岸上两尊石雕勾勒的牛郎织女形象，人们才能够借助想象的翅膀，将发生在人间的爱情悲喜剧附丽于隔着滔滔天汉遥遥相望的两颗星星身上。

大唐盛世是一个充满开放仪式和浪漫情怀的时代，牛郎织女故事经民间百姓和历代文人共同创作已经完全成熟，以七月七日夜万千喜鹊聚集银河之上，展开翅膀搭建鹊桥供隔银河相思相望整整一年的牛郎织女短暂相会的"乞巧节"风俗，也广泛流行全国各地。每年七夕，唐太宗都要在清宫与妃子夜宴。这一天夜里，封闭在后宫的宫女也可以自由自在乞巧，向织女星祈求智巧。公元798年，唐德宗还在昆明池修建织女庙，将汉武帝时期的织女石雕像供奉在庙内。

此后，由昆明池西汉石雕像催生的牛郎织女故事，成为最能打动对纯真爱情充满憧憬的青年男女的中国式爱情故事，"七夕节"也成为长期受封建礼教桎梏的青年男女可以披着月光幽会、互诉爱情的中国式"情人节"。

在有了昆明池后迅速成为流传千古的我国四大神话爱情故事——牛郎织女传说中，每年"七夕"夜，牛郎织女可通过横跨滔滔银河的鹊桥相聚一次。然而在天文学上，牛郎（牵牛）星和织女星之间相距16光年，即便是乘坐当今世界上最先进的火箭，两颗隔银河相望的星星要聚会一次少说也得30多万年。

不过时隔两千多年，一旦碧波荡漾的斗门水库建成、千秋昆明池重现汉唐风姿，碧水连天、杨柳依依、廊桥相连的昆明池遗址公园，倒不愧为现实中的青年男女相拥相抱，滋养爱情的好去处。

开封府的屋梁

一排排巨大树木被砍伐之后，顺着山林之间一道道从山顶直通山下的"溜槽"呼啸而下，人运车拉，搬运到渭河岸边。然后，这些来自渭河上游的西秦岭北坡，甘肃境内武山、甘谷一带的千年松柏，将从这里起程，乘着波涛汹涌的渭河巨浪一路东进，途经关中，从陕西潼关附近进入从山西高原滚滚南下的黄河，直抵正在建设中的北宋都城——开封。

这是一千多年前发生在渭河上游的一幕。

从武山鸳鸯镇归入渭河的榜沙河，是现在渭河上游天水境内水量最充沛的支流之一。它的源头和流经区域，是重峦叠嶂的秦岭山区。如果逆榜沙河一直朝南、朝西，可以进入甘南藏区。唐宋时期，吐蕃人曾经长期占据榜沙河及其支流和武山一带，以武山洛门镇为界，与唐宋王朝对峙。吐蕃军队就是以与青藏高原地脉相通的莽莽秦岭为屏障，在渭河上游与被安史之乱大伤元气的唐军抗衡达百年之久。武山境内的渭河和榜沙河流域的高山之巅，巍然蹲踞的巨型土堡，有一些就是唐宋时期吐蕃守军的防御工事，或当地人抵抗吐蕃、金、西夏和蒙古军队的堡寨。

秦岭山脉自青海河南县西倾山与昆仑山告别后，向东蜿蜒集合起来的第一组群山阵营，就在渭河上游南岸一线。巨大的群山将以甘南草原为核心的游牧文化阻绝在渭河上游的南面和西面，而起伏无定、苍苍茫茫的山岭迈向中原的步伐才刚刚开始。尽管一座接着一座的群山阻隔了潮湿空气顺利到达渭河上游更广大地区，但秦汉时期，绵延的牧草和茫茫的林海，依然在秦人西部边界肆意蔓延。因而历史上很长一段时间，这里仍然是羌、藏、氐等西戎部族游牧的乐园。到了春秋战国时期，当这些马背上的民族慢慢接受当地土著农耕生活的濡染，开始以定居替代逐水草而居的游牧生活方式时，渭河上游取之不尽的森林资源，给他们的生活带来了极大的便利。

当年，对这些被称作戎或西戎的游牧民族早年在甘肃天水境内渭河上游的生活状况，《诗经》里的《小戎》描述得最为具体。是他们就地取材，在林间草地建起了"板屋"———一种到现在秦岭深山依稀可见，整座房子以原木围墙，以木板覆顶的木房子。这种通常以松木或柏木为材料的房子，并没有妨碍渭河上游林木的繁衍与蔓延。然而到了宋代，北宋统治者所居住的那座容纳一百五十万人口、当时是世界上最繁华的东方大都市——开封城的周围，已无建筑木材可用。为了拓建标榜北宋王朝强盛与繁荣的开封城，北宋皇帝将目光投向了远在数千里之外，渭河上游的茫茫林海。

莽莽秦岭矗立在渭河南岸，延缓了南太平洋暖湿气流北上的步伐，也阻挡了北方寒流长驱直入横扫中国南部，还让这里成为中国内陆物产和物种最丰富的地区之一。渭河上游西秦岭的高山峡谷，是云杉、油松、水柏子和红桦、白桦等建筑用材的天堂。如果从武山再向东，进入天水境内的小陇山林区，红豆杉、青冈、桧柏、银杏往往长得高大魁梧，树干参天。

那时天水境内的渭河上游还是宋、金和吐蕃人交战的前沿阵地。驻守在秦州（今天水）的宋军，一方面要防备金兵和吐蕃军队进犯，同时还肩负采伐木材、看护从渭河漂向开封城木料的任务。

宋代在渭河上游采伐木料,开始于宋太祖建隆二年(961年),即北宋建立的第二年。这一年,尚书左丞出身的高防出任秦州知州。这位从汴京城里下来的京官在秦州巡察时发现,天水境内渭河沿岸有成片绵延不断的原始森林,而百废待兴的开封城那时正在大兴土木,兴建后来在张择端《清明上河图》里街坊相连、楼舍弥望的东方大都市,急需大量优质木材。这位精明的知州深知,将渭河上游采伐的木料运到汴京,不仅可以解决兴建开封城急需木料的问题,还有丰厚利润可赚。于是高防立即招募三百名士兵,建立采务造——也就是现在的伐木场,开始开辟从天水溯渭河向西,直达武山的伐木通道。

中晚唐以后,武山县洛门镇以西大部分地区被吐蕃占据。那些占据在依山而建的堡寨的吐蕃军队,原本就与天水一带的守军摩擦不断,现在宋朝守军要大张旗鼓在两军交界的山林大肆采伐木料,剑拔弩张,势所难免。虽然开始采伐之前,高防在当时被称作伏羌和宁远的甘谷、武山渭河一线一百多里修筑了防御吐蕃军队、保护木材采伐运输的堡寨,并派兵把守,但北宋军队的大肆砍伐,还是让吐蕃军队忍无可忍。

建隆三年(962年),驻扎在武山的吐蕃首领尚波于率领三千吐蕃军队渡过渭河,抢夺木材,杀伤伐木工人和守护士卒,攻占伏羌(今甘谷县)。作为还击,秦州知州高防出兵击败吐蕃军队,并将俘获的四十余名吐蕃俘虏和缴获的战利品,敬献给宋太祖赵匡胤。宋太祖深知吐蕃人居住的渭河上游群山绵延,易守难攻,连大唐军队都奈何不得,为了确保尚有金兵和西夏虎视的渭河一线的安全,释放了吐蕃俘虏,还赏赐以锦袍银带,同时任用吴廷祚为节度使,接替高防管理秦州。宋太祖的宽宏大量感动了尚波于，吐蕃人主动向北宋朝廷归还了伏羌之地。一场因采伐渭河上游木材而引发的北宋与吐蕃的边境危机，就此得以化解。

北宋与吐蕃的伐木之争暂时平息，但汴京开封的建设在宋太祖时期才刚刚开始。朝廷需要大量木材，地方官员就有义务为朝廷分忧。更何况，这种于公于私都有好处的交易，利润实在太诱人了。接下来的四五十年间，甘谷、武山一带还在源源不断砍伐木材。为了防范吐蕃再次阻挠并抢掠运送京师的木料，驻守秦州的地方官员继续在渭河北面建立堡寨，派重兵把守。大中祥符五年（1012年），朝廷在临近渭河的现甘谷磐安置采木场，并下诏秦州派骑兵百人、步兵六百人把守采木场。

生长在渭河南北山岭上的千年古树被一棵一棵伐倒，然后运送到武山、甘谷和天水一线的渭河码头，再由专人将一根一根的巨型原木编成木筏，推入渭河，任凭滚滚渭河水将成排成排的木料漂向关中，进入黄河，驶向北宋都城开封。到了那里，等候在黄河岸边的官兵将来自两三千里外的木料捞起来，直接运送建筑工地。一座座皇宫大殿、寺庙堂馆，就用这些来自渭河上游的木料建了起来。

一根巨型原木从西秦岭北坡的武山、甘谷起步，经过渭河和黄河，漂流多少天才能到达开封？也许一两个月，也许要半年时间。无论怎样，一根刚刚砍下来，还流淌着新鲜树脂的松树，浸泡在河水里，一路颠簸到达目的地的时候，已经没有任何生命力，却可以在京师能工巧匠的手下转化成另外一种艺术品，并流传千秋。

为了建设开封城，整个北宋时期到底从渭河上游砍伐了多少木料，没有人统计过。但从甘谷、武山等地县志上可以看到，开始于北宋初年，保障渭河上游伐木活动及通过渭河将木材安全运往京师的地方级朝廷管理机构，几十年间不仅一直没有撤销，而且在不断加强。

最初的采伐，是在便于运输的渭河岸边附近的山岭。到了后期，渭河水运便利的地方可用之材被砍伐殆尽，专为朝廷组建的砍伐运输队伍，不得不向渭河两岸更南或更北的林区推进。政和八年（1118年），宋徽宗下诏重修开封城被大火焚毁的宣德楼和集英殿，一道紧急为重修宣德楼和集英殿筹措上等木料的圣旨，被迅速送到当地官员手里。

宣德楼和集英殿是北宋皇宫建筑之一，主要用于大型皇家宴会与测试进士的考场，不知何故，毁于火灾。估计当年建造这两座与举行朝庆大会的北宋皇宫一样，开封城规模最为宏大、也最为重要的皇宫主体宫殿的木料，也来自于渭河上游。所以宋徽宗下诏熙河路之巩州（今陇西），采伐修复宣德楼和集英殿所需木料。伐木令到来的时候，甘谷、武山渭河近岸已无适合皇宫要求的木料可采，地方官员只好派人到远离县城与渭河渡口的南部山区寻找木材。走遍附近山岭之间残存的森林后，他们终于在武山县南部秦岭深处的滩歌一带，找到了符合朝廷要求的用材林。

滩歌是武山县南部深埋在万山丛中的一座古镇，唐宋以来长期被吐蕃占据。"滩歌"一词是古吐蕃语，即踏歌而舞的意思。这次伐木地点，就选择在临近渭河、武山境内另外一条来自秦岭山区的支流——南河源头附近的青竹坪。从农历九月初二到十二月廿一，两千三百七十余根长五丈至十丈的原木采伐告罄。伐木工用同样的方法，将这些巨型原木放进南河，漂流到南河入渭河渡口，再捆绑成木筏或木排，投入渭河，漂流到都城开封。

这次宋代在渭河上游大规模采伐木料的情况,当时被人在木材采伐地——武山县滩歌镇以摩崖石刻的方式记录了下来,并勒石于当年采木场附近的石崖上。这块掩埋在群山之间的摩崖石刻,前些年才被发现。

能看见的历史写在书本上,看不见的历史的伤痕,还深深刻印在渭河上游一座接一座比死亡和贫瘠更为恐怖的山岭上:北宋灭亡了,金兵、西夏、蒙古人和李自成又来了。兵燹战火,以及开始于明代的大移民,让渭河再也无法回到山清水秀、牛羊成群的过去了。遍翻史书,我们看到的,是从明代到清代愈演愈烈的烧荒耕种的野火,在渭河上游山谷川原之间四处蔓延。到了民国时期,寸草不生,灾荒连年,已经成了渭河上游的生存现实。而在滋养渭河的西秦岭和渭河北岸的泾河流域,成片的原始森林已经不复存在,零零星星的偏远林区涵养的水源从日渐稀疏的山林里流出,还没有机会进入渭河,早已耗尽了它奔涌和流淌的生命。

在公元11世纪前后辉煌一时的开封城,已经归于沉寂,而渭河还在奔流。也许从现在幸存的开封古建筑里,我们已经无法找到一根来自西秦岭北坡的木材所建造的屋梁,但从渭河飞溅的每一滴水珠里,我们却可以看到渭河满河清流的过去。

大地之湾

上古时代,渭河干流浩浩荡荡的流水,几乎盛满了从渭河源头到入黄口的所有平川和峡谷。它激荡奔腾的波涛，人类无法驾驭，所以最初生活在渭河流域的人类，只好选择在渭河几条较大支流的两岸安家。

流入天水境内三阳川的时候，渭河挣脱又一道两岸高峰雄矗的峡谷，开始在地貌分明的秦岭山地和秦岭山区之间萦绕盘桓。葫芦河这时乘势而入，从渭北地区的六盘山地极尽蜿蜒与曲折，加入到了渭河东进的阵营。这一带，古人类的活动踪迹密密麻麻地遍布渭河两岸，但他们的大本营，却在秦安县葫芦河支流清水河流域的大地湾。

宁夏西吉与海原县交界处，六盘山脉月亮山南麓的一泓清流，造就了葫芦河。但葫芦河要形成一支真正的河流进入渭河，在流经宁夏固原和甘肃平凉、天水的旅途上，还要穿越众多高山、丘陵和峡谷，汇聚更多或大或小的支流。清水河就是其中之一。大地湾人开始在清水河南岸一个巨大的山湾里建造他们的半地穴式房子时，沪灞三角洲还是一片寂静。远在西亚的两河流域，苏美尔人两三千年后才能创造出标榜自己所创立的文明高度的楔形文字；五六千年后，古巴比伦人才在苏美尔人所创造的文明基础上建立起古巴比伦王国。然而，就在世界一片荒芜的七八千年前，渭河上游一条小小支流——清水河岸上，却是人声鼎沸。在这个叫作大地湾的山湾里，鳞次栉比的房屋和星罗棋布的村落挤满了山谷。临河的坡地上，围着树叶、裹着兽皮的男人在河边捕鱼，身姿婀娜的少女手提陶罐在河边汲水，更多的男人和女人在各自的村庄打磨石器、制作陶器，还有人在继续为从别处迁徙而来的其他部族建筑房屋，用石铲等工具在村边挖掘沟堑，在山坡上用石铲和石锄播种粟粒。

那时候，中国北方的气候比现在温暖、湿润得多，大洪灾过后的世界正处在全新气候大暖期。温润的气候吸引了红白鼯鼠、苏门羚、苏门犀等动物，铁木、槲栎等后来生长在亚热带地区的植物在这里安家。满山遍野的冷杉、白蜡树、榛木、铁木和其他落叶乔木、常绿乔木、常绿灌木，让清水河两岸四季常绿，温暖湿润。河水清澈、水量丰沛的河道里，除了多种多样的鱼类，还生活着数量惊人的蚌类。三面环山、一面临水的大地湾通风而向阳，视野开阔。清水河对岸，大地湾人居住的后面山梁上，大洪灾过后更加苍翠而生机勃勃的原始森林依河而上，覆盖了我们目光能够到达的山川与大地。缓慢攀升的山湾四周，还有绿如碧毯的草甸和平缓的坡地。人们下山即可捕鱼，上山即可从山林里捕捉到虎、豹、麋鹿等猎物，还可以采摘到各种果实。后来，有人带来了稷的种子，并在坡地上种出了中国古代最早的粮食。大地湾人的生活，进入前所未有的新时期。生活在那里的人们无须为食不果腹发愁，更无须为洪水野兽侵袭而担惊受怕。这种令人神往的生活，吸引了生活在渭河上游乃至甘青高原的众多部族慕名而来，源源不断聚集到清水河岸上，在大地湾安下家，融入了当地土著部落。

最初来到大地湾的考古学家，是从一只当地农民犁地时发现的陶罐，发现埋藏在地下的人类史前文明的巨大秘密的。然而揭开尘封的土层，当掩埋在一万三千平方米的地下二百三十六座房址、三百五十七个灰坑、七十九座墓葬、三十八孔窑洞、一百零六座灶台和八千多件骨器、石器、蚌器、陶器、装饰器和各式各样的生活器物浮出地面时，跑遍大江南北的考古学家被眼前的情景惊呆了！即便是再见多识广的考古人员，也没有在中国大地上见到过如此丰富多彩、数量众多的新石器时代古人类使用过的物件。当他们在面积达二百七十五万平方米的山湾里进行试探性发掘时，一个更让人震撼的事实暴露在考古人员面前：这个巨大山湾，几乎遍地密布着和已经挖掘范围毫无差异、琳琅满目的史前文化遗物。而他们现在所揭露的面积，还不到已探明总面积的百分之一！

即便是在考古现场被持续不断发掘三十多年后，也没有人能说清楚，在大地湾浩荡黄土下，到底还掩埋着多少距今八千多年到四千多年前人类生活、生产的遗迹和遗物。更让人们惊讶的是，俯身大地湾考古发掘的考古学家面对目前已经发现的考古成果，以让自己都难以置信的研究结果向世人宣布：从距现在八千一百二十年到距今四千九百年，大地湾人在渭河上游这条小小支流南岸的山坡上，竟连续不断地繁衍生息、生活创造了三千多年！

这几乎是我国考古史上绝无仅有的。

洛阳铲和探杆成为我们进入八千多年前大地湾时代的得力助手。考古人员俯身阳光朗照的大地湾，拨开厚重黄土之际，已经炭化的黍和油菜籽，已经很接近后来文字的十几种彩绘符号，以及包括圜底钵、三足深腹罐、球腹壶、三足钵、圈足碗在内的二百多件红色宽带纹彩陶，纷纷从沉睡的黄土下重见天日。它们在大地湾人手里诞生的时间，是在遥远的七八千年以前。紧接着，比半坡人的大房子大一倍，建筑面积达四百二十平方米的我国史前面积最大的复合式宫殿建筑，与古罗马人用火山灰制造的水泥有同样硬度的"混凝土"，一平方米的黑色颜料地画等，让人困惑不解又令人惊骇的创造，在考古人员惊讶、困惑的关注中接二连三浮出地面。

在那么遥远、古老得让人无法捉摸的时代，是什么力量驱使或帮助这群生活在渭河上游的古人类，创造并隐藏了让人如此惊叹不已的秘密呢？

  一头犀牛在丛林里穿行。它庞大的身躯经过茂密的丛林时，那么多还没有长大的幼树和灌木，就成了它巨大蹄掌下的牺牲品。犀牛笨重的身子晃动前行时，在丛林里弄出哗啦哗啦的声音，把许多躲避在草丛中的小动物和在树枝上歇脚的飞鸟赶跑，安静的丛林旋即陷入一片慌乱。犀牛的身影被密林吞没后，还会有大象、棕熊、猎豹、老虎等大型动物，在各自的领地觅食、徘徊。心情愉快的时候，这些大地湾密林深处的主人，还会攀缘到一块相对高耸的山崖上，或爬上一棵高高的大树，好奇地透过树梢的缝隙，瞭望清水河畔升起的炊烟和裸露在河岸上的屋舍。这些大地湾时代与大地湾人共同依恋着这片温暖土地的另一个生命种群，既是大地湾人的邻居，同样也是大地湾人的威胁和食物来源的一部分。

  随着人口增加，大地湾人居住房屋的建筑形制和建筑艺术，也在不断发展。最初，刚告别穴居时代的大地湾人还居住在深入到地下的深穴窝棚式建筑里。后来，一大批圆形半地穴式房屋在清水河南岸纷纷崛起。到了距现在五六千年以前的时候，大地湾人不仅开始在平地上建造房子，房子面积不断增大，而且建造起了当时世界上最为恢宏的宫殿。根据现在从黄土深处发现的厚重的土墙残垣和敞开的柱孔残迹，我们无法设想当年大地湾人建造这座巨型建筑时的情景，但从四百二十平方米的建筑面积、一百四十一根巨大木柱、八柱九间的格局、一百三十一平方米的大厅形制可以想象，这座矗立在清水河南岸台地最显眼处的宫殿，应该是大地湾人最神圣、最威严的地方。这座巨型建筑四周，数百间房子如众星捧月，紧紧围绕在它高大、魁梧的影子下面。还有更多一簇一簇的房屋，散落在漫漫山湾——那是受了大地湾人生活诱惑迁徙而来的其他部族聚居的村落。

白天,人们从星罗棋布的房屋走出来,男人们或手持越来越精致的石器上山狩猎,或到清水河边捕鱼;女人们在每个群落必不可少的制陶作坊制作陶器,或在村子里饲养家畜,或在火塘边生儿育女。猪、狗、牛、羊不仅成为人类的伙伴,还是让大地湾人垂涎欲滴的美餐。粟和油菜一类的作物,在大地湾人烧荒开拓的土地里已经年复一年地开花结果,为村里男女老少带来丰富的食物。到后来,大地湾人种植的粮食有了剩余,他们建造了更多大型窖穴,烧制出更多大型陶瓮、陶缸和陶罐,用以贮藏秋天来临之际丰收的粟和油菜籽。夜幕降临之际,袅袅炊烟弥漫在山谷,吃过晚饭的大地湾人聚集在巨型宫殿大厅,或者在宫殿前面的广场点燃篝火,敲击着木棒或陶瓮载歌载舞。那时候,人们还没有学会歌唱,但整齐有力的步伐和粗犷深沉的鸣叫,是抒发他们内心情感的最佳方式。后来,有人从他们狩猎时使用石流星抡起来驱赶野兽时发出低沉的鸣叫得到启发,用陶土烧制出了可以吹奏的古老乐器——埙,他们围着篝火狂欢的时候,就有了一种我国最古老的吹奏乐器伴奏。

那时候,大地湾人还没有等级观念,掌管这片村落的是大家推举出来的首领。最初,大地湾人生活在"知母不知父,无亲戚、兄弟、夫妻、男女之别,无上下长幼之道,无进退揖让之礼"的母系氏族社会。女人是这世界的统治者,所以他们的首领一律是女性。然而到了他们建造巨型宫殿的那个时期,更多的人口需要种植更多的粮食、制造更多的生产工具,繁重的体力劳动和生产,使女人和男人的社会地位开始发生此降彼升的微妙变化。但无论社会怎么变,都不影响那座巨型宫殿作为大地湾的象征而存在。每当部落有重大事宜需要商议或重要事件需要解决的时候,居住在大地湾各个部族的首领会聚集在这里,以占卜摇卦的方式预测吉凶,决断选择。大地湾的未来由部族首领来决定,大地湾每一天日出日落的生活,却需要生活在大地湾的每一个男人和女人共同创造。

所有生活在大地湾的人,都充满了生命的激情和创造的欲望。无论在火塘旁,还是在用石铲、石锄耕种粟和油菜的山坡上,或是制造那种以火焰或者鲜血一样的红色为主色调陶器的陶器制作作坊,每一个大地湾人都必须为部族的将来全力劳作,然后让这种劳动的果实养活部族源源不断繁衍的后代。这种充满激情的生活,在大地湾这块并不辽阔的山湾里连续不断地沿袭了三千多年。直到距现在四千八百年的某一天,一种猝不及防的天灾、人祸,或者什么神秘力量突然降临,清水河畔这块热闹非凡的人类生存之地突然陷入一片令人恐惧、惊悚的死寂。大地湾人将他们所建造的房屋、制造的陶器、还没有来得及吃完的粟粒、活蹦乱跳的家畜,以及动物残骸、先祖的遗骨,一同遗弃在他们生活并创造了三千多年的山谷,神秘离去。

大地湾人消失后,浩荡黄土从遥远的北方高原呼啸而来,年复一年,将遍布山湾的房屋和那座巨型宫殿,环绕在村落周围的沟堑,散落在各个角落的陶器,以及墓地、炉灶和他们发明并使用过的各种器具,掩埋在了漫漫黄土下面。然而至今令人费解的是,这个在同一区域连续生活三千多年的部族,为什么会在一夜之间归于沉寂?迫使他们放弃苦心经营三千多年的家园的神秘力量来自何方?突然消失的大地湾人,是埋葬在了他们祖祖辈辈生活的大地湾泥土下面,还是逃亡他乡了呢?如果是就地消失或者死亡,他们最后的身影和尸骨又在何处?如果是流落他乡，那么离开大地湾后，他们又去了哪里？

大地湾人身后的秘密，和生前所创造的一切一样，令人困惑不解。

于是，在破解大地湾文明消失之谜的时候，就有人得出了各种各样的猜测和臆想：

臆想之一：大地湾人和大地湾文明毁灭于一场猝不及防的瘟疫。理由是远古时代的人们对瘟疫毫无意识，身体抵抗力也很差。从大地湾人离开之际没有带走巨型宫殿里存放的粮食、礼器、量具等重要物品的现场可以断定，一场突如其来的瘟疫暴发之际，大地湾人为了逃命，才将这些原本和他们生命一样重要的物品遗弃。

臆想之二：大地湾毁灭于一场火灾。这种观点的证据是考古人员从巨型宫殿遗址发现了这座大地湾时代的地标性建筑被火烧过的痕迹。

臆想之三：另外一个民族的入侵和占领让大地湾文明戛然而止。这种观点认为，是另外一支拥有另一种文化的人类，在距今四千八百年前突然赶跑了在这里生活了三千多年的大地湾人，并迫使一度成为渭河中上游政治中心的大地湾失去了它的重要性和存在价值。

然而，就在这些众说纷纭的推论被陈述的过程中，各种臆想的讲述者仍然目光闪烁，举棋不定。因为各种解释，都只是基于某一侧面或某一事实的猜想。为此，我要为上面种种猜想所补充的一句话是：所有秘密的真相，也许还埋藏在大地湾的黄土下面。

但有一个事实却是我们都能看到的：大地湾文明出现和消失后，沿渭河流域，在天水西山坪师赵村、宝鸡北首岭、西安半坡村、临潼姜寨、华县老官台、临洮马家窑一带，史前人类生活、劳动和创造的身影还在闪现，而且愈来愈赫然醒目。那么，这些临渭河而居的人类，会不会是大地湾突然遭遇灭顶之灾之际仓皇出逃的大地湾人沿渭河迁徙的孑遗呢？

马家窑

新的一天降临之际，人们发现大洪水已经退去。在他们的东面，又矗立起一座高山。曾经滚滚东流的河水不见了，另一条河流自南向北从山脚下流过，河水清澈得发绿。河岸上刚刚从一场大水中抬起头来的水草、树木和灌木沐浴在阳光下，酝酿着又一场生机勃勃的景象。

那是两千万年前，曾经从鸟鼠山一带向东奔流的黄河改道北上，渭河与黄河分道扬镳。黄河抛弃了原有河道，而渭河从刚刚崛起的鸟鼠山一带汇集起众多支流，沿着黄河故道，继续向东流去。看见两条大河在这里各奔东西的人，后来被叫作马家窑人；从他们面前流过的这条河，是现在的洮河。

公元前五千年左右，大地湾人已经在渭河上游葫芦河支流清水河岸边，建造起了巨型宫殿和更多大房子，渭河下游的半坡村也已经鸡鸣犬吠、炊烟袅袅，但与渭河源头一山之隔的洮河岸上生活的马家窑人，才刚刚落脚此地。他们的故乡，也在甘青高原的湟水和黄河谷地。这些人中，男性圆脸，面部较平，颧骨较高，鼻梁较矮；女性则面部平展，披发，长相和发式与后来的西部牧羊人氏族和羌族无异。显然，他们和渭河流域诸多古人类一样,同属蒙古人种。这些人善于游牧,但这个时候他们已经开始学习农耕。洮河有足够的水滋润丰茂的水草,也可以浇灌那时候渭河流域已经开始普遍种植的一种叫粟的农作物。

游牧和耕作,是马家窑人养活自己的方式。为此,他们也开始制作石斧、石锄、石镞、石弹丸用以生产和狩猎。他们甚至制作出了十分精美的骨珠、骨针、骨簪一类的饰品和生活日用品。他们饲养的猪、狗、羊不仅食用,还进入墓穴,为死人陪葬。

可见,距今四五千年前的马家窑人生活得也很富足。

但让我们向这群当年生活在甘肃临洮洮河岸边一个叫马家窑的山坡上的居民投去刮目相看的目光的,还不止这些。马家窑人让世人惊讶的,是他们制造的那遍布洮河流域、举世无双的精美彩陶。

伟大的发现源于思考,但真正伟大的发现往往有许多偶然性。

1924年春天,兰州到临洮的官道上,一队马队在驰骋。马蹄腾起之际,奔腾的马蹄声在山谷回荡。为首的是一个高鼻梁蓝眼睛的外国人,随从是穿着土布褂子的中国人,那个外国人叫安特森。安特森原本是北洋政府请来帮助中国寻找煤矿和铁矿的瑞典地质学家,却对考古兴趣盎然。在相继发现北京人化石和河南仰韶村遗址后,安特森对中国考古的兴致更加浓厚。虽然他的重大发现在国内外考古界引起了强烈震动,但时任北洋政府农商部顾问的安特森还是觉得,中国文化的源头远不止仰韶村所在的黄河中下游。凭借多年从事地质调查和考古兴趣获得的经验,安特森预感到,在养育了这个古老民族的黄河上游,还可能有更多尚未被人发现的秘密掩埋在地下。带着这一想法,这一年,他利用到西北进行地质调查的名义,来到甘肃。

最初的寻觅令安特森失望。安特森带着他雇用的翻译和向导骑马在兰州一带的黄河两岸逡巡了好长时间,一无所获。一个偶然的机会,让安特森看到了希望的曙光,并促成他这次临洮之行。

那天,因为进入甘肃后两手空空而显得有些沮丧的安特森失神地在兰州街头徘徊。突然,在旧货市场中的一个小摊上,一只被摊贩用来装烟渣的陶罐吸引住了他的目光。安特森蹲下身来,拿起那只陶罐的一瞬间,手就战栗起来了,面颊也红涨起来。面对从来没有见过的那种陶器,安特森激动得差一点儿惊叫起来。根据那只已经有些破碎的彩陶上的纹饰、图案、制作材料、制作工艺,安特森断定,这是完全不同于仰韶村和半坡村的另一种文化的产物。如果寻找到这只陶罐的原发地,这有可能成为中国考古史乃至世界考古史上的一个重大发现。

到达临洮不久,意想不到的收获就出现在安特森面前。

徜徉在临洮县城十公里外洮河西岸的一个叫马家窑的村庄之际,那些散落在紧邻洮河的一座叫瓦家大山的山坡上,俯拾皆是的与他在兰州看到的那只彩陶如出一辙的彩陶碎片让安特森惊喜万分。挖掘工作开始后,更多更大的惊喜让这位瑞典人兴奋得几乎发狂。此前,他看到的仰韶村彩陶多以赭、红、黑等色绘饰,而眼前的马家窑彩陶的彩绘,则多用黑彩在泥制红陶或橙黄陶的颈部与上腹部,绘制出线条流畅的图案花纹装饰。这些陶器的色彩和花纹,早期以纯黑彩绘花纹为主;中期使用纯黑彩和黑、红二彩相间绘制花纹;到了晚期,多以黑、红二彩并用绘制花纹,而且在砂质红陶器表还施用划纹、三角纹、绳纹和附加堆纹，映现出与仰韶村、半坡村迥然相异的文化信息。其中最让安特森惊讶的是，在四五千年前，马家窑人已经开始使用毛笔，并以毛笔绘制彩陶纹饰、图案，创造出以线条为造型手段、以黑色为主要基调的绘画方式。这就是说，马家窑彩陶图案的绘制方式和工具，与仰韶村甚至同时期中国其他地方发现的彩陶截然不同。尤其让后人震惊不已的是，马家窑人在他们制作的陶器上使用的线描创作技法，笔墨简练，黑白分明，线条流畅，几乎就是一幅幅精美的"中国画"。

后来成为中国人沿袭几千年书写工具的毛笔，距今五千多年前，怎么会在渭河上游这个文明脚步远远落在渭河中下游后面，当时尚以游牧为主业、农耕为副业的地方出现呢？

安特森在马家窑发现马家窑人使用毛笔绘制陶器上图案的六十多年后，1980年，考古人员在渭河下游临潼姜寨遗址，又发现了五千年前人类用毛笔绘制彩陶的石砚、研杵、染色物、陶制水杯等器具。这也是中国境内发现的最早的毛笔实物佐证。同一时期，在相距几百公里的渭河上下，远古人类都已经开始使用毛笔，那么，毛笔这种中国古老的书写工具诞生的故乡，会不会就在渭河流域呢？

大量烧制陶器的窑址，距今四五千年前马家窑人居住过的房址、墓葬群、使用过的器物露出真容后，安特森意犹未尽。他沿洮河，继续在以马家窑为中心的洮河上游和下游寻找。果然，在马家窑南北两端的寺洼和辛店，另外两处稍晚于马家窑时期的古文化遗址，也被安特森揭示于世人面前。

与马家窑出土大量彩陶所不同的是，在寺洼和辛店，安特森还发现了晚于马家窑的大量青铜制品。当那些沉睡地下两三千年，青铜器铸造的闪着幽光的戈、矛、镞、刀、铃和沾满绿锈的青铜锥、矛、匕、凿、铜炮从黄土下出现之际，安特森和他的同行被散落在黄河故道泥土深处的历史文明的光华震惊了：公元前14世纪到公元前11世纪，寺洼和辛店已经生产出了如此精美的青铜器！而且从寺洼山一些墓葬出现人殉和陪葬车马的事实看，在遥远渭河上游生活的马家窑人，当时也已经进入奴隶社会。更多的困惑让人难以理解：马家窑彩陶兴起的四五千年前，以仰韶村为代表的中原彩陶已经在走向极度辉煌的路上半途而废，归于沉寂。那么是谁，又是什么力量，让遥远的渭河源头一带的窑窨炉膛重新燃起熊熊火焰，并制作出如此精美绝伦的彩陶呢？

姗姗来迟的马家窑人，五千多年前刚刚把家安在洮河岸边的时候，黄帝已经开始在黄河中下游着手筹划统一中原的涿鹿之战。

那时候，洮河两岸和紧邻鸟鼠山西北麓的川道和山间牧草苍茫，只有临河坡地上点缀着零星的田地。春夏季节，茫茫的牧草和谷田一样碧绿。只有到了秋季沉甸甸的穗子压弯谷子腰之际，人们才会发现，这里已经进入半农半牧时期。

游牧、耕种之余，在马家窑瓦家大山陶器制作作坊，那些拿惯牧羊鞭和石铲、石锄的手，将取自村子附近的红土和黄土和成泥浆，搓成泥条，再用一条条泥条盘绕成瓮、罐、壶、瓶、盆、钵、碗等器具的胚胎，然后借助于他们发明的慢慢旋转的木轮，对毛坯进行修复。基本成型的陶泥在轮子上旋转，一道道同心圆纹、弧纹和平行线纹饰，也就留在了胚胎上面。阳光将胚胎上的水分吸干后，就有工匠拿起毛笔，采用天然物质调制的颜料，在上面绘制各式各样的图案。几何形花纹、旋涡纹、同心圆纹、果实叶茎纹、蛙纹、变体鸟纹不仅栩栩如生，而且不同造型、不同用途器物上的图案布局各异。让不少迷醉于马家窑彩陶的研究者困惑不解的是，马家窑文明虽然起步迟，但马家窑人的彩陶在器型设计、材料使用、图式创意、色彩变化、烧制水平等方面，却远远超过了包括仰韶村、半坡村和大地湾在内的中国大地上发现的任何一处远古人类的彩陶制作水平。

安特森带着马家窑赏赐给他的惊喜与在世界考古界声名鹊起的惊喜离开后，马家窑也成为中国考古界众目关注的一个焦点地区。20世纪40年代，中国（社会）科学院考古研究所所长夏鼐再次来到马家窑后，惊讶于中原彩陶衰落后马家窑的崛起，不仅将中国彩陶文化推向世界彩陶文化登峰造极的巅峰，而且让中国彩陶文化又延续了数百年之久，便将中国大地彩陶制作风格和产生年代与马家窑大抵相同或相近，分布在甘肃中南部和青海东北部，宁夏南部地区泾河、渭水上游，及白龙江、湟水、洮河、庄浪河、清水河流域的这种彩陶文化，命名为马家窑文化。考古人员还从这个地域范围的考古发掘隐约感到，渭河及其支流上游地区，是孕育这种空前绝后彩陶文化的温床。

如果不是两千万年前黄河改道，我们现在居住的渭河流域，就是黄河中游地区。黄河选择他途而去，却将华夏大地最初的文明的光彩留在这里。这也许是因为远古人类早已经发现，如果继续从黄河故道随渭河流水往东，他们可以省去更多路程，抵达据说已经有黄帝举起龙字大旗，过着文明温暖生活的中原。他们还知道，黄帝部族血脉里，也流淌着和自己一样的鲜血。因为那时的马家窑人才从甘青高原游牧而来。他们也是高原上那个古老的牧羊人——古羌人的后代。

洮河源头在青藏高原的青海省河南蒙古族自治县西倾山。最初的马家窑人，应该是跟着曾经也从黄河故道经渭河走向中原的古洮河，赶着羊群迁徙到这里的。洮河岸边有牧草可以供他们继续放牧，有粟可以让他们品尝农耕文明的芳香。半农半牧的生活，让他们与文明的距离越来越短，也一点一点地改变着他们的生活习惯和生活方式。以至到后来，受了农耕文明的诱惑，他们中的一部分或追随渭河的脚步去了渭河中下游，或者沿着漫漫黄土延伸的高原向陇东一带泾河流域迁徙，离开了马家窑、寺洼和辛店。也有一部分人留了下来，继续先祖留下的半农半牧的生活。从现在紧邻甘南牧区的寺洼山衙下集一带出土的灰砂粗陶和青铜器可以断定：寺洼、马家窑一线，也许就是当年生活在甘青高原的游牧民族走向农耕地区的一条通道。因为还有考古发现证明，在马家窑文明的辉煌期过去后的公元前1000年前后，又有一群牧羊人来到距马家窑二三十公里的洮河岸边，并且长久地居住了下来。只不过那时候的寺洼山一带，已经笼罩在从渭河中游关中大地传来的青铜光芒之中。与马家窑人一脉相承的寺洼人不仅一边游牧，一边学习耕种，还制造出了只有有着深厚的游牧传统的部族才能制造出的飘散着牧草芳香的青铜器物。

这些公元前10世纪前后来到渭河上游的氐、羌人是什么时候告别游牧生活的，我们不得而知。几百年后，秦昭王在当时秦国最西部边界修筑的防范游牧部族进犯的长城残迹，在洮河和渭河岸上还依稀可望。后来的《括地志》也说"陇右、岷、洮以西，羌也"。

这就是说，最起码在唐初《括地志》诞生的年代，渭河上游还是羌人生活的世界。

所有的祈祷都是为了一滴水

西方挺特英伟之气，结而为此山。惟山之阴威润泽之气，又聚而为湫潭。瓶罂罐勺，可以雨天下，而况于一方乎？乃者自冬徂春，雨雪不至，西民之所恃以为生者，麦禾而已。今旬不雨，即为凶岁，民食不继，盗贼且起。岂惟守土之臣所恃以为忧，亦非神之所当安坐而熟视也。圣天子在上，凡所以怀柔之礼，莫不备至。下至于愚夫小民，奔走畏事者，亦岂有他哉！凡皆以为今日也。神其盍亦鉴之。上以无负圣天子之意，下以无失愚夫小民之望。尚飨。

宋仁宗嘉祐六年（1061年），四年前和家在太白山脚下眉县横渠镇的张载考取同科进士的苏轼，被任命为陕西凤翔府判官。当时的凤翔府属秦凤路，管辖范围包括现在宝鸡大部分县和周至县。苏轼到任的时候，正值关中大旱，从前一年九月到这年春天，关中大地雨雪不落。眼看粮食将断，饥馑横行，青年苏轼心急如焚，与当地百姓多次到太白山、磻溪求雨，祈求上苍普降甘霖，以救民生。

前面这段文字，就是当时苏轼带领官民到太白山祈雨时撰写的《凤翔太白山祈雨祝文》。

据《太白山志》记述，写好祝文后，苏轼派人到眉县，上太白山，从太白三池取来神水，自己又撰写了《太白词五首》，率文武百官在府门外迎接。神水到后，被供奉在香案上，苏轼亲自宣读祝文，与官员百姓焚香跪拜，祈求太白山神普降甘霖。

据众多资料介绍，苏轼和众官员、当地百姓举行完求雨仪式不久，就有一朵雨云从太白山方向飘来，转瞬之间，朗朗晴空阴云密布，天昏地暗。一阵狂风刮过，倾盆大雨从天而降。

这场雨整整下了三天三夜。焦渴的土地重返生机，因为干旱躺在泥土里迟迟没有发芽的种子，一夜之间破土而出，绽放出嫩绿诱人的新芽；无精打采倒伏在地上的麦苗，受了春雨滋润后立即挺起身躯，争先恐后地拔节疯长；田亩间、地埂上、河滩里烂漫山花，也在温暖的阳光中次第开放。已经逼近门槛的饥馑，被一场突如其来的春雨赶跑，花团锦簇又回到了人间。

面对此情此景，从绝望中走出的老百姓带上香蜡烛裱，忙里偷闲，纷纷登上太白山，向太白山神还愿，向太白山感恩。苏轼也被一次祈雨仪式带来的甘霖挽救了万千生民感到兴奋不已。在《太白山祈雨》一诗中，苏轼这样写道：

平生闻太白，一见驻行骖。
鼓角谁能试，风雷果致不。
岩崖已奇绝，冰雪更琱锼。
春旱忧无麦，山灵喜有湫。
蛟龙懒方睡，瓶罐小容偷。

也是这次祈雨，让苏轼对太白山有了新的认识。与百姓交谈中，苏轼还了解到，太白山祈雨原本是很灵验的事情。但去年遭遇旱灾，老百姓多次上山祈雨，老天却一直没有下一滴雨。对这种原因，当地百姓的解释说，唐代，太白山祈雨百试不爽，是因为天宝年间唐玄宗封的太白山神是神应公,但宋皇祐六年(1054年),宋仁宗封的太白山神是济民侯。按照公、侯、伯、子、男五爵等级,宋仁宗等于将太白山神的级别降了一级,所以求雨也就不灵验了。这次求雨之所以灵验,是因为苏轼的祈雨文和官府众官员的诚信,感动了太白山神。

了解到此情况,苏轼立即向知府宋选做了汇报,并提议向当朝皇帝上奏,请求恢复太白山神五爵之首爵位。征得知府宋选同意后,苏轼于当年九月,代替知府草拟一封《代宋选奏乞封太白山神状》的奏章,请求宋仁宗恢复太白山神位居五爵之首的爵位。

在给朝廷的奏章里,苏轼写道:"伏见当府眉县太白山,雄镇一方,载在祀典。按,唐天宝八年,诏封山为神应公。迨至皇朝,始改封侯,而加以济民之号。自去岁九月不雨,徂冬及春,农民拱手,以待饥馑,粒食将绝,盗贼且兴。臣采之道涂,得于父老,咸谓此山旧有湫水,试加祷请,必获响应。""伏乞朝廷更下所司,详酌可否,特赐指挥。"后来宋仁宗发诏书说:"太白之山,岐阳之望,能致云雨,泽及一方,守臣上言,位未称德,原因唐之旧,复正公爵之荣。苟利于民,则吾岂吝!宜特敕封明应公。本府差官祭告。"

为了获得皇帝同意,苏轼甚至替朝廷将恢复太白山神唐代爵位的敕文都拟好了。由于苏轼的努力,朝廷加封太白山神为明应公;宋神宗熙宁八年(1075年),太白山又被封为福应王。

有一种说法,苏轼到凤翔第一次求雨,用了几天工夫登上太白山到拔仙台,亲自向天神求雨。也有人说,现在凤翔东湖的喜雨亭,就是苏轼为纪念这次祈雨活动,把他住所后花园一座亭子改称喜雨亭,并做了那篇著名的《喜雨亭记》。

祈雨仪式，应该是上古自然崇拜中的一种。后来，作为祈禳农业风调雨顺的传统巫术活动，几乎盛行于全世界各民族。在我国，殷商时期祈雨活动就非常盛行。殷商卜辞中就有"今日雨，其自西来雨？其自东来雨？其自北来雨？其自南来雨"的记录。商代开国君主商汤，甚至还亲自参加过祈雨活动。西周时期，国家设有专门主持祈雨活动的巫师。太白山作为一座自古以来笼罩在神秘浓雾中的华夏名山，因其去天三百的挺拔形象，以及大爷海周围山高云低，自古以来就有"山下行军，不得鼓角，鼓角则疾风雨至"的神秘现象，自然成为酷旱之年祈求天公普降甘霖的理想之地。所以苏轼不是太白山祈雨文化中第一个上山求雨的历史名人，也不是最后一个。

苏轼之前的盛唐时期，太白山祈雨之风已经十分盛行。由于每遇大旱，凡到太白山求雨，甘霖必至，唐玄宗才于天宝八年（749年）封太白山神为"神应公"——大概是祈雨非常灵验的意思吧？后来，唐玄宗曾孙唐德宗李适做皇帝的贞元十二年（796年）秋天，关中地区再次遭遇大旱，大唐都城长安最高长官、京兆尹韩皋奉命到太白山求雨。祈雨仪式结束第二天，一场大雨就降落盛唐京畿之地。这次祈雨应验，更增加了太白山的神秘与神圣色彩。为了将这次太白山祈雨活动载入史册，年仅23岁、刚刚担任秘书省校书郎步入官场的柳宗元，受邀为周至县城西太白庙撰写了记述这次祈雨活动的纪事碑《太白山祠堂碑》。碑文里，柳宗元开宗明义写道："雍州西南界于梁，其山曰太白，其地恒寒，冰雪之积未尝已也。其人以为神，故岁水旱则祷之，寒暑乘候则祷之，疠疾祟降则祷之，咸若有答焉者。"1932年6月，陕西省主席邵力子与时任国民政府监察院长的大书法家于右任，同游太白山后写的《登太白山的感想》里也说，在柳宗元撰写《太白山祠堂碑》以前，太白山已经是当地人的求雨圣地。

我老家天水在秦岭西段，到太白山路程不过三百余里。年幼时，我也参加过村上悄悄组织的求雨活动——那时候正值"文革"，一切敬鬼神、祭先祖活动，只能秘密举行。在我印象中，天水祈雨仪式与《太白山志》记述的太白山祈雨活动如出一辙：

> 山区和平原地区的求雨方式不同。山区求雨，在村中用柳条编成九节龙，绑上龙头龙尾，由9人舞动，前有旗帜仪仗，后有锣鼓奏乐，到各家门前舞蹈，主人家门口备有盛满清水的大缸，用水泼洒给仪仗、舞龙、奏乐的人们，泼水越多越好，之后再到太白庙举行祭祀求雨仪式。平原地区求雨人多，队伍庞大，由一村或一社中有名望的人组织，议定求雨日期，选定角马、背水者，全体男人在太白庙前举行仪式。角马一般由自称神灵附体的青壮年男子担任，舞大刀或数米长的麻鞭子，身后由长者扶持，用以开道或保护取雨队伍，麻鞭专打戴草帽的人。取雨，又称取"湫子"，指所取的大爷海水。取雨队伍到太白山上后，在大爷海前举行隆重的祈雨敬神仪式，由年长而德高望重者磕头祭海，再灌满背水者的瓶罐。瓶口用蜡封口，投入水中后仍可进水，瓶中有几分水，据说当年庄稼就有几分收成。在祈雨仪式结束之后，由全命人将水瓶用黄裱、红绸扎好，插上枇杷等植物枝叶，背在背上昼夜不离身，角马在背水者身边持刀护卫。五六天

下山返回，将从大爷海取回的水，由全村或全社人迎至大太白庙前，由马角打开场子，举行隆重的神水入庙仪式。神水进庙之前，角马还当众在炭火中取出烧得通红的犁铧穿在脚上行走，边走边喊："湫子来了，湫子来了。"神水入庙后，再由占卜者卜出雨期，告于会众。女人则洗捶布石，唱祈雨谣："天爷爷，地大大，不为大人为娃娃，下些下些下大些，风调雨顺长庄稼。"到了卜定的雨期仍不下雨，角马则在太白庙的神前用刀自伤，以感动太白神和风伯雨师，赶快行云布雨。得雨之后，为感谢神灵之恩，还要唱几天皮影戏，以谢神灵。

太白山求雨是否真的有那么灵验？从唐宋以来各种祈雨史料记载来看，几乎可以确定：答案是肯定的。但这样的祈雨应验，是否就是人们的祈祷得到了太白山神灵恩赐，这个答案似乎又是扑朔迷离的。我在太白山一带走访时，有人认为，太白山有其特殊的地理条件和相对独立的气候因素。比如郦道元记述的"俗云武功太白，去天三百，山下军行，不得鼓角，鼓角则疾风暴雨至"，在大爷海一带也真有实情。曾经二十多次徒步攀登太白山的宝鸡市户外运动协会会长李明绪先生，就多次在大爷海遭遇本来丽日晴空，只要有人高声呼喊或撞击大爷海附近山石，转瞬间就会有朵云飘忽而至，紧接着下起滂沱大雨或飘起漫天雪花的经历。不过经过多次观察，他发现大爷海海拔高、空气中水分湿度大、四周空旷无障碍，才是遇到高频率声波震动，空气中的水分被震落，形成降水的主要原因。有专家研究后也得出同样结论："关中盆地东宽西窄，东低西高，湿热气流与东下的冷空气首先在渭河谷地的关中西部相遇,形成较多的降水机会。太白山位于关中平原的西部,地势高耸,成为阻滞东南季风的重要屏障,也是冷暖气流交锋频繁的地带。因此,这一带是关中平原降水最多的区域,年降水量达1000毫米以上。加之温度较平原地区低,相对湿度大,常处于饱和状态,形成富含水分的积雨云,稍有空气振荡即会产生降水。"历史上记述的太白山祈雨活动,不仅规模浩大,人数众多,而且鼓乐相随。这样的声势,将悬浮于太白山半空中的云水雾珠震落,形成太白山山域降雨并诱发太白山周边大规模降水,也就不难理解了。

正是每次太白山求雨都得以应验,明嘉靖三十一年(1552年),朝廷批准陕西巡抚刘天和,将太白山祈雨列入国家正式祭祀礼仪之列。于是在明代,到太白山祈雨,也就成为事关风调雨顺、国泰民安的家国大事。一到既定祭祀之日,或者旱魃横行之时,到太白山祈雨祭祀,就成为朝廷政要、地方官员、庶民百姓必须身体力行的头等大事。清代,眉县及凤翔府地方官员梅遇、朱琦、张素、公善继等,因为屡次太白山祈雨都得以应验,不仅在太白山修庙立碑,公善继还于乾隆年间奏请朝廷,将太白山祈雨祭祀列入本省祭祀,春秋两季,派官员到太白山专程祭祀。

乾隆三十九年(1774年),持续旱灾让关中大地赤地千里,饿殍遍地。这年三月,陕西巡抚毕沅派同知上太白山,到大太白池(大爷海)取水,自己则和同僚在西安太白庙步祷。从太白山大爷海取来的神水到达后,关中大地立即降下一场大雨。为感谢太白山神灵,毕沅上疏乾隆皇帝,请求加封太白山。接到毕沅奏章,乾隆皇帝立即降旨,敕封"昭灵普润太白山之神"。五年后，毕沅斥资重修眉县清湫太白庙，乾隆皇帝再次钦颁御书匾额"金精灵泽"。其后不久，毕沅于同年六月又到太白山祈雨，再次应验。乾隆皇帝闻知龙颜大悦，特为太白山颁御诗一首，礼赞太白山祈雨之功：

> 麦前旸雨各乘时，麦后廿余日待滋。
> 为祷灵山立垂佑，遂施甘霖果昭奇。

由于祈雨之功，太白山受到一位在16世纪留下经久不息影响的东方帝王如此赞誉与膜拜，太白山祈雨文化因此脱颖而出，成为太白山山域文化最令人引颈仰视的文化现象之一。太白山因此也如一位上可通天绝地、下能俯瞰人间疾苦的圣贤一样，让那些不可一世的帝王将相顶礼膜拜。1900年，大清王朝倾覆在即。被八国联军赶到西安避难的慈禧太后，一到西安，遭遇久旱无雨的大旱天象。这位将一偌大的大清帝国送上终途的女人，在自己身家性命朝不保夕之际，也忘不了派太监桂春远途劳顿，登上太白山，到大爷海取水祈雨。

太白山神再一次让慈禧的祈祷应验。

祈雨仪式结束后，一场甘霖普降关中大地，万千禾苗枯而复生。原本在八国联军追赶下感到自己和大清江山命运早已朝不保夕的慈禧太后惊喜万分，下诏在眉县太白山远门口保安宫立起一通石碑，并亲手书写了"保安宫"三个大字，作为对她祈雨应验，以及太白山的感戴。

相对于其他帝王祈雨后对太白山的封赐，慈禧下诏在太白山修建保安宫，除了表面上感谢太白山神保佑天下风调雨顺外，恐怕也不排除祈求太白山保佑被她糟践到命悬一线的大清江山和自己平安吉祥的意思吧?

面对历史上太白山祈雨一次又一次应验的神奇故事,我们尽可以对过去时代有关太白山神的喜怒哀乐,以及天时世风好坏、求雨者心诚与否决定太白山祈雨成败的说法提出质疑,但有人研究后证明,太白山求雨的最关键的一个环节,是到太白山太白庙或大爷海汲取灵湫之水。太白灵湫(又叫太白三池),即大太白池、二太白池和三太白池。这三个高山湖泊自上而下,分布于太白庙之背山,平日云雾笼罩,云气湿润,一旦祈雨仪仗到达,祈祷声、歌舞声、鼓乐声响起,浮在云雾中的水汽即可迅速变为雨水降落地下。所以,即使远离太白山的其他地方,凡所建太白庙,也一定选择在有泉水或池水的地方。

这大概也是依照太白山太白庙特殊环境有意为之吧?

据统计,明代以来关中和陕南地区,先后建起的太白庙多达52座。但这些庙只是太白山神行庙。如遇多年不遇的大旱,要真正祈求太白山神普降甘霖,还得远途跋涉,到太白山上,向太白山神当面求雨。不过对于远离太白山且经常遭遇旱灾的老百姓来说,有一座可以与太白山神间接沟通的太白庙在身边,也就拥有了受太白山神保佑风调雨顺的心理安慰!

枕着涛声入眠

陕西境内规模最为宏大的古代帝王陵园有五座,一座是华夏人文始祖黄帝的衣冠冢,一座是千古一帝秦始皇陵,一座是汉武帝刘彻的茂陵,一座是唐太宗李世民的昭陵,还有一座是埋葬一代女皇武则天的乾陵。

它们都在渭河流域。

在渭河流域带领华夏部落顺流而下、统一黄河流域华夏诸部族的轩辕黄帝，据传活了一百一十八岁。最后，黄帝没有像一般人一样去世，而是在流经陕北的渭河支流北洛河附近的桥山，被一条从天而降的黄龙接走。所以现在黄陵县桥山下面埋葬的，是轩辕黄帝升仙之际留在人间的衣冠，而不是他的肉身。

流经黄帝陵附近的，是北洛河支流沮河。最早的黄帝陵建于秦代。跋山涉水、劳顿远足祭祀黄帝，在古代是历代帝王祈求国泰民安、永葆皇位的必修课。每年清明祭祀黄帝，即便是当朝皇帝忙于政务或龙体欠安，也要诏令文臣拟一份祭文，派一位钦差，从长安或者后来的北京紫禁城出发，车辇相随，浩浩荡荡，来到黄帝陵前叩个首，焚一炷香。

历代帝王中，祭祀黄帝规模最为壮观的，恐怕要数汉武帝。

元封元年（前110年），汉武帝率十八万骑兵北征匈奴，迫使匈奴单于臣服西汉帝国。凯旋途中，汉武帝为夸耀武功，带领十八万汉军在桥山黄帝陵拜祭黄帝，向先祖祭告自己创建的丰功伟绩。当然，还有一个只有汉武帝自己才知道的秘密，也在这次祭拜内容之列。那就是汉武帝还在黄帝面前，祈祷自己能够长寿成仙。汉武帝没有想到的是，在向黄帝祷告后二十三年，他还是死了。只不过汉武帝的陵寝没有选择在北洛河流域，而是葬在了能看到渭河滚滚波涛的咸阳原。

尽管汉武帝拜祭黄帝时祈祷自己长生不老，却在建元二年（前139年）十七岁那年，就开始修建自己的寿陵茂陵。这座汉武帝死后尚有包括宫女、守陵人等工作人员在内五千人祀奉的陵园，是秦咸阳城被项羽烧毁后咸阳原上最宏伟的建筑。汉武帝葬在咸阳原后，生前与汉武帝朝夕相处的李夫人、卫青、霍去病、霍光、金日䃅等人，也将他们的墓葬选择在了这位文能治国、武能攻伐的西汉帝国主宰者的周围。围绕茂陵东、西、北三面，包括汉武帝自己在内，西汉十一个皇帝的九个陵寝及其爱臣、皇后、妃子的墓葬绵延几十公里，与南面的渭河遥遥相望，蔚为壮观。渭河波光映照下的咸阳原，几乎就是汉武帝死后与他所钟爱的文臣武将在另一个世界聚会的天堂。

也许是流连于生前创建基业的这片土地，也许应验了有人说"秦岭是历代建都关中帝王的龙脉"那句话，关中大地几乎遍地都是自西周以来到盛唐时期历代帝王的陵寝。这些帝王陵寝选择的墓葬形制也大体相似，即关中帝王陵陵寝大多数建在渭河北岸台塬上，而且都是紧临渭河，遥望秦岭。所以在渭河北岸台塬上行走，如果开阔平地上突然出现一座不大不小的山包，你可千万不要以为那就是一座山，那极有可能就是某位生前曾经不可一世的帝王的陵寝。

关中帝王陵中，也有依山建陵，甚至将整座高挺的山岭作为陵墓的。能够建造并配得上安卧在这样气势非凡陵寝中的帝王，必然是横空出世、让万世敬仰的非凡帝王。

享有这样待遇的，是唐太宗李世民。

为寻找昭陵，我曾经在礼泉县西北九嵕山下的茫茫山野上东奔西走，盘桓了很久。虽然不断有路标指示前往昭陵的方向，但面对头顶上突兀高耸、苍茫雄健的九嵕山，我怎么也不能相信一座帝王陵，总不至于将坟包堆积成一座让人望而生畏的莽莽山岭吧！

偏偏唐太宗昭陵，就是这样一座山。

从山下一路攀缘，环绕在越来越高峻的山谷间的公路让人惊心动魄。及至抵达山顶，那种四周群峰伏拜、唯我独尊、高出人世、君临天下的气势让人震撼并慨叹：对于开创了大唐盛世基业的唐太宗李世民来说，也许只有安卧在这样以渭河北岸最高峻苍茫的山岭为陵寝的坟墓里，才足以向世人显示这位中国历史上罕有的伟大帝王的博大襟怀和他所缔造的让世界引颈仰视的大唐文明的盖世光芒吧。

仅仅可以容七尺之躯的唐太宗陵寝，占据在九嵕山顶峰极高处。但通往主峰的通道四周，仍然是唐太宗灵魂涌动的地方。九嵕山不是一座独立的山峰，它的支脉面向渭河，并向东、西和北面继续蔓延。朝东和朝西的峰峦被李世民安卧的高峰压住之后，就变换着姿势向远处延伸，而在昭陵正门朝北的方向，一片浩大辽阔的高原才刚刚展开——从这里向北，黄土高原就开始了。如果沿着昭陵正门，从被北洛河及其支流切割出无数沟壑的高原继续往北，就可以到达黄帝陵。

据说唐太宗依山为陵，是为了节俭。而这句话，是唐太宗发妻文德皇后临死时向唐太宗交代后事时说的。文德皇后死后，唐太宗在为其撰写的碑文上也说："王者以天下为家，何必物在陵中，乃为己有。今因九嵕山为陵……不藏金玉、人马、器皿，用土木形具而已，庶几奸盗息心，存没无累。"这也许是唐太宗受了文德皇后影响而吐露的真实心迹。待到文德皇后和唐太宗葬在那里后，包括长孙无忌、程咬金、魏徵、房玄龄、李靖、尉迟敬德、长乐公主、韦贵妃在内的一百八十余座皇室墓和陪葬墓，都紧紧围绕在李世民身旁，渭北塬上的九嵕山，也就成了中国大地最为壮观的帝王陵寝。

九嵕山唐代帝王陵中，唯独少了一代女皇武则天和唐高宗李治。他们夫妇的陵墓在九嵕山西面、渭河北岸乾县北面的梁山上。这也是一座依山为陵的陵墓,只不过乾陵的气势和规模,远远不能与昭陵相提并论。但乾陵的结构形制,也许是所有渭河北岸帝王陵中最富于想象力的一座。有不少勘察过乾陵的人说,整座乾陵看起来就像一个仰卧在渭河北岸的女性。从乾陵东边西望,梁山就像一位新浴之后的少妇披着长发,头北足南,仰面躺在蓝天白云之下,北峰为头,南二峰为胸。

关于乾陵建造年代,有人说始于唐高宗李治,也有人说是在武则天做了女皇之后。为了选择陵寝,武则天这位不拘礼制、情欲旺盛的女皇还请了当朝大堪舆学家为她和李治寻找墓地。这位堪舆学家到了渭北乾县梁山下察看风水后说,梁山山形配以渭水,大利于女主,武则天这才把梁山选为唐高宗和自己百年后的"万年寿域"。

武则天和李治死后不入昭陵,也许更深的原因还在于,唐太宗死后李治和武则天乱了辈分的婚姻吧。虽然大唐盛世两性关系的开放程度,在我们看来远非当代已经极度开放的人可以想象的,但年轻时的武则天毕竟是唐太宗的昭仪,位列皇帝妃嫔之列,也是皇帝的女人。但父亲死后,儿子李治却和武则天结为夫妻。李治死后,武则天更是放荡无忌,把宫廷闹得乌烟瘴气。也许直到人老珠黄,武则天不再有那么大魅力,也不再有那么旺盛激荡的情欲时,这位女皇才明白了自己被那么多辈分不同、身份相异、年龄不等的男人使用过的身体,的确是不适合和大唐皇室先祖葬在一起的吧!

这一切秘密,也许就掩埋在乾陵前面那尊无字碑下面。

我不知道秦始皇时代,渭河在骊山脚下的走向是不是和现在一样。几乎所有关中帝王陵都选择在渭河北岸,唯独秦始皇陵雄踞渭河南岸。

"尼罗河上的古埃及金字塔，是世界上最大的地上王陵；渭河南岸骊山脚下的秦始皇陵，是世界上最大的地下王陵。"

这只是考古界和史学界根据现有勘探，发掘秦始皇陵园周边附属建筑规模得出的结论。这些勘探结论表明，秦始皇陵总面积有七十八个故宫大小，仿照秦国都城咸阳布局建造，大体呈"回"字形，陵墓周围筑有内外两重城垣。我们现在可以勘探到的，还仅仅是秦始皇陵园突出在地面的部分。真正令人惊讶，让我们无法想象的地宫，还尘封在两千多年前的地下。虽然司马迁在《史记》里为我们描述了秦始皇陵园地宫的情况："穿三泉，下铜而致椁，宫观百官奇器珍怪徙臧满之。令匠作机弩矢，有所穿近者辄射之。以水银为百川江河大海，机相灌输。上具天文，下具地理，以人鱼膏为烛，度不灭者久之。"但秦始皇走进陵园地宫的时候，那些曾经为他设计、修建过陵园的技工和苦力，已经被斩杀，有谁会知道和千古一帝秦始皇一同埋葬了的，还有多少奇珍异宝和鲜为人知的历史秘密呢？

实际上，秦始皇陵至今让世人猜测不透的规模和地下秘藏，也用不着猜想。只要看看作为秦始皇陵园冰山一角的秦始皇兵马俑陪葬坑，我们就可以想见，这位从十三岁刚刚即位就开始为自己营造陵园的秦始皇，在穷其一生诛灭六国的同时，肯定将无数一旦公之于世、必然震惊世人的历史秘密和他的尸骨一起，埋葬在了渭河岸边的浩浩黄土之下！

秋风吹渭水

贾岛写下"秋风吹渭水，落叶满长安"之句的时候，长安城渭河岸上有两个地方是唐代诗人笔下亲友别离的"断魂桥"和伤心之地。它们一个是长安城东渭河支流灞河上的灞桥，另一个是秦都咸阳城南渭河北岸的咸阳古渡。

要看咸阳古渡，渡口现在已经无处可寻。据说秦都区渭河二号桥西、河道中央裸露出来的那些铁桩，就是咸阳古渡留下的遗迹——那应该是明清时期用来固定连接渭河两岸浮桥舟船的。秦汉乃至唐代，作为沟通咸阳和长安、甘肃、四川最繁忙的水上交通枢纽，咸阳城舟楫往来，"欸乃之声，彻夜不息"（《秦都区志》）的渭河渡口，也许不止一两处。在杜甫写出"爷娘妻子走相送，尘埃不见咸阳桥"（《兵车行》）前，渭河和咸阳古渡、咸阳桥，已经是唐代诗人营造中国文学史上离愁别绪意象的精神背景。或于秋景肃杀、落英缤纷之际，将亲人好友从长安城送到不得不彼此分别的渭河岸上、咸阳渡口，一番互诉衷肠的话别之后，从这里乘船西行，或经宝鸡大散关南去四川，或经天水去西域守边的戍边将士，远涉西域、经丝绸之路求经拜佛的僧侣和冒险淘金的商人，就此别过亲友后，谁也不知道什么时候才能再度相聚。于是泪水、担忧、期待、人生无常的情绪在人随舟远、离别泪急之际奔涌而来，一首首伤别的诗歌，让滔滔渭河流水与一种感物伤怀、多愁善感的人间情怀融合在一起，成为中国历代文人的普遍情感。

我们不知道王维与那位叫元二的故交交情到底有多深，更不知道元二为什么从都城长安被派到河西走廊深处的安西：是发配？还是犯了什么错误被贬黜？好像研究王维的专家也弄不清楚。但就是那首将本来沐浴了一场潇潇春雨后，花红柳绿、清新宜人的渭城美景写得那么让人断肠的《送元二使安西》，让我们感受到的是曾经为周秦汉唐都城带来无尽繁华的渭河，一旦与个人和时代命运联系到一块儿时所暗含的无限惆怅与不尽忧伤："渭城朝雨浥轻尘，客舍青青柳色新。劝君更尽一杯酒，西出阳关无故人。"

公元759年7月，官已经做到尽头的杜甫辞去华州司功参军之职溯渭河而上，从宝鸡境内越过陇山，到达渭河上游当时被称作秦州的天水，开始了他一生最后一次漫游和流浪。那时的杜甫，已经走到他一生最艰难的关口。贫病交加，衣食无着，前路茫然，让杜甫身心疲惫，于是对着那时候虽然清澈见底，但已经被杜甫前面的唐代诗人塑造成忧伤、愁苦意象的渭河，这位从理想的云端落到人间的大诗人发出了"旅泊穷清渭，长吟望浊泾。羽书还似急，烽火未全停。师老资残寇，戎生及近坰。忠臣辞愤激，烈士涕飘零"（《秦州见敕目薛三璩授司议郎毕四曜除监察与二子有故远喜迁官兼述索居凡三十韵》）的感叹。同样，一生命运多舛、饱经艰难的温庭筠面对渭河，在讽刺姜子牙隐居垂钓渭水之上其实是沽名钓誉的时候，也忘不了生发出"目极云霄思浩然，风帆一片水连天"的苍茫浩叹。唐代诗人赋予渭河的这种文人情绪，甚至一直传染到了宋元明清："长天一色渡中流，如雪芦花载满舟。江上太公何处去，烟波依旧汉时秋。"（清·朱集义《渭阳古渡》）

与咸阳古渡相对应的灞桥，是长安城出入渭河的又一处水上交通要冲。

灞水古代叫滋水。公元前623年,秦穆公采用由余的作战方案,沿渭河西进,越过陇山,消灭盘踞在渭河上游天水、清水及其以西的绵诸戎、翟戎、绲戎,又挥戈北上,赶走岐山以北的义渠戎、大荔戎、乌氏戎、朐衍戎,"益国十二,开地千里,遂霸西戎",成为以渭河流域为中心,名副其实的西部霸主。这位雄心勃勃的秦国第一代开疆拓土的国君,为了纪念自己称霸渭河流域的功绩,将滋水改名为灞水,并在这里建起我国最古老的石柱墩桥。汉代,人们又在秦穆公的基础上对原桥进行改造,形成了后来的木梁石柱墩桥。由于灞桥处在出入长安东面和南面要塞的必经之路上,灞桥也就成了渭河上另一处迎来送往、写满离愁别绪的地方。

在西安市区无限膨胀的今天,要寻找灞桥遗迹,并非易事。如果执意要体味一番当年古灞桥烟柳迷离的意境,只有循白鹿原流下来的灞河,朝长安城北渭河流经的方向,在半坡村村东北灞桥街道办事处附近新建的灞河桥上仔细辨认。虽然过往车辆仍然行走在汉代灞桥遗址上,但原来的七十二桥孔和四百零八根石柱已经无迹可觅。尽管西安城的建设者正在试图恢复灞河两岸烟柳长堤的自然景观,但物是人非,时光流逝,盛唐长安春晓之际渭水新柳、和风曼舞、飞絮如雪的诗情意境,即便再栽上多少随风荡漾的杨柳,恐怕也已经难以找回来了。

灞河从灞桥下流过之后要进入渭河,尚有一些路程要走。盛唐时期,长安城还没有延伸到白鹿原和铜人原跟前,长安城北流经的渭河又过于波涛汹涌,所以这座横跨灞水上的灞桥,也就成了从长安向南,经蓝田县的蓝关翻秦岭进入陕南、四川、重庆,向东出潼关和函谷关到达山西、河南的必经之地。秦汉以来，灞桥上走过了太多对中国历史产生重大影响的人物：公元前227年，荆轲和高渐离易水相别后，从这里走进咸阳宫，实施他们蓄谋已久的刺杀嬴政的计划；公元前206年，刘邦经灞桥进入咸阳之际，秦王子婴素车白马，"衔璧迎降于轵道旁"，准备向大秦帝国的送终者交还那只象征皇权的玉玺；公元880年岁末，大唐将军张直方带领文武官员到灞桥，将黄巢义军迎请进长安城，为大唐盛世画上了一个凄婉的句号……至于频繁出入长安城的达官显贵、来往于长安与华清池之间的杨贵妃，更是灞桥上的常客。他们或素衣简行，或豪辇仪仗，朝着长安城，或者从长安城朝着通往别处的另一个梦乡匆匆而去。只有更多今夕作别，不知何日相见，命运悬浮如断线风筝的普通人，以及像李白、江淹之辈多愁善感的诗人，在将相依为命的亲人或者心心相印的至交好友送到灞桥，不得不牵衣拱手、挥泪相别的时候，才会发出人生无常、别情伤人的慨叹。

大概是唐朝前往灞桥送别亲友的人太多，堆积在灞桥上的离愁别绪太多的缘故吧，官府还在灞桥上建立了驿站，供那些依依惜别的人们在离开都城长安的最后一站敞开胸怀，把酒话别。

唐代，长安城到灞桥有三十里路程。辞别长安亲友，清晨从长安城出来，一路或乘车或骑马到了灞桥，不得不劝送行的人留住脚步，远行者将从此或孤身一人，或携家带口继续他的旅程了。这时，不忍别离的送行者就会在灞桥驿站温一壶小酒，要两碟小菜，双手相握，泪眼相对，依依惜别，甚至别情难忍地再三挽留亲友"初程莫早发，且宿灞桥头"（岑参）。但送君千里，终有一别，最后的衷肠、最后的劝诫和倾诉，这一刻也就在这感伤别离的酒杯里了。《全唐诗》里写到灞桥和灞陵的诗歌多达一百一十四首,其中半数以上是写灞桥送别的别离诗,而最将灞桥离别描写得让人黯然神伤的,还是一生追求潇洒度日月的李白:"箫声咽,秦娥梦断秦楼月。秦楼月,年年柳色,灞陵伤别。乐游原上清秋节,咸阳古道音尘绝。音尘绝,西风残照,汉家陵阙。"(《忆秦娥·箫声咽》)

早年老师讲解《忆秦娥·箫声咽》时说,这首词写的是一位生活在长安的绝色女子思念爱人的痛苦心情。那么这女子是谁呢?这女子与李白又有什么关系呢?如果这位美女与李白没有任何关系,作者何以能够将这种离情写得如此催人泪下呢?

《忆秦娥·箫声咽》除了将灞桥伤别情绪写得如此凄清外,隐含在让人黯然神伤诗句里的男女私情,也许只有李白自己知道。

灞桥飞雪曾经是关中一景。那飞雪其实不是雪花,而是阳春三月灞河两岸飞扬的柳絮。从汉代开始,灞河两岸就栽有不少垂柳。这依依杨柳,似别离者依依惜别的情绪,又似送别者和远行人犹豫不决的脚步下飘忽不定的裙袂。于是将游子、亲友和心爱的人送到灞桥上,最后一杯送别酒也饮了,相拥相抱,执手惜别的泪也流干了,还有一种自古以来就在灞桥上一次又一次上演的送别仪式要在这里举行:"杨柳含烟灞岸春,年年攀折为行人。好风若借低枝便,莫遣青丝扫路尘。"(李益《途中寄李二》)灞桥折柳,也就成了灞桥送别的最后一幕:送别者顺手折一枝杨柳枝赠给对方,一方面寄托依依惜别的情意,一方面也希望远行人无论走到天涯海角,都不要忘记在长安度过的美好时光,更不要忘记他们共同洒落在灞桥上的离别泪水!还有如李商隐"为报行人休尽折,半留相送半迎归"(《杨柳枝》)的多情者,要将杨柳枝折断,一半送给离人,一半留给自己，期待来日早一点儿相见。

　　长安城外落英缤纷的渭河秋景，咸阳古渡烟花迷蒙的春水码头，以及灞桥两岸杨柳依依、飞絮如雪的自然景观中包含的断肠人在天涯的离愁别绪，经那么多唐代诗人不断咏叹、演绎，成为萦绕在中国民间心灵和中国传统文化精神深处剪不断、理还乱的感伤情绪。而对于由渭河这种文化心态所造就的中国传统文化精神意象来说，这种离愁别绪所诉说的游子情、离别泪，其实是中国传统文化对亲情、友情、爱情的确认和依恋：

　　　　城阙辅三秦，风烟望五津。
　　　　与君离别意，同是宦游人。
　　　　海内存知己，天涯若比邻。
　　　　无为在歧路，儿女共沾巾。
　　　　　　　　——王勃《送杜少府之任蜀州》

蹦跳的流水

　　2004年盛夏，从汉中逆褒河而上去留坝，陪我的一位汉中画家告诉我，褒河有两个源头，其中东源发源于太白山。后来，我从斜峪关登上碧波荡漾的石头河水库大坝，凝望太白山莽莽苍山，又有人告诉我说，石头河是由太白山流出的众多溪流汇集而成；再后来，当我沉醉在弥漫着浓郁硫黄味的温泉小镇汤峪时，我发现从太白山深处奔流而来的汤峪河两岸众多温泉宾馆，也是在太白山滋润下破土发芽的。

有多少涓涓细流从太白山的丛林、岩石、槽谷石河、冰洞中无声无息渗出？又有多少条山间小溪从峡谷纵横的太白山千山万壑流出？恐怕谁也说不清楚。不过，黄河和长江最大支流渭河、汉江在关中平原与汉江盆地获得的很多水源补给，与发源于太白山的众多溪流有着千丝万缕的联系。

太白山大爷海千年冰洞滴落的一滴水，或从药王殿丛林里渗出的一泓清流，一旦踏上向山下奔流的漫漫征程，无一不是沿着崎岖跌宕、亘古荒芜的高山草甸、丛林峡谷或向北汇入渭河，或向南流入汉江。如果打开渭河和汉江水系图，我们会发现，围绕太白山汇入这两条河流的许多支流源头，都可以追溯到太白山。且不说那些无名无姓的河流和山间小溪，单就是对进入关中平原和江汉平原后让这两条河流获得更多澎湃激情的支流，就有黑河、湑水河、太白河、红崖河、石头河、霸王河、汤峪河等。

发源于太白山的众多河流流出高山，融入渭河或汉江后，也就完成了它们与太白山以沫相濡的使命。但有一条却例外，这就是从世外桃源、莲花峰瀑布、泼墨山、铜墙铁壁一线流下来，出汤峪口，环绕充满异域情调的温泉小镇汤峪漫流，迟迟不肯与养育它的这座高山作别的汤峪河。汤峪河不是发源于太白山的最大河流，汤峪河一线流水对于渭河也微不足道。然而，由于汤峪河在和太白山依依惜别之际，将从太白山带来的一腔热情留在了河谷两岸，于是汤峪河谷出口凭空出现的沸涌如汤的温泉，让从太白山极顶一路蹦跳而来的汤峪河，变幻出一种婉约怡人的形态，成为太白山最让人委婉销魂的部分之一。

4亿年前，秦岭造山运动处于高潮期，地质板块的俯冲、挤压、抬升与扩张，让渭河盆地相对下沉，秦岭山脉则借势急剧上升，一条蜿蜒于秦岭北麓的断裂带随即在2000米深的地下形成。于是，潜藏于地壳浅部的滚滚热源，顺势聚集到秦岭北麓太白山下汤峪一带地下，这就让太白山成为中国大陆东部最高峰的同时，也成为秦岭山系地热资源最丰富、最活跃的一个焦点。就这样，山顶奇冷高寒的太白山，却在它的山脚下造就了石头河——红河谷、西骆峪——黑水口以及太白盆地南缘一条绵长而丰富的地热资源聚集带！其中紧紧依偎在太白山下的汤峪温泉，几乎可以看作是第四纪冰川期贮存于地球内部炽烈热情在秦岭北麓喷薄涌动之际的点睛之笔。

  多年以前我在太白山下伫立瞭望之际，弥漫在汤峪镇上空的硫黄味和从一家家温泉宾馆出来红光满面的游客让我浮想联翩。多年以后，当一座崭新而充满浪漫情调的温泉小镇，被同样从一家家焕然一新的温泉宾馆飘浮而出的硫黄味所笼罩时，我恍然发现，这座温泉小镇似乎又回到了它的过去。

  汤峪，这座太白山下温馨迷人的温泉小镇最初的荣耀，既来自于太白山，也来自于这种让人如梦似幻的硫黄味诱惑。

  在距今三千年左右的西周时期，有人已经发现太白山北麓汤峪镇地下流出的清流与众不同——这些来自于太白山的流水，不仅数九寒天热气腾腾，而且闻起来有一股神秘而诱人的奇幻味道。接下来，有人尝试着掬起那时候应该是在汤峪口四处漫流的温泉水尝了一口。在温热甚至滚烫的泉水入口的瞬间，那种富含多种矿物质的味道，一定让习惯了喝甘甜清纯泉水的尝水人胃口大倒。让尝水者更为迷惑不解的是，当他抛洒掉手中的水后，被这种喝起来并不可口的热水浸泡过的手，怎么会变得如此绵软柔滑呢？

  这是我为西周人第一次发现汤峪温泉设置的场面。

三千年前，太白山汤峪镇一带应该是周人最亲密的属地。虽然汤峪温泉刚刚被人发现的时候，周人已经将都城从太白山对面的周原，迁至现在西安附近沣水河岸边的镐京，但与汤峪和太白山隔渭河相望的周原，始终是周人老家。所以受了汤峪温泉硫黄味诱惑，西周时期已经有人在这里建起了汤峪温泉。最早在汤峪开发温泉的人，到底是居住在西府的西周贵族，还是西周王室？已经没有人能够说清。不过有一点是可以肯定的，即在人们还深信自然神力主宰人类命运的三千多年前，享受过温泉洗浴的人一定认为，这种既能润肤，久洗还可以治疗百病的泉水，绝非自然之水，而是天神赏赐的神水。从此以后，汤峪温泉也被人们视为神泉，温泉之水也被呼之为神水。

2013年9月16日午后，在太白山下一家宾馆与眉县县委宣传部副部长王琪玮聊太白山时，院子里一座露天温泉游泳池里，挤满了刚刚从太白山下来，又享受汤峪温泉洗浴之浪漫的游客。泳池里飘散的硫黄味，与正在发生翻天覆地变化的温泉小镇清新、迷人的气息，显得那么和谐！

2004年走秦岭时途经眉县，我就认识了王琪玮。当时，他给我讲太白山、讲葫芦峪三国古战场，但让我这些年一直能够记住他的名字的原因，是他说曾经在汤峪镇附近的钟吕坪，看到过民国时期盘踞太白山的土匪头子王三春的小老婆。

直到现在，王琪玮还将汤峪温泉叫作神泉。

小时候，王琪玮和他的伙伴经常在清水河游泳。清水河河水温润油滑的感觉，让他和伙伴产生了追寻清水河源头的念头。

王琪玮清楚地记得，当时正值隆冬，村子周围田野里的麦苗刚刚将绿色的叶子铺到地面上。麦田四周的草木，早已树枯叶落，一片空旷。但来到汤峪，伴随一股浓郁的硫黄味，一片绿油油的田野进入他们的视野。接下来，王琪玮就看到了被老人们传得神乎其神的一大池温泉水，在旷野里冒着腾腾热气。

那是三四十年前的事，现在已经被开发出七眼温泉的汤峪温泉，还处在花自凋落水自流的状态。但王琪玮清楚地记得，当时大人们去汤峪不说"去"，而说"朝汤峪"，把洗温泉也不叫"洗"，叫"朝温泉"——在当地人心目中，太白山是神山，汤峪温泉是神泉，凡是面对神圣，要体现崇拜与恭敬，也只能是朝拜了。

当时的汤峪温泉，是一个可容纳二三十人的大池子。每年农闲，来自眉县附近岐山、扶风、武功的人们扶老携幼，赶到汤峪，享受汤峪温泉洗礼。特别是春节临近的腊月，当地百姓把到汤峪洗温泉，看作是辞旧迎新，祈福纳祥的新春节庆活动一项重要内容。在他们看来，一年忙到头，临到年节时到汤峪神泉泡一泡，可以将过去一年的不快祛除干净，而经历了神泉洗礼后的新一年，也就必然万事顺心，事事如意。

我们已经无从知晓西周时期周王室最早在汤峪开发温泉是什么时候，如果一定要做出一种推论的话，大概应该是在周厉王和周幽王时代吧？因为西周初创时期，周公倡导礼制天下，反对奢靡之风。但到了周厉王和周幽王时期，已经步入下行车道的周王朝，正是盛行朝野的奢靡享受之风，将西周王朝送上了末路。

秦朝虽然是一个短命王朝，但谁也不能否认千古一帝秦始皇为中国历史所开创的千秋伟业。正如我们现在对秦朝的了解显得过于匮乏一样，人们评价秦始皇只说其残暴，恐怕也未必全面。因为秦始皇也是一个有血有肉的躯体，除了杀伐，也应该有他柔情与柔弱的一面吧？

秦始皇二十七年（前220年），秦统一六国的第二年，秦始皇开始修建以咸阳为中心的全国交通网络——驰道的同时，开始了他创建大秦帝国后的第一次出巡。秦始皇这次出巡的目的地，是远在关山以西的陇西郡。在陇西郡视察后，秦始皇翻过关山，沿泾河到北地郡，经甘肃平凉境内鸡头关，从陇县附近返回了都城咸阳。

临行前，秦始皇从咸阳城专程赶到太白山，享受了一番汤峪温泉。这实在是一个令人百思不得其解的举动。因为当年从关中到陇西，可供车马出行的官道，是从咸阳向西，翻关山西行的关陇古道。秦始皇为何偏偏舍近求远，从咸阳横渡渭河，来到太白山下的汤峪镇，在汤峪温泉沐浴并派卢生上太白山向居住在山上的仙人问道之后，才再次北渡渭河，车马辚辚、仪仗威严地踏上西巡之路呢？

也许秦始皇到汤峪的真正目的，只是为了向隐居太白山的仙人求长生不老之术。但从史料记述来看，到汤峪温泉接受天赐神泉沐浴，祈求西巡顺利、秦国江山永固，未必就不是秦始皇到太白山的目的之一。

秦始皇本来就非常迷信。帝国刚成立，斩杀无数六国将士的刀枪刚刚入库，刚刚登上以牺牲数百万生命，包括秦军在内的六国将士生命为代价建立的大秦帝国千古一帝宝座就要劳足远行。启程之前到西周时期已经被传得神乎其神的汤峪神泉沐浴，洗刷打江山时期无度杀戮的罪孽，再到先秦时期就有仙人往来的太白山，向居住在神山的仙人占占卜，求个卦，讨个吉祥，祈求西巡路上平安顺利，保佑大秦王朝千秋万代，或许才是秦始皇慕名到汤峪神泉洗浴的根本原因。

到了汉代，以"无为而治"治疗刘邦创建大汉江山留下的创伤的汉文帝，开始他的第一次巡游时，也选择了先到太白山汤峪温泉沐浴。这件事发生在汉文帝后元二年，也就是公元前162年。我们尚不知道汉文帝刘恒这次到秦人最初的国都雍（今宝鸡凤翔）巡游的目的是什么，但据史书记载，汉文帝到雍视察结束后，仍然和秦始皇一样南渡渭河，到汤峪洗过温泉，才返回长安。

汉文帝本来就是黄老之学的忠实信徒，他到汤峪温泉沐浴的目的，似乎很单纯——这就是享受汤峪天赐神泉沐浴之乐。如此，借助汤峪温泉神水祈求养生保健，应该是汉文帝唯一的目的。

40年后，同样渴望长生不老的汉武帝，也驾临汤峪温泉。这一年，汉武帝正被一位叫栾大的江湖方士骗得云山雾罩。为了让栾大帮他找到长生不老之药，汉武帝不但将自己的女儿嫁给这位江湖骗子，还特许为栾大刻制了一枚只有皇帝有权使用的玉玺。汉武帝这次西巡的线路，几乎和当年秦始皇相同。他应该是先到汤峪洗过温泉后北渡渭河，到雍城举行过拜祭汉帝国天神——五帝之礼后，才踏上了北上崆峒山的巡游之路。

自从大秦皇帝秦始皇、西汉帝王文帝和武帝频频幸临汤峪温泉后，汤峪温泉便与建都关中的王室贵族结下不解之缘。以至到了隋唐，汤峪温泉和华清池一样，成为帝王嫔妃洗浴享受的专属御用温泉。

2012年8月31日至9月1日的大水灾，让前一年刚刚开始建设的太白山旅游基础设施摧毁殆尽。突如其来的灾难使刚刚挺起身来，重树太白山旅游品牌的太白山景区遭受重创，却为汤峪温泉洗浴浴火重生，重建上启周秦汉唐的汤峪洗浴文化辉煌提供了契机。一年多来，我每隔一段时间，就要到太白山下这座正在脱胎换骨的温泉小镇驻留几天。在2012年到2013年这段时间内,汤峪镇就像一个瞬息万变的神奇魔方,隔几天一个样子。马路拓宽了、广场修起了、游客中心建起了,然而最让人感到神奇迷幻的,还是一座座升级改造后相继开业的温泉宾馆。不仅仅因为水温常年保持在60℃以上的温泉水,复又散发出的那种富含钾、钠、镁、铁、钙、碘等多种元素的硫黄味常常让人昏昏欲睡,更因为现在的汤峪温泉,使用的温泉之水,还是一千多年前唐玄宗与杨玉环享用过的凤泉宫温泉之水。

开皇十五年(595年),隋文帝杨坚在登泰山祭天的同时,敕令在太白山下的汤峪建设凤泉宫,作为他避暑、沐浴专用场所。这似乎是史书明确记载汤峪建设的第一座皇家洗浴场所。但我猜想,从西周到西汉,迷恋于汤峪温泉的帝王,大抵不会将被视为天子之躯的龙体裸露于大庭广众任人观瞻的吧?只是由于时间过于久远,汉文帝和汉武帝使用过的专用洗浴建筑,早已掩埋于历史尘埃之中而已。

凤泉宫建成后,隋炀帝也曾幸临汤峪神泉,沉醉于太白山迷人的山光水色和汤峪温泉水洗凝脂的迷幻感觉。然而,这位凤泉宫温泉的享用者却成为隋王朝的送终者。

中国历史上,大唐皇帝似乎对温泉洗浴情有独钟。大唐都城长安附近,本来也有骊山温泉供他们享用,不知为什么,唐高祖李渊、唐太宗李世民、唐高宗李治和唐玄宗李隆基等四位皇帝,竟前赴后继,舍近求远,专程到汤峪温泉洗浴。其中唐太宗李世民先后五次幸临汤峪温泉,一边享受凤泉宫洗浴的悠闲与快乐,一边在太白山狩猎游玩,足见中国历史上这位治大国如烹小鲜的大唐帝国最杰出的帝王沉迷于汤峪温泉之际的闲适心境。

由于与杨贵妃在骊山华清池如胶似漆、缠绵悱恻的爱情故事，唐玄宗李隆基大抵可以称得上中国历史上最溺爱温泉洗浴，也最熟谙男女情爱浪漫之术的古代帝王吧？开元元年（713年），即位第二年，唐玄宗就携贵妃美人匆匆来到汤峪凤泉宫，如胶似漆地与贵妃娘娘洗浴享乐。接下来，只要一有空闲，唐玄宗就要从都城长安赶到太白山下，享受汤峪凤泉沐浴的快乐。

那个时候，是太白山下这座温泉小镇最风光，也最惹人迷恋的时光。豪华车辇，宫廷仪仗，竹丝管乐，笙歌艳舞，以及满街的后宫嫔妃，四处弥漫的硫黄味，让太白山下这座因温泉而闻名的小镇，变成标榜大唐盛世绚丽奢靡的温柔梦乡。大抵是迷上了泡在汤峪温泉的奇妙感觉的缘故吧，唐玄宗不仅敕令扩建凤泉宫，还为汤峪温泉御题一首赞美诗《幸凤泉汤》。诗中说：

> 西狩观周俗，南山历汉宫。
> 荐鲜知路近，省敛觉年丰。
> 阴谷含神爨，汤泉养圣功。
> 益龄仙井合，愈疾醴源通。
> 不重鸣岐凤，谁矜陈宝雄。
> 愿将无限泽，沾沐众心同。

已经在华清池与杨贵妃同池沐浴上瘾的唐玄宗，每次到汤峪凤泉宫，都有"回眸一笑百媚生，六宫粉黛无颜色"的绝世美人杨贵妃陪伴。试想一想，神泉美人，青山绿水，一生爱得死去活来的唐玄宗和杨贵妃双双沉醉在水雾升腾，让人情醉神迷的池水中，那该是多么美妙的人间享受啊！

几千年来，沉醉于汤峪温泉的历代帝王，也许不一定清楚源自太白山高山雪水的汤峪温泉含有哪些矿物质，但他们知道，太白山是神仙居住的神山，神山流出的温泉，自然就是神泉了。更何况，浸泡在温润醉人的温泉，面对云雾缭绕、群峰竞秀的太白山，再寻常的人也会生出不是神仙胜似神仙的奇妙感觉来。

于是，处理完烦人的朝廷政务后驱车驾辇，在朝廷仪仗、宫廷嫔妃拥戴之下从长安城浩浩荡荡出发，到太白山下温泉小镇洗浴休闲，也就成了建都关中的周秦汉唐王室生活的一个重要环节。尤其到了盛唐，因为长安东面华清池和西南面的汤峪凤泉宫孕育而出的中国温泉洗浴文化，在由到长安留学的日本遣唐使带到日本后，也就成了日本传统文化的一部分，至今风靡全球。

如此看来，从太白山顶蹦跳而来的流水，以及汤峪凤泉宫所负载的洗浴文化精神，也就成了中国和日本温泉洗浴文化的源头。

行走在水上的神

秦岭以南有三条主要河流：它们是嘉陵江、汉江、丹江。

这三条河流再加上它们密如蛛网的支流，在秦岭南麓群山峻岭之间纵横漫流，就构成了南秦岭山水相连的自然景观。

秦岭主脊牛背梁南侧的柞水，是一个山重水复的山间小县。商代初年，由雍州和梁州迁徙柞水的第一代居民刚到这里时，柞水境内山水横流，河水就在满山遍野的柞树之间流淌，所以他们就把这个新找到的安身之地取名柞水。

流动是水的生命方式。水一旦停止流动，就成了生命的废墟。

然而匆匆而来，又匆匆而去的流水毕竟太无常，过于虚无了。它那种来无影去无踪的飘逸，就像我们内心所敬仰的神。所以常年生活在水边的人们坚信，水不仅有灵魂，而且也有喜怒哀乐。江水暴涨，洪水为患，是生活在水里的神祇在发怒，惩罚人类。于是为了表达对这种神灵的敬意，人们就创造出了水神、江神和河神。

我见到的第一座江神庙，是在嘉陵江上游山城略阳。

那座浑身都散发着阴森、阴暗神秘气息的建筑就建在嘉陵江边上。高墙深院、危檐峨顶的庙门远远望去，像一只变形的骷髅头像。庙里戏楼、鼓楼和殿宇上木刻人物，一身北方游牧民族装束。而且从建筑物上熊、野猪、猿猴之类的动物装饰浮雕图案可以断定，这应该是一座具有古代羌族风格的建筑。

治水英雄大禹具有羌族血统。早年生活在甘青高原的古西羌人，有一支就是从嘉陵江一带的秦岭南坡进入岷江地区的。现在的略阳土著，还遗留着羌族血统。

嘉陵江是古代四川除蜀道外连接陕甘的唯一水上通道。在很长一段时期，略阳码头船来船往，商贾云集。江神庙就是当地绅士和船老板、船帮会共同修建的既可祭祀水神，又可休闲雅聚的船帮会馆。

我去的那天是礼拜天，殿门紧锁，也就没有看到那里供奉的江神到底是哪一位神仙。因为在中国传统民间宗教里，主管江河湖海的神本来就杂乱无章，莫衷一是。传统意义上的水神有河伯、东海龙王和伏羲女儿宓妃。有人还说那位用头撞倒不周山的共工也是水神；春秋时期的伍子胥后来成了管理钱塘江的江神。这些管理江河事务的神中，洛神宓妃是女性。她的美貌让曹子建怀恋不已，最终促成他写下了《洛神赋》。

略阳这座江神庙里供奉的，是不是那位溺水而死后受天帝之封，掌握江泽湖海上风浪行旅、生死祸福的河伯冯夷呢？

中国传统宗法性宗教里的神，大都是男性。这在男人统管一切的男权社会，是再正常不过的事。这位江河之神河伯，不仅喜怒无常，而且贪财好色。司马迁在《史记》里说，西门豹治邺时，河伯不仅要求老百姓往河里抛撒钱财，还要他们每年敬献一位年轻美貌的女子与他为妻。如果欲望得不到满足，他就会兴风作浪，让灾难降临人间。

在自己无法主宰自己命运的时候，让一个本来就虚无缥缈的灵魂保护自己，也算是对心灵的一种安慰。

南秦岭丛林茫茫，峡谷纵横。那些在水上漂泊的商人、水手，终年就在风浪无时的水面上行走。今天出行，明天能否回来，只有滔滔江水知道。于是在解缆出行之前，朝江神磕个头，烧一炷高香，即便是葬身风浪，有这袅袅香烟领路，他们还可以在江神庙找到回家的路。

一条汉江，把南秦岭纳入了荆楚文化圈，再加上古代巴人遗风，从汉江北岸往安康、商洛，越是靠近湖北，山岭就愈高峻，人烟愈稀少，信鬼好祀、重神厚巫的楚文化味道就越浓。

从宁陕广货街到柞水，公路在终南山南侧山岭上绕来绕去二三十公里，看不见一户人家。翻过平河梁，进入发源于终南山南麓的乾佑河峡谷，就有了依山而居的人户，临河建起的庙也多了起来。

秦岭以北最多见的是土地庙，翻过了牛背梁，凡是有水流过的地方，无论大河小溪，只要你看见了水神庙和山神庙，附近必然有人家居住。

神是人供起来的，有了人家，神也就跟着来了。

司机是安康人，指着路旁、河边的庙说："商洛人很迷信，到处建庙。"

小伙子看我一眼，又补充了一句："贾平凹就很迷信。你看他写的那些小说，神神道道的。"

到了七里峡，远远望见七里峡口又有一座庙，披满了血红的红布，这显然是供奉水龙王的龙王庙。紧挨着大桥，庙门两侧各立着一把大刀，刀刃上锈迹斑斑，但立在这荒郊野岭的古庙前，我还是能感觉到一股腾腾杀气迎面逼来。

司机说："你说怪不怪，这条河年年发大水，前年那场水把这半截公路冲垮了，唯独这庙和大桥好好的。建这座庙前，乾佑河一发大水，营盘镇就遭灾。后来有人梦见一条白龙从峡口飞上了天，就在这里建了这座庙。"

也许人世间是存在一个我们无法看见的天地的。

尤其是在河面终年笼罩着迷茫雾瘴的汉江下游一带，飘忽不定的流水，弥漫在山林之间的山岚云雾，很容易让人产生一种虚无缥缈的感觉。

在竹山，和作家华赋斌谈起秦巴山区自然崇拜现象，他认为西楚文化里的巫观文化关注来生，崇尚万物有灵，体现了原始文化人类在灵魂上对大自然精神上的认同和交融。这里山大林密，人烟稀少，一个人在没有人与他交流的时候就只好成天坐在那里与门前的河水，或者一棵树、一头牛说话交流，倾吐心事。久而久之，人的灵魂和感情信息就传递给了那些物体。

自然与人之间的关系，也许将永远是一个可以产生许多答案,却谁也无法解开的谜团。然而对于每天都要面对那么多令人百思不得其解的疑问和秘密的山里人来说,与其在无望中等待没有结果的结局,还不如为一种念想活着的好。

有了念想,人活着才有理由。

从宁陕出来的时候,照相机坏了。为了到商洛买相机,我放弃了沿乾佑河南下镇安的计划。但从商洛市政协编的《商洛文史》上,我抄录了一份镇安县米粮镇滑水河黑龙洞(庙社)碑碑文:

> 我黑龙庙社由来已久,先年兴修庙宇,创立戏楼,以及逢会演戏,皆于社内推报经首。后龙王威灵普著,法雨均沾,酬神了愿者,航海梯山,无远弗届,香火相属于道,匾额悬挂如林。每逢会期,报名注册、领报单、接会首者,至两千余。果神圣通灵,终古如斯,固所深幸。倘后不逮,先则社外者裹足,而社内者当共具□□。凡补葺修造土木,非夫谷公务,皆易踊跃捐资,未可推诿而别或有所藉。邑因将本社原来境界勒于石,以志不忘云。

东至善阳地界南至大岭

西至钻天寨界,顺大河下抵陈家梁,胡家直上红岩头

北至红岩大梁为界

民国拾年中秋月合社首人同立

这条据记载清代乾隆年间就建有龙王庙的黑龙河,从《陕

西省地图册》镇安县区域图上都查不到它的名字。但为了维持黑龙庙求神者云集、捐献者潮涌的秩序，人们竟不得不将黑龙神所管辖的区域刻碑告示，足见这位水龙王的神威。

其实在过去，对奔流不息的河水上飘飞不定的河神充满敬意的，何止这些依靠山林河水生存的老百姓。中国古代官方祭祀礼仪中的山川之祭，就是专门为祭祀山水之神而设立的。对包括长江、黄河、淮河、济水在内的四渎，甚至还要皇帝亲自祭祀。汉宣帝神爵元年（前61年），朝廷下令各地对当地有名的江河湖海要每年常礼祭祀，以祈人寿年丰，天下太平。

写到这里，我的眼前突然出现了一条亮闪闪的河流，正从浓雾紧锁的天地之间奔涌而来。大地山川都消失在了昏暗、沉重的雨雾之中，只有河水如对抗黑暗的幽灵，在苍茫之中飘动、行走。一团又一团神秘的烟云在水面上升腾聚合，好像河神水妖在虚幻的大地上舞蹈。

那是我从十堰去南阳的路上在丹江口亲历过的一幕。

就在那一刻，我想起了《九歌》里屈原写给河神河伯的祭词：

与女游兮九河，冲风起兮水扬波；
乘水车兮荷盖，驾两龙兮骖螭；
登昆仑兮四望，心飞扬兮浩荡；
日将暮兮怅忘归，惟极浦兮寤怀；

鱼鳞屋兮龙堂，紫贝阙兮珠宫；
灵何惟兮水中；
乘白鼋兮逐文鱼，与女游兮之渚；

流渐纷兮将来下；

子交手兮东行，送美人兮南浦；
波滔滔兮来迎，鱼鳞鳞兮媵予。

黄河之神河伯与洛水女神也和人间男女一样，在云蒸霞蔚的水上互吐爱慕之情，而且飘逸浪漫至极！

从另外一种神话传说中还可以看出，让人间敬谢不敏的水神总是淫荡无度。河伯本来就是好色之徒，就连那位让曹植神魂颠倒的洛水之神宓妃，也是性情放荡，在与河伯结婚之后又与后羿相恋。可惜后羿这位射杀九个太阳的一代英雄，为了美人水妖，连性命也被天帝收了回去。

神境和人间，本来就是一回事。

不舍昼夜的江河，还在高山大川之间奔流。

当我们从奔流不息的河水上看见自己的影子的时候，透过弥漫在江河湖泽上的那个扑朔迷离的神的世界，我们同样可以看见我们情感的秘密和精神的真相。

百流归一

在中国，如进行一次河道最为弯曲回环、称谓最为复杂多变的河流评选，毫无疑问，汉江当仁不让，绝对名列前茅。

且不说汉江在从秦巴山区流向汉口的路上经历了多少高山峡谷迂回拥阻，并在安康、十堰、襄阳、荆门境内千回百转的流向，单就它一路走来，在不同地区拥有的不同称谓，就让人惊讶于这条古老江河的不凡身世。我们现在看到的汉江源头，被确定在陕西省宁强县大安镇汉王山的漾水。在宁强县境内，汉江还有两个源头，它们分别是发源于留坝与凤县交界处紫柏山的沮水和从宁强县南境大巴山中奔涌而出的玉带河。然而在古代，汉江上源漾水、沮水、玉带河汇聚于勉县的时候还不叫汉江，而叫沔水；直到三流交汇，即将流出勉县，与褒河交汇后，汉江才有了一个举世皆知的名字：汉江，或曰汉水。

2014年8月6日，从杭州到武汉逆汉江而上，在仙桃一份资料上看到这里的张沟镇，是当年屈原在沧浪之水问渔父的地方，遂与同行的我夫人驱车寻觅沧浪之水和屈原问渔父遗迹。遍走张沟镇，没找到与屈原有关的旧迹，被称作沧浪之水的通州河也已干枯。不过寻觅沧浪之水踪迹时我又发现，汉江还有一个别名叫沧浪水。

根据汉江古代水文资料按图索骥，古沧浪水指的是安康到丹江口全程数百公里的汉江，流经张沟镇的一条极其渺小的汉江支流，竟也叫沧浪之水！

这种一江多名现象，在汉江并不奇怪。

古代，汉江干流称谓本来就非常复杂，同一条江流，往往因流经地域不同，称谓也相异。从勉县境内汉江的上源叫沔水、安康与丹江口之间名为沧浪水，再到襄阳境内称汉江为襄江、襄水，蜿蜒东流的汉江每行走一段，就会拥有一个与"汉"字毫不相关的名称。如果将已经分为东西汉水的古汉水看作一体的话，汉江拥有的名称就更加繁杂了。

古汉水上源，汉水从天水境内嶓冢山发源，流经天水、礼县、西和一段时叫西汉水。然而，同为西汉水，当跌宕起伏的江水于秦岭南坡千山万壑间就势南下,并在西和县大桥乡仇池山下转向东流,进入康县和成县境内时,西汉水又有了一个别名——犀牛江。

东西汉水分流后,汉江上源三个源头汇聚于与宁强毗邻的勉县。人们之所以将汉水称之为沔水,是因为1964年中国文字改革委员会颁布《简化字总表》以前,勉县一直称沔县;至于在襄阳境内汉水被称为襄水、襄江,那自然与千秋名城襄阳有关了。只是原本在《禹贡》《山海经》《水经注》里早有正名的汉水,为什么一流出古汉中进入安康突然又被称作沧浪水?汉江在安康到丹江口改称沧浪水又有何含义?2014年8月从湖北仙桃张沟镇寻找沧浪之水无功而返后,我一直在探寻答案。

沧浪之水清兮,可以濯吾缨,沧浪之水浊兮,可以濯吾足。

这首楚地民歌,在屈原《渔父》和孔子周游列国的楚国故事里都出现过。不少论述者也据此得出一种结论,沧浪水是汉水丹江口至谷城之间的别名。至于古人为什么将这段汉水称沧浪水,还是没有下文。直到后来我看到的一条消息说,在2011年召开的十堰沧浪文化研讨会上,一位名叫凌智民的郧县金砂矿老板竭其近十年勘查研究结果提出,汉水在十堰境内之所以又称沧浪水,是因为距今2000多年前汉水在郧县境内有一个叫沧浪洲的江洲,地点在现郧县城西南、汉江南岸柳陂镇。这位大半生都与石头打交道的企业家兼文化学者,是从柳陂镇汉江河道发现的人工开凿的巨石,以及当地民间传说大禹治水时曾在汉江河道留下镇江石阵,得出沧浪水是指湖北郧县黄陂镇段的古汉水结论的。

如此看来，汉江在十堰境内丹江口一带叫作沧浪水，一是源于沧浪洲的古地名，二也有象形、会意的意思——这就是说，既然古汉江流经湖北郧县黄陂镇时河道底部有大量镇江石阵，汹涌江水与江底巨石冲击发出的声浪，也就成为沧浪洲和沧浪水的命名依据吧？

如果古汉水没有遭遇汉高祖二年（前205年）大地震、东西汉水不曾分流，汉江上游还有一条也应该归属于汉江的河流，那就是嘉陵江。

迫于山河移位的地质变化，西汉水在阳平关被顺势南下的嘉陵江吞没，成为嘉陵江一条支流，南下四川。对于嘉陵江一名来由，好像并没有多少人关注过。但早年写作《寻找大秦帝国》时，我就注意到礼县一位民间学者提出，嘉陵江最远的源头应该是西汉水。嘉陵江之所以以"嘉陵"命名，是因为西汉水源头在秦人第一陵——大堡子山秦先祖陵附近，"嘉陵江"的含义，也就是指源头在一座风水很好的陵园附近的一条江河。

在追随汉江归来的日子，面对我已经拥有的对汉江的理解与认识，我总觉得汉江之所以有那么多互不相干的名称，恐怕还与其流经地域过于复杂有关。且不说汉江自西向东奔流，一路经历的多种山形地利让它所呈现的不同姿态，单就是历史上古汉水流经区域文化形态的多样性、文化内涵的丰富性，就足以让一条一脉相承的江河呈现令人眼花缭乱的文化意蕴了。

如果返回过去我们可以看到，古汉水一路都穿行在中国大地古代文化圈最为繁复的地带。从上源流经古秦国和古巴蜀国，再到中下游的庸国、麋国、荆楚故地，哪一种文化都试图在这条滚滚江流上留下印记，这恐怕才是汉江在它古老的过去拥有如此众多称谓的原因之一吧?

不过比起汉江拥有的多种多样称谓,秦岭巴山之间成千上万条支流无论旅途多么艰难险峻,都要穿山越岭赶赴与汉江聚会的情景,则更让人慨叹。

2004年8月下旬,我的秦岭之行在进入十堰境内的秦岭南坡后,陷入极度的困惑与迷茫。10多年前,穿越秦岭的道路不仅可谓险途连绵,而且可供我抵达我试图抵达的目的地的道路与交通工具,也只能随机而遇。进入竹山,原本想去竹溪关垭子看楚国石长城遗址,长途汽车却将我抛到了神农架大山深处的田家坝镇。不曾设想的是,那座10多年后仍然经常出现在我记忆深处的古镇,竟有着3600多年的历史,而且田家坝曾经有过的庸人故都、白帆飘飞的古老与繁华,是绕镇而流的一条汉江支流——堵河带来的。

12年前到那里的时候,曾经是上庸古国都城的田家坝随着近代汉江航运中心的转移而显得凋敝、破败,但在已经消失的岁月里曾经肩负鄂西北与汉江商贸交通的码头还在,人去房空的古商铺还在。从大山深处汇集到堵河,然后穿越大山峡谷奔赴与汉江相汇的另外一些汉江支流苦桃河、深河、官渡河和泗河,也还在不舍昼夜地向堵河聚拢。

我无法肯定按流程计算汉江是不是中国境内支流最密集的河流,但有一点可以肯定,即汉江之水之所以自古及今如此浩荡不息,是因为汉江拥有众多和堵河一样古老悠长的支流,还在用自己不曾枯竭的水流滋养着汉江。

从源头到汉口,到底有多少河流投入汉江怀抱?恐怕很难计算。不过围绕汉江干流,从汉中平原到江汉平原忽南忽北奔走中,每天我都会和不计其数、大小不一的河流不期而遇。无论在群山密布的安康、豫西、鄂西北，还是一望无际的江汉平原，只要有一片亮光在远处闪现，那必然是一条怀抱一河清水的河流和我一样，在满怀激情地寻找汉江水波。这些河流流程有长有短、水量有大有小，但无论源头在哪里，它们奔流的方向，都指向汉江。

现在我们看到的汉江从宁强县起步，在陕西境内接纳的有名有姓，且流程较长、流量较大的支流，有褒河、湑水河、酉水河、金水河、子午河、月河、旬河、蜀河、冷水河、南沙河、牧马河、任河、岚河、坝河。这些源头均在秦岭南坡或大巴山北麓的河流，一南一北，从高山丛林跌宕而来，不仅让古老的汉江拥有了撼天动地的气势，也形成了汉江流域最为密集的河网。这些密如蛛网，环绕在汉江上游南北两岸的河流，往往都将奔腾不息的身影掩藏在秦岭巴山密林深处，神龙见尾不见首。在汉中、安康境内沿汉江行走，一旦你看见奔流不息的江水有意无意朝南偏向巴山或靠北接近秦岭，迎面壁立而起的峰岭突然壁立间有一道峡谷敞开，必然会有一条河流奔涌而至，让江水更加浩荡。

这些于千山万壑中劈山为道的河流，一旦将滚滚激流呈献给汉江，生命便宣告终结。然而很少有人注意到，在这些被认为是汉江江流主要输入者的河流后面，还有万千溪流在群山深处纷纷聚汇。

西乡境内的牧马河，算不上汉江上游汉中段最大支流，但来自西乡南部山区和高山环峙的镇巴境内众多支流，让这条身处巴山北缘的河流，一年四季都碧波荡漾。尽管在环视汉江上游众多让汉江江流汹涌的支流时，我们很难注意到牧马河身后另外一条河流——泾洋河的身影，然而当我从堰口镇午子山景区敞开的峡口逆奔泻而下的泾洋河进入镇巴才发现,四周都被高山紧紧围困的镇巴境内,成百上千的大河小溪在它的东面、北面和南面都无路可走。于是这些从高可及天的巴山深处历尽艰辛,来到只有一道逼仄裂隙与西乡相通的泾洋河峡谷的河流,将镇巴境内多一半流水都送给了汉江。

汉江上游陕西境内最大的支流,是在紫阳汇入汉江的任河。

2014年12月,我从紫阳县城汉江南岸沿一条幽深的峡谷向西南,试图追寻汉江在紫阳县瓦房店附近汇入汉江的任河源头。然而大半天的奔走,最终我只能在头顶依然高山擎天,脚下碧流奔涌的毛坝镇收拢住脚步。因为在悬挂于任河右岸峡壁上的毛坝镇饭馆老板告诉我,要寻访这条汉江支流源头,我须得继续在上不着天、下不着地的高山峡谷向南,进入四川和重庆。当时,我尚未意识到那涌满峡谷的幽蓝河水,是汉江上游最大支流。只是后来从资料上才知道,我如果要执意寻访这条全长211公里的汉江支流源头,还要在这样的高山峡谷穿行100多公里,进入重庆和四川。因为这条河的源头在重庆城口和巫溪,并流经四川万源。在从城口、巫溪北流汇入汉江的路上,任河一生都在大巴山深处穿行,而且它沿途所接纳的25条支流,也都诞生于莽莽大巴山。

众多河流滋养下膂力愈见充沛的汉江,在安康境内的群山峻岭中奔突前行的时候,源头在商洛境内秦岭山区的丹江,也在汉江北岸南秦岭群山深处赶往汉江的路上。在丹江口水库和南水北调工程建成前,这条经陕西、河南,在丹江口汇入汉江的河流,一直保持着汉江最大支流的地位。

进入湖北,汉江大部分时间在辽阔的江汉平原奔流,但这并不妨碍还有一些汉江的追随者从鄂西山区群山深处和遥远的南阳盆地，将它们一路汇聚的河水如数交付给汉江。其中有一条叫唐白河的汉江支流，源头在距汉江260多公里的河南方城县七峰山，好像是为了兑现某种承诺，源头已经在南阳盆地最北端的唐白河也一样不惜从伏牛山东麓向南穿越南阳盆地，在襄阳汇入汉江。而在汉江北岸、总面积仅有3000多平方公里的湖北京山，境内竟有500多条大小不一的河流。这些短则几公里，长也不过百余公里的河流，经由漳水、大富水、京山河、永隆河转向东南，将每一滴流水悉数奉献给了汉江。

世界上几乎所有著名平原，都出现在大江大河中下游，那是河流创造大自然时给人类的馈赠。然而对于江河而言，当它携带上游地带跌宕起伏的高山之间众多支流源源不断补充的水源，以一泻千里之势来到它用泥沙和岁月创造的平原之际，它奔腾不息的江流还将继续为生活在这片平原沃土的万千生物造福，而还能给它提供水源补给的支流数量，从此将大打折扣。

汉江也不例外。在湖北境内汉江上游十堰境内，北岸的秦岭及其余脉伏牛山和南岸的神农架山区，依然有密如蛛网的大小河流在高山深处聚集、运行，最终汇聚成丹江、金线河、唐白河、堵河、南河、北河、蛮河，流向即将打开一片辽阔天地的汉江。尽管从钟祥向南，继而向东，当一片辽阔平坦的大平原展现在我们面前的时候，已经没有多少可以让汉江变得更加浩荡的支流加入，然而谁又能说这片平坦辽阔、孕育万物的大平原，不是百流归一的古老汉江最富有诗意与激情的伟大创造呢？

尕海听歌

中国交通图册上的尕海岔口,在甘南被称作尕海。尕海是甘南草原南部腹地牧民出入草原的必经之地。兰郎公路在郎木寺与穿越若尔盖草原而来的川甘公路相接,逶迤北行,把甘南草原劈成东西两半,直抵兰州。在兰郎公路南段碌曲县境内晒银滩和贡巴之间,尕海是一个有名有姓却无人居住的交叉路口。一条沙土便道自西而来,与兰郎公路相接。它的身后是茫茫青海高原,横贯甘南草原的洮河源头就在尕海近旁。因此,空旷寂寥的尕海,在草原牧民心中仍然是一个梦想之地。

五月的黎明,我们乘越野车从合作出发,沿兰郎公路,在潮湿、昏暗的草原疾驰南行。

刚刚摆脱了一个寒冷漫长的冬季,甘南草原又被迷茫的潮雾紧紧锁住。大雾从四面八方涌来,占据了茫茫草原。平缓的坡地、突兀的岩石,以及那散落于草原深处每个角落,依坡而居的藏族村落,都沉沦于黑夜与黎明之际这场覆盖和埋藏的大雾深处。天和地被大雾隔绝,形体和声音被浓雾吞没,雾使草原变得窄狭、空虚、捉摸不定,雾使草原变得深邃、沉重。越野车在没有开始,也没有终结的雾海里喘息趑行,大团大团浓雾翻滚而来,又匆匆飘走,更加汹涌的大雾迅疾紧紧围裹在车前车后,穷追不舍。我仿佛隐落于一场浩大无源的太虚梦境,恍恍惚惚,痴痴迷迷,只有盲目的漂泊与奔走。惊悚、慌乱和魂不守舍,使我无力正视这场大雾逼人的气势。我双目紧闭,任四面八方奔涌而来的雾涛将我淹没、击碎或唤醒。

我那在藏传佛教偈语里大彻大悟的草原呢?我那在诗卷歌谣里永远高远纯净的草原呢?我那在拉卜楞寺震彻天地的法号声中光彩如纯金的草原呢?在漫漫长夜即将结束之际,这场遮掩天地的大雾究竟意味着什么?我们将要抵达的尕海、郎木寺和若尔盖草原,是不是也在这茫茫雾海中难辨形迹呢?

大雾依然在翻滚、弥漫。汽车爬上一座平缓的坡地,苍黄的车灯将迷雾刺穿,迅即又被滚滚而来的大雾吞没。突然,一面缓缓拂动的经幡从山坡下的雾海中隐约伸出。我慵倦、疲惫的灵魂骤然感到一阵从未体验的震惊。在这场覆盖、隐匿、掩埋的茫茫大雾中,整个甘南草原都已陷入、消失,只有那面破旧、色彩纷乱的经幡刺破雾海,高高地竖立在浓雾封锁的草原上空,滞缓、艰难地飘拂、飞扬。仿佛这个昏厥、沉睡的草原黎明唯一的不眠者,孤直地挺立于茫茫雾海上面,无声地目睹、经历和思考。

"灵魂如风!"

我突然想起了诗人马丽华游历藏北高原时的慨叹。我那淹没于这场铺天盖地的大雾中的思想,也被这寂然矗立的经幡凛然唤醒。我终于看见,在迷雾笼罩的草原上空,天色依然辽阔湛蓝,一夜沉重的黑暗过后更加新鲜、纯净的曙色正在无际的雾海上空孕育、铺展。纤尘不染的草原,没有隐秘,没有伤痛和狂喜的草原,在这短促的慌乱和沉沦过后,将依然向我们展示它平静朴实的原野和悠远辽阔的蓝天!对于这块经历了太多的苦难和不幸的草原来说,历史不曾改变的是它的灵魂,是它那飘荡如风、弥漫如风的灵魂!

浓雾渐次稀薄。公路两边低矮的谷丘、平展的草场,渐渐地展现出它的姿影来。薄雾失去翻滚的威势之后,变得光滑而缠绵。微风轻拂之下,辽阔的草原上如有千万张纱幔飘忽荡漾。

大雾终于退去,草原上的太阳在漫漫长夜过去之际另一场更加沉重的梦魇中悄悄升起。被浓雾淋湿的枯草、石头垒砌的村落和村落上空昼夜翻飞的经幡,重新清晰地呈现在我们的视野里。彻夜游荡在草原的羊群聚集在山坡下,昂首迎接那轮可以给草原整整一天的光明与温暖的太阳。血红、巨大的太阳就在山坡上一群扬鬃奔腾的马群之间升腾而起。

大草原摆脱了一场迷迷茫茫的大雾之后,再一次真真切切地走到了明亮的阳光之下,我们在转过一座山包之后,便到了尕海岔口。

碧蓝的天空低低地悬缀在无边无际的草原上。早晨新鲜、温暖的太阳温情地抚摸着牧草枯黄的草原。成群的牛羊撒满了平坦的草场,马背上的牧人抖着缰绳,在辽阔的草原上驰骋。然而,在七百万分之一的地图上占据了一个小黑点的尕海岔口,除了一个赫然竖立的路标和一个烟酒铺、一个卖手抓羊肉的羊肉铺外,只有那条纵贯甘南草原的兰郎公路匆匆南去。

我们来到尕海岔口时,两位藏族青年站在路标下,焦灼地期待着一辆能带他们走出这空旷荒凉的草原的汽车。我却被小卖铺里播放的藏族民歌惊呆了。

那是才旦卓玛演唱的一组老歌。那歌词、那节奏、那旋律,对于每一个生活在这个时代的中国人来说,实在是太熟悉了。二十多年前,当我还是一个不谙世事的小学生时,我就和老师、同学,甚至和那些一字不识的农民一起一遍又一遍地唱过。这些年来,在我所到过的几乎所有中国乡村、城镇和都市里,我又不止一次地聆听过。然而在甘南草原,在阳光灿烂、辽阔荒芜的尕海岔口，那歌声竟是那样高远，那样韵味十足。

手捧热气腾腾的手抓羊肉，我们伫立在尕海岔口，面前是孤零零的简易小屋，身旁有两位一言不发的藏民，头顶干净、碧澈的蓝天上是纯粹明亮的草原五月的太阳，身前和身后荒秃、苍白的旱季草原上羊群游荡，马群奔驰。那激情、苍茫、悠远的歌声就如此贴近地环绕着我们四周，然后缓缓升起，在一望无际的草原上四处飘散。那歌声如水，从尕海岔口涌出，无声无息地渗进我和大地的体内；那歌声如凝重无形的风，在蓝天和草原之间飘散、蔓延、荡漾。我觉得整个甘南草原和我一起都被这清纯碧蓝的歌声又一次淹没，天地一片湛蓝，到处都是那种深沉无垠的蓝色，我和整个世界都被那歌声一点一点融化、消解。最后，我和面前的这块大草原都已消失，与那歌声融为一体，向大地和天空四处蔓流。

阳光依然是那种一尘不染的明净。才旦卓玛的歌声从深情转向激越，尕海岔口茫茫草原上每一粒干渴的碎石，每一片枯黄的草叶骤然间在这歌声中变得明亮剔透，在阳光的照射下微微战栗。

我被这歌声震颤着、融化着。恍惚间，我仿佛看见在那白发飘扬、高踞出世的喜马拉雅山前，才旦卓玛背负雪山，头顶蓝天，站在青藏高原之上，面向苍茫大地倾诉、咏叹、歌唱之际神迷情离的情景。也就在这一刻，我从这歌声里真正体味到了一个民族的历史和现实的真正底蕴。以至于离开尕海岔口多年以后，只要忆起那次甘南草原之行，我眼前便会出现一片空旷、悠远、荒凉的高原，才旦卓玛的歌声也会骤然被尕海五月早晨的阳光再度照亮。那歌声没有歌词，只有深情、激越的咏叹。

歌声还在天空和草原之间飘荡。我们告别荒凉、名不符实的尕海岔口继续南行。但才旦卓玛的歌声和尕海的阳光却陪伴着我从甘南草原到雪山的整个旅程。一路之上,只要一闭上眼睛,那深情的咏唱就会在草原四周升起,把我淹没。

陇原当代
文学典藏

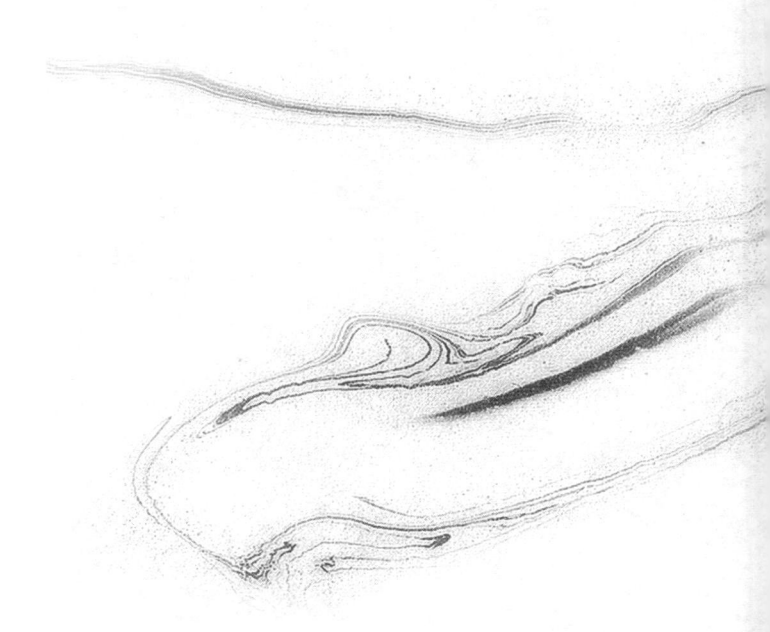

第三辑 人

伏羲伏羲

一位身裹兽皮、长发披肩、目光矍铄的老者盘桓在渭河南岸一座孤零零突兀崛起的高山上。他身后是自西向东、如龙似蛇、蜿蜒奔腾的西秦岭苍茫群山；对面如排空巨浪般涌起的六盘山高地朝北方汹涌而去；他的脚下，滔滔渭河翻卷着巨浪，蜿蜒曲折，从雾霭与峰峦融为一体的天空下奔涌而来。如果是丽日朗照的日子，渭河水如鳞光闪闪的巨龙，从老人睿智、深邃的目光中飘忽而过。河水到了他徘徊的山脚下，被突然伸出的山峰逼着弓起身子，急匆匆转一个"S"形大弯后，继续向东流去。

这是多年来浮现于我想象中的，伏羲在渭河岸边的卦台山上苦思冥想、顿悟天机、创立八卦的形象。

渭河从甘肃渭源鸟鼠山发源，流经陇西、武山、甘谷进入天水城郊之际，在天水市麦积区三阳川张白村一个叫各河口的地方与葫芦河相遇，并在卦台山左面和右面冲积成一块渭河在天水境内最为开阔的盆地。这块如阔腹花瓶或者巨大葫芦一样的山间冲积平原，现在长满了小麦、玉米、大豆、蔬菜和各种鲜美的水果，是天水境内人口最为集中的地方。这里也是天水历史上文风最盛的地方。仅因紧临渭河而历史上又叫沿河城的新阳镇，在当代以文显身的文化名人就有中国道教协会会长任法融、古典文学大家霍松林、著名文学评论家雷达和画家郭克等。但在伏羲生活的那个时代，这里的平川地带，肯定是流水、滩涂和水草的世界。孤零零突兀崛起的卦台山，就矗立在渭河南岸平坦开阔的三阳川盆地中央。

如果顺着葫芦河流来的峡谷向西，再向东北，此刻，伏羲蹲踞在那里顿悟天机画卦的卦台山，距大地湾不足百公里路程。

伏羲是我们的史料和神话故事里，一位有迹可查的华夏民族最古老的创世先祖。尽管或者由于史料阙如而未足可信，或者由于年代过于久远而难辨真伪，司马迁没有将其列入所谓"可信史"记述的对象，但这并不妨碍几千年来人们坚信，在中华民族的创世经历里，有这么一位既通神明、又深谙王者之道的先哲神圣存在。

> 太皞庖牺氏，风姓，代燧人氏继天而王。母曰华胥，履大人迹于雷泽，而生庖牺于成纪。蛇身人首，有圣德。仰则观象于天，俯则观法于地，旁观鸟兽之文与地之宜，近取诸身，远取诸物，始画八卦，以通神明之德，以类万物之情。造书契以代结绳之政。于是始制嫁娶，以俪皮为礼。结网罟以教佃渔，故曰宓牺氏。养牺牲以庖厨，故曰庖牺。有龙瑞，以龙纪官，号曰龙师。作三十五弦之瑟，木德王，注春令。故《易》称：帝出乎震。《月令》：孟春，其帝太皞是也。都于陈。东封太山，立一百一十一年崩。其后裔，当春秋时有任、宿、须句、颛臾，皆风姓之胤也。

这是唐代史学家司马贞《补史记·三皇本纪》对伏羲的记述。同为史学家，到了唐代，司马贞为什么要对《史记》进行补正？肯定是在经历近千年考证后，人们发现司马迁《史记》

的疏漏和缺失，已经到了不得不拾遗补阙的地步。

在司马贞之前更早的时候，伏羲已经被几千年口碑相传的中国创世神话推到了创世神圣的圣坛。夏朝以前，为了回答"我从哪里来"的问题，华夏族就尊三皇五帝为自己的始祖，而且在众说纷纭的三皇五帝人物谱里，伏羲、女娲、炎帝神农、少昊、黄帝，这几位与渭河和黄河密切相关的人物的地位，从来没有动摇过。唯一让人困惑不解的是，当年司马迁撰写《史记》时，为何只提黄帝，却不说伏羲、女娲和炎帝神农呢？

司马迁无意的疏漏或有意的回避，并没有埋没我们民族古老先祖的身影。

伏羲是中国远古神话昆仑神话体系里的创世人物。除了司马贞，据传为孔子所著、专门对周文王所著《周易》进行解释的《周易·系辞下传》里，对伏羲远古时代为人类走出混沌、走向文明所做的贡献，也有和司马贞如出一辙的记述："古者包牺氏之王天下也，仰则观象于天，俯则取法于地，观鸟兽之文，与地之宜，近取诸身，远取诸物，于是始作八卦，以通神明之德，以类万物之情。作结绳而为网罟，以佃以渔，盖取诸离。"此后，《管子》《战国策》和《帝王世纪》，都将伏羲列为三皇五帝中"继天而王，百王为先"的创世人物。当然，还有与伏羲息息相关的另一位创世人物，即《山海经》等神话故事里，曾经拯救了面临灭绝的人类的伏羲的妹妹女娲。

没有人反对伏羲和女娲是神话人物。但有意思的是，包括一些著名史学家并不怀疑我国古代神话传说所记述、反映的重大事件，从另一个侧面映现了历史的真实性。在西方，亚当和夏娃是神话传说中的人物，但西方人深信是亚当和夏娃创造了人类。没有人怀疑《荷马史诗》在西方神话中的地位和价值，但在没有实证荷马描写的那段历史真实性之前，西方人还是将《荷马史诗》所反映的公元前11世纪到公元前9世纪那个时代的希腊历史，称作"荷马时代"。到了19世纪70年代，德国人海因利希·谢里曼在对希腊古遗址进行考古发掘时发现，《荷马史诗》有关特洛伊战争神话般的描述，不少都根植于历史真实的土壤之中。

也许我们现在所知道的远古时代，是人类唯一一次幼芽初绽的童年；也许人类或类似于人类的生命体，原本已经在我们居住的这个星球周而复始、花开花落轮回了好多回了。但无论怎样，正如一个人从刚生下没有记忆、不能记录，到长大成人后既有记忆可以回味，又可以书写记录一样，大概没有人怀疑人类不会使用文字记录的童年和幼年时代，我们先祖度过的每一个日子存在的真实性吧。只是当我们在回味那些已逝时光时，会因为留恋而给曾经有过的快乐童年赋予更多理想和想象的色彩罢了。

那么，就让我们回到中国神话传说中，伏羲女娲兄妹携手创世的华夏民族蒙昧初醒的童年时代，看一看当时渭河波光闪烁的天空和大地吧！

追寻和回忆并非无迹可寻。那些遥远的文字所记述的伏羲出生之地成纪，就是渭河横贯全境的天水。我们前面所呈现的伏羲制作八卦的卦台山，就在渭河岸边。距卦台山不足百公里，与大地湾相邻的秦安县陇城乡，还有据传与女娲出生、生活、墓葬相关的风谷、风台、风茔。研究人员剔除伏羲女娲传说的神话色彩后发现，伏羲、女娲生活在新石器时代。

那时，世界东方与西方刚刚经历了那场几乎让人类灭绝的大洪灾。大地万物被那场空前绝后的洪灾推到了灭亡的边缘。

大洪水过后，一切死里逃生、硕果仅存的生命都在经历艰难的涅槃。远古神话说，伏羲、女娲兄妹是借助一个巨大的葫芦，从滔天洪水里逃生的。到了后来，传说中女娲炼五彩石补天、斩断神鳌四只腿支撑被共工撞倒不周山而坍塌的天空、斩杀黑龙拯救中原大地、用炉灰堵塞洪水，以及女娲抟土造人等故事，对女娲功绩的无限渲染，则映现的是母系氏族早期，女性作为人类社会主体的生活现实。

如果承认了神话传说中伏羲、女娲创世神话所包含的历史真相，我们就可以将伏羲和女娲看作既是神话故事里的天神，也是新石器时代女娲所代表的母系氏族社会和伏羲所代表的父系氏族时期两位杰出的部落首领。

伏羲女娲时代，以血缘和婚姻为纽带的三大氏族部落集团分别占据着中国大陆的西方、东方和南方。这三大集团分别是以渭河上游和陕西关中地区为核心的西部氏族集团，以泰山为中心的东部氏族集团，以江汉平原和太湖平原为中心的南方苗裔诸部族。在这三大集团中，以伏羲和女娲为代表的西部氏族集团似乎觉醒得更早一些。所以我们从中国创世神话中看到，那些具有神的威力，又具备人一样的喜怒哀乐、七情六欲的创世者，总是居住在西方的昆仑山上，或者与西部的高山大河有着不可分割的联系。

大洪灾时期，滔滔洪水迫使仅有的幸存者逃到高山上躲避洪水。洪水过后，他们从山顶上走了下来，先躲避在可以采摘到野果、寻找到植物籽种和根茎并能够捕获猎物的丛林里。后来，他们再次来到背山临水的山坡或平地，临河而居，试图追寻并恢复以前的生活。这也许就是大地湾人选择渭河上游一条小支流——清水河安身的原因吧。大洪灾吞噬了太多人的生命，人类需要孕育并繁殖更多生命。于是，具有生育繁殖能力的女性，成了种族延续的希望。就像大地湾、半坡村所有的小房子都将门朝着大房子敞开着一样，女人只要愿意，可以和任何一个弓着身子走进女人居住的小房子的相邻部落男人交媾、野合，并且生下一大堆只知其母、不知其父的男孩和女孩。这就是考古学所确认的母系氏族时期和神话传说中的女娲时期的生活现实。大地湾和半坡村早期，人类的生活就是这样。

如果我们能够将神话传说中的伏羲女娲时代和大地湾的考古发现进行对应性还原的话，我们还将看到一个以考古发掘为佐证，以神话传说为血肉的大地湾时代更真实、更鲜活，充满生命活力的远古人类的生活场景。

这个时代大戏上演的场所，在渭河中上游，时间应该在距今八千多年前。最初拉开这个时代大幕并将这幕人类绝处逢生的大戏推向高潮的，是一位生活在大地湾的女性部落首领。女娲就是那个时代的部落氏族首领里最杰出的代表性人物。和伏羲一样，女娲也许就是女娲本人，也可能只是一个时代的代表和符号。如果女娲就是生活在葫芦河上游的话，那么伏羲女娲兄妹在大洪灾来临之际为了逃生，钻进一只巨大的葫芦，从葫芦河顺流而下，又被不断上涨的洪水冲击着，漂流到了甘肃静宁、秦安、庄浪交汇处，进入清水河。最后，在秦安五营乡清水河南岸的长虫梁附近，大葫芦被冲到岸上，伏羲女娲兄妹就在大地湾这块温暖的高地上安下了家。

洪水退去后，清水河两岸布满了水草和沼泽。长虫梁一线茫茫森林遮天蔽日。受洪水惊吓，四处逃散的猛兽重新回到了密林里。临近河水的河滩上，到处是溺水而亡的蛇、水鸟和动物躯壳。荒无人烟的大地湾如一座巨大废墟，迎接了伏羲女娲的到来。

那时候，大地湾气候温暖湿润，清水河三面环绕。伏羲女娲兄妹很容易就可以从芦苇丛生的浅水滩捉到鱼和河虾，还能从浅林里采集到松子、栗子和野果。但黑夜来临，山风呼啸，猛兽嘶鸣，更大的孤独、寂寞与恐惧从四面八方袭来。蜷曲在临时挖掘的地穴里的伏羲女娲兄妹惶恐不安。这样的日子越是继续，那种孤立无援的恐惧就越巨大。伏羲女娲一天天长大，但这个巨大的山湾除了他们兄妹，只有丛林里出没的野兽、河水中无声游弋的鱼类和草丛里蹦来蹦去的青蛙。直到等待与期盼归于绝望，他们才深信，自己熟悉的亲人和朋友全部被洪水吞没，这世界就剩下他们兄妹两个人了。

为了种族繁衍，也为了排遣孤独与恐惧，迫于无奈，神话传说中的伏羲女娲兄妹成婚、繁衍人类的故事就发生了。

那是一个渴望生育和繁殖的年代，伏羲和女娲兄妹生下了一大群孩子。有男孩，也有女孩。他们是大地湾第一代居民。随着儿女增多，附近一些部族的幸存者，也顺着葫芦河和清水河来到了大地湾。大地湾的居民越来越多。起初，他们居住在深穴式窝棚里，后来又在临河平地上建起半地穴式房子，还开始生产比较粗糙的陶器，并在向阳坡地上开始种植糜子。

有了可以遮风避雨又能防止毒蛇野兽侵袭的房子，又有了丰富的鱼类、兽类和糜子做食物，大地湾人体质增强了，寿命延长了。中国远古母系氏族社会一个生产力空前发达、社会空前繁荣的时代到来了。

大地湾母系氏族社会繁荣盛景的创建者，可能是伏羲的妹妹女娲，也可能是与女娲同一血缘的女娲氏族的后裔。她们的努力和创造，肯定经历了数代甚至数十代人。只是为了便于识别和纪念那个伟大时代，人们才将女娲及其后代创造的时代，都归结于女娲时代；把带领他们创造幸福生活的女性首领，统称为女娲。那么大地湾出土的那尊精美绝伦、造型生动、栩栩如生的女性头部细泥红陶人首彩陶瓶，会不会就是大地湾先民心目中的大地湾圣母——女娲的形象呢？

女娲带领妇女在村落里生儿育女、纺织、生产陶器，在已经形成规模的圈舍里豢养猪、牛、羊、狗等家畜，并在山坡上种植糜子和油菜；伏羲和男人们带着石器、木棒等工具上山打猎。那时候，伏羲已经发明了渔网，捕鱼已经不是太困难的事情。直到后来，大地湾聚居的人越来越多，山湾里种植的糜子面积越来越大，养活与日俱增的部族需要的食物、房屋和其他生产、生活资料越来越多，需要男人承担更多生产劳动的时候，以女娲为代表的女性渐渐退居历史舞台的幕后，而以伏羲为代表的男人被推到了历史的前台。一个时代结束了，另一个更具有创造力的时代款款走来。母系氏族时代走向瓦解，男人作为社会生产的主力被推上历史舞台。

在大地湾，这个新时代的领导人，是建造了总面积达四百二十平方米的巨型宫殿的伏羲及其后人，也可能是曾经为《水经注》《后汉书》《太平御览》等典籍提供大量第一手资料的西汉纬书《遁甲开山图》和《庄子·胠箧》所说的"大庭氏"、伏羲后裔炎帝神农的继承者。伏羲不仅在大地湾建造了好几座仅次于"原始社会大会堂"的大房子，还大力发展农业、养殖业、渔猎业、制陶业，创造了包括埙、地画、彩陶在内的原始艺术，发明了八卦和文字，并改革婚嫁制度及社会管理制度，将人类文明推向了前所未有的高度。从甘青高原迁徙而来的古羌人，从渭河上游和葫芦河流域顺流而下的其他部族，被大地湾的繁华所吸引，纷纷来到这里，在长虫梁下、清水河畔居住下来，和伏羲、女娲部族融合，携手开创了大地湾让我们至今叹为观止的历史和现实。于是，伏羲女娲部族的族徽上，越来越多部族的崇拜物形象被整合在一起，形成了后来我们看到的九种动物合而为一的神异图腾——龙。

不同部族聚居的群落的大小建筑鳞次栉比，清水河畔鸡鸣犬吠，人声喧嚷。然而，就在伏羲女娲共同创造的大地湾文明达到巅峰的时候，一场猝不及防、至今让我们揣摩不透的意外事件发生了，伏羲女娲部族被迫放弃他们苦心经营三千多年的家园和创造、建设的一切，根据卦辞指示的方向，举族迁徙他乡。

从大地湾走出后，伏羲女娲的后代去了哪里呢？

如果登上莽莽秦岭纵目遥望，我们就会发现，大地湾的宫殿屋舍被浩荡黄土湮没之后，在沿渭河向东的关中地区，北首岭、半坡、姜寨、老官台的临河台地上，又有一座座与大地湾建筑一脉相承的房屋建了起来，一群又一群原始人类临渭河而居，开始新的建设与创造。因为从天水沿渭河向东，我们在关中境内的蓝田、临潼一带，还能看到不少与伏羲女娲有关的历史遗迹。如果将目光再投向秦岭南，我们还会看到，另外一支从大地湾走出的伏羲女娲部族从嘉陵江上游翻过秦岭，向四川和云贵高原挺进。因为后来的巴人和现在的云贵一带的苗人，都自称是伏羲后裔。

那么，五六千年前居住在半坡村和姜寨一带渭河流域的先民，是不是也是从大地湾走出的伏羲女娲的子孙呢？

公 刘

泾河从甘肃泾川西王母宫附近转身向南，朝已经从天水进入关中、等待更多支流加入的渭河而去的路上，必须穿越纵贯从陇山（也叫关山或六盘山）一直绵延到甘肃庆阳和陕北的黄土高原。

数百条大小河流和山涧小溪被西南高东北低的黄土高原挟持着，从各个方向经甘肃泾川和陕西长武、彬县、淳化、泾阳、高陵，追随朝着渭河而去的泾河汇聚。每一条河流和小溪都是蚕食黄土高原的利剑。它们凭借年复一年的耐力和韧性，从高原底部开始，一点一点，一块一块，将堆积在高原上的黄土和沉积在河道下面的泥土冲刷下来，然后借助夏秋之交雨季时奔流而来的山洪将它们运走，送进泾河。因此，深切的沟壑和幽深的河谷，将这片原本完整辽阔的高原切割得支离破碎，形成典型的黄土沟壑地貌。从长武到彬县，被河水常年冲刷，独立而凌乱地矗立在幽谷河流之上的长武塬、巨路塬、枣园塬、北极塬、龙高塬、新民塬、香庙塬等大小不一的塬面，跟随着泾河和它的支流向东南延伸。它们被河水深切、分割的状态让人惊骇，也让人恐惧。行走在遍地麦浪或花红柳绿的塬上，随时都会有一道深及数百米的幽谷突然出现在原本树木葱茏、麦浪翻滚的高原一端。被河水齐刷刷切开的峡谷下面，可能是金黄泥浪翻滚的泾河，也可能是在高原峡谷之间婉转回旋的泾河大小不一的支流。让这一带高原变得支离破碎的，可能是峡谷深

· 170 ·

处潜流的泾河及其支流黑河、南河、红岩河、水帘河和一些叫不上名字的河流山溪，也可能是滴水全无的沟壑，或者被风雨侵蚀得奇形怪状的黄土石林、土柱、山峁沟梁。有些地方，整条沟壑还会有如烈焰焚烧的那种刺目的赭色出现——那是渭河流域高山峡谷之间很容易看到的丹霞地貌。你如果要从塬上到达落差在四五百米到五六百米不等的沟壑底部，虽然举目可及，但忽上忽下的漫漫长途，考验的却是一个人的体力和意志。

就在这样一块被泾河雕琢得千姿百态的塬上，三千多年前却有人从已经十分繁华热闹的渭河平原一路披荆斩棘，沿泾河溯流而上，一直到达从陇东高原流来的泾河支流马莲河源头的甘肃庆阳，在深厚的黄土上留下了开拓这块黄土塬的第一行脚印。

他就是后稷的儿子、公刘的爷爷不窋。

后稷之后，子承父业的不窋继续做农官，管理农业事务。这时已经是夏代，生不逢时的不窋侍奉的是夏王，而不是他父亲所遇到的明主尧舜。夏代到了孔甲帝时代，中国历史上第一个"家天下"的奴隶制国家开始向它的末途走去。这位性情乖戾的夏王沉溺酒色，残暴淫乱，又笃信鬼神，导致朝纲大乱。大抵是不窋试图规劝孔甲帝恢复尧舜之风，冒犯了夏王的缘故吧，不窋不仅丢了官职，而且可能预感到如果在河南安阳一带的夏朝都城再待下去，就有灭族之虞，便带领部族逃到当时被游牧无定的北方夷狄占据的甘肃庆阳，开始了艰难创业、孕育部族实力的生活。

当时，生活在庆阳一带黄土高原的北方夷狄尚处在游牧时代。那里的人们居无定所，吃的是牛羊肉。不窋到了那里，将中原的农耕技术也带到了当时的荒蛮之地——陇东黄土高原。

他教当地土著种庄稼和花草,还教人们养猪、养牛、养鹅。当时,渭河流域和中原地带的人们早已告别地穴式生活,而这里的土著还住在地穴里。不窋发现,这里的黄土黏性很好,便发明了依托沟沿山崖掘土为室的窑洞。

不窋的到来,带给马莲河流域的不仅是生活方式的改变和文明程度的提高,一个让当地土著和不窋带来的族人意想不到的未来,也在不窋部族不断发展壮大中悄悄孕育。这未来的创造者,是不窋的孙子公刘。

公刘出生的时候,马莲河流域庆阳一带——这个又被称为北豳的地方,不仅长满了庄稼,周人先祖还在那片黄土高原上建起了自己的都城。待到公刘接替父亲鞠陶成为部族首领后,这位即将对泾河流域和渭河流域社会发展产生重大影响的周人先祖,继续在各戎狄和当地土著之间推广农耕。这位年轻的首领谦卑诚实,宽厚仁慈,兢兢业业,令部族实力不断壮大,控制区域不断扩大。陇东高原宁县、合水、镇原、正宁的沟梁山峁下,长满了公刘和他的父亲、爷爷传授种植的谷子、糜子、高粱、豆类,还有大麻和葵花。面对蓬勃发展的农业和不断激增的人口,公刘发现,对于部族的未来来说,北豳已经显得太小。尤其让公刘感到忧虑的是,北豳之地戎族出没无常,虽然他和他的部族以和蔼友善之心与他们相处,但游牧与农耕两种文化的碰撞不仅在所难免,而且随着公刘部族势力的日渐壮大愈见频繁。从长远出发,寻找部族发展更为广阔的空间迫在眉睫。为了这次事关部族未来的迁徙,公刘身先士卒,发展农业,简约生活,鼓励部族积攒粮食,充实仓廪。

时机成熟了,公刘命令部族将装满仓廪的粮食烙成便于携带的饼子,装满大袋小囊,青壮年全副武装,带着弓箭斧钺,扶老携幼，向他思谋已久的马莲河下游，更接近泾河的长武、彬县一带进发。

带领部族要去的地方，一开始公刘心中虽然还不是很确定，但大方向他已经心中有数——那里必然是土地肥沃、开阔平坦、适宜发展农业的地方。公刘大概是中国历史上最早领悟到农业立国的人吧！虽然他带领族人迁徙的时候才二十多岁，但对部族发展的前景，已胜券在握。所以在前往南豳之地的路上，公刘一路走，一路考察适宜部族安家的地方。进入彬县，公刘发现这里草木茂盛，河流众多，川原地带地势平坦，是发展农业的好地方。他便和大家一起商定，举族定居在这片有渭河最大支流泾河及其众多支流流经的塬上，并将一座一天之内阳光都能照到的塬，选定为都城所在地，取名叫京——这也是后来人们将一个国家的国都叫作京城的开始。

那大概是三千五百年前，公刘和他的部族是这块黄土沟壑丘陵区的第一代开拓者。开阔的川原、辽阔的塬上、流水潺潺的河谷地带生长的杜梨、山桃、山楂、山杏、山核桃及草木林莽属于他们，林莽中出没的野猪、黄羊、黄鼬等动物也属于他们。欢声笑语让这块亘古寂静的高原充满了幸福、自豪和激情。大家把酒庆贺在英明的首领公刘带领下，部族选择了一个美丽富饶的新家园。

将部族生活起居安排好后，公刘又登上山冈观察日影走向，查勘山南和山北的物候差异，观察河流流向，为部族发展农业获取第一手资料。接着，他又成立三军，丈量土地，开荒种田，并组织人员来到渭河平原，渡过渭水，从南山采来石料，选定在背风向阳的河谷地带建起坚固的房子。部族人口激增，发源于甘肃正宁的泾河支流皇涧河两岸都住满了人。到后来，这种房子一直延伸到泾河另一条支流汭河河湾地带。

至此,一个由公刘和他的族人艰苦创业创建的国家雏形——豳国,在泾河中下游建立起来了。这个由周人先祖公刘一手缔造的国家,后来一直扩展到以泾河中上游为核心的陕西长武、彬县、旬邑及甘肃灵台、正宁一带。

公刘和后来成为周人的族人在豳地安居乐业之初,一切都得从头开始。建设、生产、生活,是从一张白纸开始的。但有了公刘这样一位开明领袖,豳国很快就成长为夏灭亡后殷商国土上的一方诸侯国。

从姜嫄到后稷,我们看到的中国古代农业的开拓者周人先祖或多或少都有些类似神人的灵异色彩。到了公刘时代,一个有着喜怒哀乐的农耕文化领袖,带着一路的艰辛与激情朝我们走来。但在后世的民间,还是有人为公刘安排了一场与传说中的西王母很接近于民间生活的会面。

公刘建立豳国的时候,以西北古羌戎为主体的西王母国的势力已经发展到了甘肃平凉、泾川一带的泾河中上游。刚刚诞生的豳国西面是西戎,北面是戎狄。这些游牧部族与公刘领导的农耕部族之间摩擦不断。作为防范和外交策略,公刘在分析西戎和北部戎狄状况后,采取和戎拒狄战略。他在豳国北面庆阳境内修筑三城,防御戎狄进犯,同时实行全民皆兵政策,家家男子都配有兵器。这些兵器平时交部落君长保管,戎狄来犯时分发到人,全民参战。

北方狄族可以用刀枪抵御,但西北的戎族却可以修好。这种背景下,公刘和儿子庆节溯泾河而上,带着豳国生产的粮食种子,去西王母国拜访西王母。

据民间传说,西王母在瑶池接见了公刘,并用当地特产梨、桃、杏、枣、核桃等和烧鸡、羊羔肉、马奶饼设宴招待公刘父子。公刘对西王母国的美味赞不绝口。这次会面，双方达成了互不侵犯、互助互利、友好相处的协议。临走时，西王母还向公刘赠送了西王母国产的水果种子和枝条。

国内农业和手工业生产蓬勃发展，北方边境有铜墙铁壁御敌，西北又与西部最大的氏族集团西王母国结成战略同盟，豳国在公刘苦心经营下，朝着国力强盛、经济繁荣的未来走去。

七月流火，九月授衣。一之日觱发，二之日栗烈。
无衣无褐，何以卒岁？三之日于耜，四之日举趾。

这就是《诗经·豳风·七月》所记述的当时豳国人的生活。

这些在公刘带领下一步一个脚印，在泾河中下游高原丘壑之间建立起自己国家的豳国人，一年四季生活得井井有条、有滋有味：农夫们一年忙到头，男人所干的工作是耕种、打猎、酿酒、凿冰、修缮房屋、准备祭品；女人们则采桑养蚕、纺绩染色、缝制衣服。而那些部落统治者过着夏绸冬裘、酒醉肉饱的奢侈生活。每至岁末年初，部族还要杀猪宰羊，在公堂举行隆重的庆贺酒会，祝贺自己的首领"万寿无疆"。

公刘开创的古豳国的繁荣胜景，一直延续到公刘之后十代子孙，前后持续三百多年。直到古公亶父再次南下，带领族人迁徙到紧邻渭河的岐山，这种悠闲自在如世外桃源的生活才宣告结束。

一路沿着泾河走来的公刘，死后还是选择了葬在泾河岸边。

我们不知道这位古豳国的开创者是什么时候去世的，但他的古陵墓，还静静卧在陕西省彬县东南部龙高乡土陵村的龙高塬与莽莽群山环抱的山谷深处。高高隆起的公刘墓北面，是龙高塬上绵延起伏的高丘和掩映在丘壑之间的村落，东西两面则是高山矗立，重峦叠嶂。遮天蔽日的群山与高大古墓相拥相望，映照生辉的古老泾河在古陵冢南面环绕漾洄。四周莽莽苍苍，雄矗如屏的群山和高原在墓冢前突然收住脚步，一片平坦开阔的山间平地将古木苍然的陵寝抱在怀里。夕阳氤氲，弥漫山谷，大地寂静，万物肃然，山水环绕，蟠龙护佑。拥挤在古豳地的高山峡谷，好像是有意为这位一生呕心沥血的豳国第一代国君留出了这一片安静开阔之地。

民间有一种说法，说公刘死后，两个女儿用衣襟包土，携着酒壶，准备渡过泾河，封土祭奠逝去的父亲——也就是给父亲墓葬堆土起坟。我国古代葬俗，将墓葬上面堆起的土包叫坟，墓葬上面没有坟包叫作葬。只是为了表示帝王与一般人的区别，就将帝王陵上的堆土不叫坟包，而叫封土。不料，姐妹俩刚从土陵村来到龙高塬下，泾河水突然暴涨，姐妹俩无法渡河，只好将土就地倾倒，将酒洒在地上，然后长揖拜地，与父亲作别。没有想到，第二天，姐妹俩撒在地上的土竟长成两道围绕墓冢隆起的土垄，而洒祭在地上的酒，则变成一泓碧波荡漾的清泉。

根据这个传说，现在龙高塬下、泾河北岸公刘墓上高隆如山的巨大坟包，应该是缅怀这位中国农业开山鼻祖的后人封土祭祀时堆积起来的吧！因为从公刘的女儿准备"封土祭奠"父亲的传说可知，最初的公刘墓应该是只有墓葬，没有坟包的。否则，公刘的女儿怎么会平白无故去"封土祭祀"父亲呢？

道士塔前

与敦煌莫高窟默默对视四十多年后,我才迈着孤寂、怯生的脚步,踏上了朝拜这座肃立在中国西部大漠中央的佛教艺术圣殿的西行之路。

不是不想,而是不敢。几十年来,从画册上、影视里、文字中一遍遍凝视飞天环舞、佛光盛大的莫高窟庞然出世的身影,我脆弱的内心实在太惧怕自己成天奔跑于滚滚红尘的步履,会打扰莫高窟独守千年的那份宁静与圣洁,更怕与道士塔下埋葬的那段让国人至今无奈叹息的伤心史相遇。

最早让我记住敦煌的,不是莫高窟藏经洞的神秘灯火,也不是历朝历代不留姓名的供养人甘守寂寞,在大漠深处开凿洞窟、礼拜佛事的朦胧背影,而是那些身姿婀娜,自古以来就高高飘飞在中国传统文化精神上空的飞天,和那位背负了太多骂名,与莫高窟的辉煌和屈辱息息相关的没落道士王圆箓。一个是莫高窟为人类创造的极尽美丽、善良与自由的精神意象;一个是让莫高窟频遭劫难的千古罪人!创造与毁灭,高尚和卑微,这两种水火不能相容的精神情感,怎么就这么天衣无缝地同时出现在了煌煌盛大的莫高窟了呢?

梦在心里存放久了,脚步就会不由自主加快。

武威过去了,酒泉过去了,包围在浩荡荒漠之间的嘉峪关也过去了。巨大的沙海出现在戈壁尽头。承天接地的沙粒静静潜伏在苍茫大地,仿佛成千上万默默行走在朝圣路上的圣徒:

沉默、虔诚，无悲无喜，坚持不懈地匍匐在西行路上。我知道，进入中国西部这片神秘浩大的沙海深处，就是我谦卑的灵魂多少年来久久遥望，却不敢贸然接近的精神圣地——敦煌莫高窟。

到了敦煌，游完鸣沙山和月牙泉，就匆匆忙忙赶往莫高窟。

通往莫高窟的路上，虽然有一片片的绿洲和村庄，但绿洲过了，村庄过了，还是大片大片沙漠。白晃晃的沙漠围拢在敦煌四周，盛夏灼热明亮的太阳照下来，敦煌一带辽阔无际的沙海仿佛一面横陈在茫茫西部的明镜，映照得敦煌的天空和大地纯洁纯粹，一尘不染。行走在通往莫高窟的沙漠，我能听见匍匐在大地上的沙粒宁静而铮铮有声的呼吸，我甚至还能感觉到满世界的沙粒都迈着和我一样急匆而虔诚的脚步，向莫高窟靠拢。

大地极尽之处，就有大地深沉的呼吸。穿过一片高挺笔直的白杨林，莫高窟出现在了视野里。

如果站在远处凝视，白沙覆盖下的莫高窟不仅没有半点神秘与庄严，甚至让人感到有些苍凉与伤感：从鸣沙山延伸过来的沙漠，一直覆盖到莫高窟顶上。一座苍老的烽火台伫立在空旷蔚蓝的天空下面。三危山对面，莫高窟洞开的一排排洞窟，仿佛一只只可以透穿我们这些沉迷俗世的造访者五脏六腑的眼睛，黝黑深邃，触目惊心。

进入莫高窟，第一个与我相遇的，竟然是那位死后满身骂名的敦煌道士王圆箓。这位被余秋雨描写得目光呆滞、畏畏缩缩的王道士，七十多年前就带着他苦心经营莫高窟三十多年间纠缠不清的功过是非，离开了这个世界，但埋葬一个死后备受争议灵魂的道士塔还在。

那是一座与四周其他僧人圆寂塔没有多大区别的土塔，状似一只倒立葫芦，兀立在莫高窟山门入口处最显眼的地方。多年前读余秋雨的《道士塔》，我印象中的王圆箓，应该属于那种不齿于人类的奸佞小人。不曾想到，浑身涂满泥巴的塔身深陷处，镌刻在那方虽然有两道细细裂纹，却文字清晰的墓碑上的《太清宫大方丈道会司王师法真墓志》，竟将王圆箓描写成一位不仅修行上功德圆满，而且对敦煌莫高窟立下不朽功劳的功勋！

  历史的烟云，有时弥漫在灯光昏暗的黄昏，有时飘浮在阳光灿烂的黎明。要看清真相，只有拭去尘封在时光上面的尘埃和污垢，才能分辨真伪。夫人和女儿争相以莫高窟为背景拍照，我正好俯下身来，细细品读1931年王道士弟子为这位备受争议的敦煌道士撰写的碑文：

  民国廿年古七月卅日，为吾师王法真仙游之百日，门弟子咸愿碑记行略，请命绅耆，众皆曰"可"，何幸如之。夫吾师，姓王氏，名圆箓，湖北麻城县人也，风骨飘然，尝有出世之想。嗣以麻城连年荒旱，逃之四方，历尽魔劫，灰心名利。至酒泉，以盛道道行高洁，稽首受戒，孳孳修炼。迨后云游敦煌，纵览名胜，登三危之名山，见千佛之古洞，乃慨然曰："西方极乐世界，其在斯乎？"于是建修太清宫，以为栖鹤伏龙之所；又复苦口劝募，极力经营，以流水疏通三层洞沙。沙出，壁裂一孔，仿佛有光，破壁则有小洞，豁然开朗，内藏唐经万卷、古物多名。见者惊为奇观，闻者传为神物。此光绪廿五年五月廿五日事也。呜呼！以石室之秘录，千百年而出现，宜乎？价值连城，名驰中外也。观其改建三层楼，古汉桥，以及补葺大小佛洞，积卅余年之功果，费廿多万之募资，佛像于焉庄严，洞宇于焉灿烂，神灵有感，人民受福矣。惟五层佛楼规模粗具，尚未观厥成功。陆前县长嘉其功德，委为道会司以褒扬之。今者羽轮虽渺，道范常存，树木垦田，成绩卓著，道家之香火可继，门徒之修持有资，实足以垂不朽而登道岸矣。夫何必绝食炼形而后谓之飞升哉。

千佛洞太清宫徒子赵明玉、孙方至福稽首谨志

"神灵有感，人民受福"——是王道士弟子心怀私情，省略了这位被余秋雨斥为罪不可恕的历史罪人的种种劣迹，还是后人在藏经洞文物散佚这件事上过于责备王道士了？面对整修后墓碑上镀过金粉的黄金文字，我陷入了沉思。

王道士到来的时候，莫高窟这座丝绸之路上的佛教圣窟已经香火稀渺，惨败不堪。在20世纪初那个烽火连天、战乱绵延的年代，中国正面临生死存亡的苦难抉择。一座被人遗忘在大漠深处的石窟寺的荒芜衰败，本不是什么大事。没有人礼佛，清政府照样四处征讨逆贼；没有人诵经，卖国贼照样向洋人割地求和。在一个民族生存都成问题的时候，还有谁在乎人的灵魂和精神世界？

如果王道士不来也就罢了，即便来了，这位心比天高、命比纸薄的道士不急于在他梦想中的宗教世界成功成名，"极力经营"，大兴土木；藏经洞秘密如果不暴露在这位心怀不合时宜梦想的道士面前，那么斯坦因、伯希和、吉川小一郎、华尔纳这些文化暴徒和骗子，也就不至于如一群疯狂的苍蝇闻风而至，对这座东西方智者以一千多年心血与智慧共同构筑的文化瑰宝，

进行肆意掠夺和践踏！偏偏是在中国历史上只需要战乱和杀戮，不需要良知和思考的年代，莫高窟迎来了这位没有多少文化，却"孳孳修炼""尝有出世之想"野心的王道士。错误的时代和错误的机遇，让一个孤陋寡闻的道教修炼者，成了一座举世罕有的人类艺术宝库的主宰和掌门人，莫高窟的劫难在所难免。

没有发现藏经洞之前的王道士，仅仅是一位忠实的道教信奉者。他省吃俭用，四处化缘，"苦口劝募"，用一点一点积攒起来的微薄收入，修补洞窟，清理淤沙，并用仅有的一点宗教知识教化百姓，发展信徒，使不知从何时起就香火断绝、人迹罕至的莫高窟重新响起了悠扬的诵经声，使曾经死寂阴森的莫高窟上空再度升起袅袅香烟。王道士在试图将莫高窟改造成道教圣地的同时，甚至还用积攒起来的香火钱为佛祖重塑金身，并建起一座供和他一样的道家弟子修行的三清殿，表现得像一位尽职尽责、恪尽职守的出家人。在1897年来到莫高窟的最初一段时间，王道士将全部精力和积蓄，几乎都用在了清理荒芜废弃的洞窟，维修坍塌佛龛上。仅清理藏经洞所在的十六号洞窟淤沙，王道士和雇佣的民工就花了整整两年时间。如世人都知道的事实和道士塔墓志铭所描述的那样，藏经洞发现后，如果不是出于经济上的窘迫和保护上的无能为力，致使大量珍贵文物流失、散佚，王圆箓应该不失为一名虔诚而且有功德的修行者。至于发现藏经洞后，英国人斯坦因用二百两碎银换走了二十四箱敦煌写本和五箱其他艺术品；法国人伯希和以六百两银子的代价得到一万多件敦煌文书；以及作为莫高窟管理者，王道士眼睁睁看着俄罗斯人奥尔登堡掘地三尺，盗走本来已经惨败不堪的藏经洞内残留的一万多件文物碎片等等，我们尽可以像余秋雨那样，将"畏畏缩缩""卑微""渺小""愚昧"，甚至更恶毒、更脏更臭的祸水都泼到这位愚蠢得近乎可恨，愚昧得实在可怜的王道士身上。然而，指责王道士的罪孽，就能减轻一个时代，甚至一个民族的罪责和责任吗？

在幽暗如沉沉黑夜的藏经洞前，当讲解员用极其轻蔑的语言描述这位湖北麻城人如何目光呆滞、如何愚昧无知地和来自东西方的盗贼讨价还价，像处理废品一样出售藏经洞文物情景时，不知怎么回事，我竟对那位曾经死心塌地独守空寂，渴望功德圆满的王道士产生了深深的怜悯和同情。

我在照片上看到的王道士骨瘦如柴，形如枯槁，的确就是那个连吃饭都成问题的年代中国农民的形象。尽管弟子在《太清宫大方丈道会司王师法真墓志》里将他描写成一位几乎已经抵达彼岸，飞升成仙的圣人，但王道士的所作所为，所思所想，以及目不识丁的学养，注定他最多不过是一位对道家道义心怀梦想的道士，或者一位一开始还能恪尽职守的莫高窟守门人。

王道士也是生不逢时。他来到莫高窟的时候，大帝国已经形同走尸。北京城里明火执仗、强词夺理要求割地赔款的各国列强，大摇大摆出入紫禁城。在遥远的西北大漠深处，一个手无缚鸡之力的清贫道士，又有什么能力承担起保护一座人类艺术圣殿的责任呢？一个国家、一个民族将保护全人类精神遗产的重任推脱到一个大字不识，又没有任何经济来源的农民身上，这对自古就以泱泱大国、文明古国自居的中国来说，无论如何是讲不通的。

我手头还有一份资料说，华尔纳第二次来敦煌用洋布和树胶粘盗莫高窟二十余幅壁画时，当年在北京大学工作，后来成为著名陶瓷专家的故宫博物院研究院研究员陈万里随行。面对强盗明目张胆的抢掠，这位曾和钱玄同、胡适一起共过事的大文人，也只能眼睁睁看着华尔纳明火执仗，并在1925年5月10日的日记中写下"翟荫君在肃州复新雇一周姓木匠，同人咸呼之为老周。老周前年曾随华尔纳、翟荫二君赴肃州北黑城子及敦煌佣工数月。今日告我华尔纳君在敦煌千佛洞勾留七日，予道士银七十两，作为布施。华经洋布和树胶粘去壁画得二十余幅，装运赴京，周之助力独多，特附记于此"一类轻描淡写的文字了事。就是那位受朝廷委任，主持甘肃院试的提督学政、金石学家叶昌炽，也因为运费昂贵，在颁布一道让当地官员将藏经洞经卷文物运送省城兰州保管的诏令后，就再也没有过问藏经洞文物的生死去向。

　　清王朝岌岌可危，朝廷要清剿叛逆，各级官员要贪污腐化，还要支付外国列强巨额赔款，当时国库的银两大概也确实够吃紧的吧？但一个国家再穷，也能养活几个清贫乐道的出家人吧？国库再空，总不至于连从酒泉到兰州的几辆马车都雇不起吧？还有更让人想不通的：1908年，法国人伯希和从王道士手里骗到大量文物经卷，不是直接运回家，而是招摇过市，一路大摇大摆运到北京，在大清帝国京城的六国饭店举办一次盛况空前的展览后，才如入无人之境地浩浩荡荡运出境外。我不知道在京城被邀请参加展览的达官贵人、当代文宗，还有没有人发出过一两声呜呼哀哉的喟叹呢？将近三十箱国宝级文物毫无遮拦地从大清帝国口岸出国，当时的海关哪里去了？保卫大清帝国安危和尊严的军队哪里去了？

　　面对大量国宝一次又一次被劫持、偷盗，当朝名流视而不见，政府官员助纣为虐，甚至参与私分抢劫，我们还能苛求一位没有社会地位，没有权势，不仅身无分文，而且目不识丁的道士用孱弱的躯体保护一座人类艺术圣殿和一个民族的尊严吗？

更何况，为了争取政府伸手保护藏经洞文物，从1900年发现藏经洞，到1907年斯坦因第一次来到敦煌攫走第一批经卷文物的七年间，王道士从来没有放弃过保护藏经洞文物的努力。他形单影只，奔走呼吁，苦苦求助，换来的却是养尊处优的官吏的冷眼，以及官府遥遥无期的空头许诺。我猜想，当王道士骑头干瘦毛驴，顶着凌厉的大漠风沙来往于酒泉、敦煌之间，请求当权者保护藏经洞的乞求一次次落空后，内心一定充满了越来越巨大的悲哀、失望和绝望。日复一日，年复一年，官员的冷漠，朝廷的熟视无睹，修缮莫高窟经费的捉襟见肘，最终使王道士内心燃烧的宗教情绪一天天幻灭，也迫使他保护藏经洞经卷的热情一点一点地消减、退潮，甚至走向毁灭。当王道士所有努力付诸东流的时候，历史终于将一位原本还有自己宗教理想和追求的普通道士，逼到了风口浪尖上。于是，卖国者、千古罪人、奸佞小人这些与人格和人品相关的诟骂，伴随着与斯坦因肮脏交易开始，成了王道士后半生无法洗刷的孽债。

王道士毕竟仅仅是那个特定时代一位普通的中国农民，一位只有想法，没有学识和见识的出家人。他本来就不是圣贤，让他成为同时代铁肩担道义的谭嗣同、康有为那样的烈士和哲人，太有些强人所难了。他一生在敦煌的所作所为，大部分时候只是以一个普通人的良知和普通道教徒的心理来决断是非，采取行动。如果不曾发现藏经洞，王道士可能仅仅是莫高窟成百上千修行者中没有人知道姓名法号的其中一位；发现了藏经洞，如果王道士不是遇上那个气息奄奄的没落时代，没有斯坦因之流的到来，而是完完整整地将敦煌经卷保留给后世，人们又将如何评价这位形象猥琐的敦煌道士呢？

偏偏就是这位无知也无能的王道士，生在了朝不保夕的清代末年，这既是他本人的不幸，也是敦煌的不幸，更是中华民族的悲剧。所以伫立在道士塔前的那一刻我就想，将一个时代的悲剧强加给一个有时连自己的生存都成问题的普通人身上，不仅有失公道，而且不近人性！

我既不为王道士辩护，也不否认历史真相，只是一遍又一遍地质问，在一个国家、一个民族面临劫难的关头，我们的政府哪里去了？我们的文化精英和国家栋梁到哪里去了？

如果不怀有偏见，我们可以发现藏经洞打开的一瞬间，王道士并非如余秋雨所描写的那样，表现得如见利忘义的小人，两眼泛着绿光，为突然降临他面前的数以万计的文物有了斯坦因之流的买主而欣喜若狂。真实的历史是，王道士最初向洋人廉价出卖经卷文物，是在一个国家、一个政府放弃对自己民族的精神家产的保护权之后。即便是已经将一部分文物出手后，王道士还是没有放弃向政府求助的努力。1909年，也就是在他亲手向斯坦因和伯希和倒卖大量经卷的第二年，在罗振玉等人跟朝廷催要的购买藏经洞经卷资金被敦煌县政府截留后，王道士甚至以一介贫道之身，直接向朝廷呈递了《催募经款草丹》的请款文书。1910年，清政府迫于各方压力，将藏经洞残余文物运往北京。然而在去京城路上，大量经卷丢失损坏，王道士心如刀绞。他在向1914年第二次来敦煌的斯坦因诉说当时的愤怒心情时说，早知道那些珍贵经卷落入官府之手遭遇如此悲惨命运，还不如当年将它全部送给斯坦因。

这句王道士对政府官员极度绝望和愤怒的表白，被斯坦因记录在他的《斯坦因西域考古记》里，成了掩盖他强盗和骗子行径的证据。

挖盗楼兰古国后闻风而至的斯坦因刚到敦煌的一段时间，

王道士避而不见，试图搪塞过关。可他哪里知道，斯坦因是一只狡猾而贪婪的狼，有的是时间和耐心。在苦苦等待两个月后，斯坦因终于从当地官吏那里知道，王圆箓虽然是道教徒，心中的宗教偶像却是玄奘。于是他就编造出自己也是玄奘的崇拜者，此次来敦煌，就是沿着玄奘取经的路线进行考察活动的谎言，并在当地官员帮助下，以"布施功德"为名骗取了王道士的信任。

我猜想，王道士打开藏经洞，第一次向斯坦因出售自己苦心守护七年时间的经卷文物的时候，手一定在颤抖，心也在狂跳，干瘦的额头还渗出了粒粒冰冷的汗珠。而绝对不会如余秋雨臆想的那样，在得到斯坦因二百两白银之后，王道士像小丑一样向斯坦因鞠躬点头，感恩戴德地送了一程又一程。

也许，和斯坦因最初的交易，是王道士出卖经卷时唯一惶恐不安的一次。交易是在青天白日下进行的，斯坦因手中不仅持有清政府颁发的护照，而且有当地高官陪同，身后还有沙洲营参将派的士兵壮声势。无论从哪个方面看，他们之间的交易，更像大清帝国支持保护下进行的光明正大的外贸生意。王道士内心的恐惧和惊恐，来自他的内心和良知。接过斯坦因递来的二百两银子的那一刻，王道士应该是感到一股冰凉的冷气突地一下，从脊梁蹿到了头顶。昏暗中，他感到满洞窟佛祖的目光正紧紧盯视着自己卑微肮脏的内心。然而，官府已经让他绝望，他是唯一守护这座石窟寺院的孤家寡人。没有这些碎银，哪里有钱修建三层楼？哪里有资金看护寺庙，为那么多还在坍塌毁坏的佛像塑造金身？

硬着头皮，强压着内心的恐惧和负罪感完成与斯坦因第一次交易后，王道士混混沌沌，从莫高窟的保护者向人类精神圣殿的戕残者走去，朝着历史罪人和敦煌宝藏的葬送者迅速滑落下去。接下来，法国人伯希和来了，日本人橘瑞超、吉川小一郎，俄国人奥尔登堡和美国人华尔纳也来了，偏偏官府收购经卷的资金和官员没有来！王道士的精神和情感的堤坝彻底崩溃了。这时的王道士，已经跟那位兢兢业业、守护石窟的出家人判若两人，完全变成一个失去理智的狂人或者自暴自弃的疯子。他不仅习惯了心安理得地跟掠夺者讨价还价，甚至在面对伯希和毁坏壁画的时候，已经变得麻木不仁，没有任何反应了。

一车又一车的经卷、文物和壁画切片，经过他手，穿过戈壁荒漠，被运往法国、英国、美国、日本和俄罗斯。喧哗的车队走了，藏经洞变空了，莫高窟又恢复了往日的岑寂，王道士内心却一片空白……

从佛光庄严、飞天曼舞的洞窟出来，七月的敦煌依然阳光灿烂。那座经过多次维修的道士塔，沐浴在明亮的阳光之下，像一个倒立的惊叹号，木然地伫立在游人如织的莫高窟入口处，默默诉说着一个既高尚又卑微，既伟大又猥琐的灵魂的命运，以及他所处的那个时代的悲哀与伤痛。

离开莫高窟的路上，我碰见一位身穿猩红僧服的老僧人拄着拐杖，佝偻着身子，背着沉重的行囊趔趔趄趄往莫高窟而去。老僧人虽然艰难却执着坚定的步履，又让我想起满身骂名、充满争议的王道士——一个错误的时代，一个错误的机缘，让王圆箓与一座人类文化宝库相遇。王道士用他一生大概没有沾过一滴墨迹的双手将莫高窟几近熄灭的文明灯火点燃，又由他迅速亲手熄灭。这到底是王道士个人的悲剧，还是一个民族，或者那个特定时代的悲剧呢？

离开莫高窟的路上，我陷入了久久的深思。

翻阅手头资料，我才知道王道士晚景很凄惨。

为了躲避1923年华尔纳再次盗取莫高窟壁画引起的公愤，风烛残年的王圆箓不得不装疯卖傻，东躲西藏度过余生。王道士死后，他的几位忠实信徒在现在道士塔的位置，为这位个人命运和莫高窟荣辱悲欢紧紧连在一起的师傅建造了一座木塔，并撰写了《太清宫大方丈道会司王师法真墓志》的墓志铭。奇怪的是，王道士的墓碑只有立碑者姓名和碑文，却没有碑文撰写者署名。也许是因为为他立碑的信徒也清楚，他们可以在碑文里省去师傅后半生犯下的不可饶恕的罪孽，但历史既会记住王道士为莫高窟做出的贡献，也绝不会饶恕他晚年给莫高窟留下的永远难以愈合的伤口的缘故吧？

人格的利剑

走到一个地方，我已经习惯了先回想这地方是否有我熟知的人和事，然后才去寻找我渴望看到的山水风光：山川大地再美丽壮观，毕竟过于沉默和生硬。只有人的存在，才能让腐朽恢复生机，使沉默僵硬的巨石表现出铁骨铮铮的性格与精神来。

我所赖以栖身的天水建城史，可以上溯到公元前668年秦武公首创县制。现在，这里和中国其他地方一样，已经是一座俗不可耐，没有特色，也没有性格的城市。但在汉唐以前，这里出现的李信、李广、姜维、苻坚，都是人格凸现，掷地有声的钢铁汉子。另外还有一位是文人，那就是以一篇《刺世疾邪赋》至今让中国文化人汗颜的东汉辞赋大师、书法评论家赵壹。

据《后汉书》记载，赵壹是西秦岭北坡天水一带人。他为人襟怀坦白，爱憎分明，因不合世俗，屡遭陷害，几乎被官府杀头，多亏知交营救方幸免于死。赵壹在一首自白诗里是这样介绍自己的：

> 壹也本西县，状貌徒磊砢。
> 其才固难得，行有所不可。
> 世有讵能掩，而尔辄自我。
> 既欲焉得刚，所守实未果。
> 抵罪当至死，其中逐水火。
> 一为人所活，上赋何琐琐。
> 为文好讥骂，恶吻事掀簸。
> 逢陂与规辈，次第滋尔祸。
> 无成困乡里，伛僵老愈巨。
> 何烦遣相视，器识自幺麽。
> 余因守汉中，作诗揭蓥左。
> 劝君莫学壹，学壹终坎轲。

用现在的话来说，赵壹就是当时的持不同政见者。他落拓狂狷，恃才倨傲，特立独行，眼睛里容不得半粒沙子，一生都在与邪恶作不妥协的斗争。

第一次读赵壹的《刺世疾邪赋》，是在30年前上大学中文系的时候。

我的古汉语老师张平辙是四川人，人却长得高大魁伟。"文化大革命"前的大学毕业生，过早经历的政治磨难和贫寒家境，已经让他对人间世事彻底失望，以至于一位教古典文学和古汉语的老师已经将研究方向转向了佛学。古代文选里许多著名篇章，他都简单点评几句便一掠而过，唯独对赵壹的《穷鸟赋》和《刺世疾邪赋》偏爱有加，不惜用6个课时精研讲授。我至今犹记得张老师授课的时候对赵壹不肯结交权贵，憎恨黑暗政治，一辈子都与趋炎附势的势利小人为敌的人格品性膜拜推崇的表情。讲到赵壹熠熠闪光的人格力量时，他说："赵壹就是那个时代正义和良知的象征，是插在世风日下、政治腐败的东汉末年统治者和邪恶势力心脏的一把利剑。在朝政混乱，道德沦陷的时代，有良知的知识分子应该是勇士，是受难的基督和普度众生的菩萨！"

于兹迄今，情伪万方：佞谄日炽，刚克消亡。舐痔结驷，正色徒行。妪媮名势，抚拍豪强。偃蹇反俗，立致咎殃。捷慑逐物，日富月昌。浑然同惑，孰温孰凉？邪夫显进，直士幽藏。

时隔多年，再一次打开上大学时曾经烂熟于心的《刺世疾邪赋》，我的双目也被赵壹那破穿千年云雾却依旧犀利闪烁的人格光芒刺疼了。世风日下，人心飘浮，本是人世间演绎进化的常理。然而无论怎么沉沦，多么黑暗的时代，人类社会总还是需要一种良知和正义的声音，为那些迷途的羔羊、趋炎附势的庸俗小人，以及利欲熏心的权贵警醒，提示并标榜一个纯洁温暖人文世界的存在。

屈原、嵇康和鲁迅，就是这种声音的化身。

赵壹更是为了正义和良知，把自己的肉体和精神自觉地放到刀斧之下、烈火之上逼问拷打的先驱和烈士。在世风日浊、黑夜沉沉、民不聊生的东汉中后期，赵壹以自己凌空高蹈、锋芒毕露的人格，展示并标榜了中国知识分子应该持有的警世醒人的人格立场。

中国传统文化是一种以自我为中心的本位文化。

中庸之道、明哲保身、修身养性、自我完善，几乎是所有历史上成功文人的经验之谈。故弄玄虚，待价而沽，对时局政局絮絮叨叨后面所隐藏的真实心理，其实是期待当权者、统治者能够重视他、重用他。还有一些人以文化为商标，专门从事出卖良心、背叛真理、戕残善良的罪恶勾当。更多的人则以退避、忍让的方式苟且偷生，并在万般无奈的情况下自暴自弃，颓废自残。

　　达则兼济天下，穷则独善其身。

我不知道历史上的中国到底有多少人靠这句话既在当世享受了荣华富贵，又在后世留下了千古传唱的美名？仔细想起来，这种人还的确不少。

然而，道德的沦陷是人类万劫不复的灾难。既然刀斧已经架在了每一个人头上，你又能躲到哪里？退避到何方？至于那些善于看风使舵的所谓"明智之士"，在社会和老百姓最需要的时候却落荒而逃，暗暗盘算自己的小日子去了，这样的知识分子，有了他，又有何用？

与生活在东汉早期的班固相比，赵壹一生经历了顺帝、桓帝、灵帝以来东汉历史上外戚专权、宦官当政登峰造极的时代。政治黑暗，世人趋利，文士穷途的现实遭际，把赵壹逼到了一个与当朝统治者完全对立的立场。穷其一生，赵壹既然不曾经历东汉初年昙花一现的升平,也就不曾像因极尽浮华之辞的《两都赋》名冠朝野的班固那样,沦落成歌唱"海内清平,朝廷无事"的御用文人。于是抨击时弊,桀骜不驯,就成了赵壹与那个腐朽、没落的时代斗争、血战的生活方式。

自然,赵壹也为此付出了一生的代价。

公元166年,与宦官从往甚密的算卦先生张成纵容儿子杀人,坚持和宦官集团斗争的司隶校尉李膺将张成之子逮捕。为了清除异己,宦官集团指使张成弟子控告李膺结党营私,诽谤朝廷。汉桓帝从宦官那里抓住把柄,大兴党锢之狱,朝野上下,凡与李膺有来往者、抨击宦官、横议朝政者均被株连。一时之间,全国200多人被投入监狱,赵壹自不例外。早已对赵壹恨之入骨的奸邪小人乘机落井下石,企图置赵壹于死地,幸有朋友鼎力相救,方幸免于难。在《穷鸟赋》里,赵壹是这样描写自己当时的处境的:

> 有一穷鸟,戢翼原野。毕网加上,机蔀在下,前见苍隼,后见驱者,缴弹张右,羿子彀左,飞丸激矢,交集于我。思飞不得,欲鸣不可,举头畏触,摇足恐堕。内独怖急,乍冰乍火。

"学而优则仕"是中国传统文人的终极理想,唯有赵壹则是例外。他与污浊、混乱的社会现实格格不入,一生官位最高的时候也只干到相当于现在地方统计员的汉阳计吏。由吏到官,对于才思过人的赵壹来说,本来只有半步之遥。如果不是从行为和思想上标榜、塑造并维护"宁饥寒于尧舜之荒岁,不饱暖于当今之丰年"的人格立场,以光和元年(178年)京师之行所表现出的才华、风度、社会影响，赵壹只要稍事趋炎附势之劳，放弃一点点立场，由一名区区郡吏到名播朝野的宫廷文人，甚至跻身东汉末年庞大官僚贵族之列的道路，本来就可以轻而易举地洞然打开。然而，这位"体貌魁梧，身长九尺，美须豪眉，望之甚伟"，名显于当世的狂狷之才在世人皆醉的时代怀恋并向往的，是春秋战国时期的名士风度、特立独行的高洁人格。

公元178年，时任汉阳郡计吏的赵壹，到京城洛阳汇报工作，相当于当朝宰相的司徒袁逢接见与他同时进京的地方计吏。一进朝堂，数百平日对部下趾高气扬的各地计吏立即拜伏庭中，连头都不敢抬。唯独身高九尺、长髯拂胸的赵壹站在跪拜人群中，只向司徒大人袁逢行长揖之礼。袁逢下属颇为不满，厉声叱问赵壹见了当朝司徒为何不下跪。赵壹面无惧色，振振有词地说："当年郦食其见汉王，也只是长揖礼。我今天对三公行长揖礼，有何怪哉？"

对赵壹的才华，袁逢早有所闻。朝堂之上，赵壹独立出众的风采、凛然不凡的威仪，反而赢得了这位盛极一时大人物的敬重。袁逢立即整衣下堂，拉着赵壹的手，向满朝文武百官高声介绍说："这就是汉阳郡赵元叔，他的才华，你们满朝文武百官没有能够超过的。"

京师一行，可以说是赵壹潇洒人生从行为上表现得淋漓尽致的时期，如果稍行随波逐流、逢迎讨好，他的人生境遇转瞬间便会发生翻天覆地的大逆转。然而，崇尚个性、不慕权贵的赵壹依然我行我素。从洛阳返回途中，赵壹破车草遮，与同行各郡计吏豪车华帷形成了鲜明对比。让同僚们意想不到的是，赵壹拜访河南尹羊陟时，这位在当时已经名显朝野的当朝名士一开始显得十分傲慢，但与之攀谈几句后羊陟立即被赵壹的才华和机智折服。羊陟不仅连连慨叹与赵壹相见恨晚，第二天还回访了赵壹。据《后汉书·赵壹传》描述，羊陟和赵壹在露宿郊外的柴车草帘旁席地而坐，开怀畅饮，纵论历史时事，直至夕阳西下。

汉灵帝光和元年（178年）的京师之行，让这位狂傲不羁的"天水名士"一时之间名震京城，成为当朝士大夫追捧的偶像。袁逢和羊陟两位大人物同时向朝廷举荐赵壹，各地州郡争相聘请他去做官。然而，这时的赵壹却表现出异常的冷静："州郡争致礼命，十辟公府，并不就。"本来就与法纪颓败、肮脏黑暗的官场水火不相容的赵壹，哪里都没有去。京师之行，让赵壹更加清醒地意识到，宦官当道、外戚专权的东汉政府，其实就是一具全身溃烂的腐尸。它需要的是善于投机钻营，搞阴谋、玩权术，对上阿谀奉迎，对老百姓敲骨吸髓的帮凶，根本不需要治国英才；"文籍虽满腹，不如一囊钱"，才是那个时代最本质的社会现实。于是，在经历了转瞬即逝的虚幻辉煌之后，赵壹又回到了人生追求的本初：几月后，对他欣赏有加的羊陟卷入党锢之案被免职。赵壹在眼看着自己对朝廷最后一丝希望破灭之后，便辞去那个小小的汉阳郡计吏，回到西秦岭北坡老家，潜心写作，继续他与邪恶为敌，与那个腐朽没落时代作战的事业。

这时的赵壹已经对无药可救的东汉王朝不抱一丝幻想。既然不能挽救这个灵魂与肉体都长满蛆虫的政体和时代，赵壹也只能如后世的鲁迅一样以笔为枪，孤独地坚守自己为自己设置的精神高地。于是品高独行，标新立异，臧否人物，指点江山，既是赵壹与那个腐朽没落的社会对峙的一种方式，也成了东汉末年漫漫长夜闪亮的唯一一盏绽放良心、道义和正义光华的灯盏:"故法禁屈挠于势族,恩泽不逮于单门。宁饥寒于尧舜之荒岁兮,不饱暖于当今之丰年。乘理虽死而非亡,违义虽生而匪存。"

时隔1800多年,《解摈赋》所昭示的高蹈人格与理想光芒,读起来依然让人心灵震颤、热血沸腾、心旌激荡。

赵壹是在自己老家去世的。

汗牛充栋的中国史籍,既没有留下赵壹死的年份,也不曾记录他出生的时间。然而,一生都在追求光明,向往公平、公正、自由,并坚持与黑暗、邪恶为敌的赵壹独立高标的人格品行,却像一把良心、道义和正义的利剑,自古及今,寒光四绽,锐气逼人,让所有苟活者汗颜,使邪恶丑陋的灵魂无处匿身。

赵壹所处的"佞谄日炽,刚克消亡。舐痔结驷,正色徒行"时代已经过去,然而美与丑、善与恶、高尚与卑劣的较量从来就没有从人类社会的大舞台退场。难道,我们就不需要这样一把利剑,警醒我们的道德、良心吗?

流亡路上的杜甫

2004年夏天,我秦岭之行的第一站之所以选择从甘肃徽县开始,是因为这里有唐代两位大诗人——李白、杜甫浩叹过的青泥岭古蜀道。

上有六龙回日之高标,下有冲波逆折之回川。黄鹤之飞尚不得过,猿猱欲度愁攀援。青泥何盘盘,百步九折萦岩峦。扪参历井仰胁息,以手抚膺坐长叹。

早年读李白的《蜀道难》就想,如此高峻险绝的蜀道,非在求生绝境之际,一般人是绝对不可能问津的。

李白是没有到过徽县境内的青泥岭的,但诗人神奇高标的想象翻越青泥岭古道时,却同样感受了青泥岭的雄奇险峻。不过,杜甫倒是在老病残身之年携妇将雏,一步一步从莽林遍地、悬崖万仞的青泥岭古道到达四川的:

朝行青泥上,暮在青泥中。泥泞非一时,版筑劳人功。

我不知道满怀失望,甚至早已对自己的前途和命运充满绝望的杜甫,在罹遭秦州投亲的失望之后,到底是抱着什么样的梦想往成都而去的。仅仅从这首诗描写一家人于冷风凄雨中翻越青泥岭的艰难情境中,我们既可以体会到青泥岭的艰险,又可以感受到诗人有气无力跋涉于遍地泥泞、险途漫漫的青泥岭古道的凄凉心境。

我到达徽县县城的那天,天气格外晴朗。被当地人称为铁山的青泥岭如一只张开的巨手,直棱棱挺立在蓝天与群山之间。盛夏凌厉纯粹的太阳照射到青泥岭铁青色的山峰上,我能够感觉到一股幽幽的凉意自青泥岭高出天地的山巅上扑面而来。

在东西绵延1600多公里的秦岭山脉中,青泥岭自然算不上最高矗、最雄奇的山峰了。然而,在宋代开通凤州至过去曾被称为河池的徽县的白水路之前,青泥岭绝对是由四川到甘肃和陕西,翻越秦岭的古蜀道中最险绝的一条了。

我这次秦岭之行所看到的包括褒斜道、连云道、傥骆道和子午道在内的几条古蜀道，一般都是沿纵横在绵延山岭中河谷逶迤北上的。连云古道北段大散关附近的黄牛铺、红花铺一带虽然山路漫漫，终究还可以攀缘北上。至于在秦岭北侧姜清河源头天开一线的大散关，尽管奇峰林立，沟壑幽深，山谷之间也尚有攀依落脚之处。而青泥岭西侧绵延数十里的古道，一路都在怪石嶙峋的荒山野岭之间缠绕，到了青泥岭主峰南坡，如斧劈刀削的山峰下面，便是滔滔嘉陵江。所以就是在与杜甫翻越青泥岭时隔将近1600多年的今天，这里仍然是徽县境内人迹稀少的偏远之地。

杜甫由秦州入川的路线，大体是从同谷进入徽县，经栗亭，逾木皮岭，然后翻越青泥岭进入现在由汉中市所辖的略阳县白水江镇，然后渡白水江南下的。

走青泥岭古道，杜甫当年拖家带口，全凭的是已经被人生重担折磨得有气无力的两条腿，而且是在万般无奈的情况下，不得不选择这条至今被当地人称作"鬼不下蛋"的路径，完成他无奈人生的最后一次大撤退的。从秦州"草木未黄落，况闻山水幽"的八月悲秋出发，跋涉于荒无人烟的青泥岭古道，早已老病残身的杜甫，那种孤苦无助、举目茫然的悲凉心境，是可以想象的。

我乘坐的北京吉普一出县城，便一路狂跳乱舞地颠簸着在秦岭西部南坡的群山峻岭间爬行。从柳林转上被当地人称作"天池"的峰崖水库，在高低起伏的山岭之间盘旋的山道，便很难寻找到一段可称之为路的地方了。巨石、巉岩、凌乱而恐怖的荆棘，横七竖八地在我们行进的路上恣肆纵横。司机小王睁圆双眼，直直盯着前方。汽车轮胎在嶙峋的巨石之间左躲右闪，小王甩圆膀子左右开弓扳动方向盘，身子一会儿被颠得抛起来，一忽儿又被重重地摔下，好似在表演一种狂飙劲舞。我屏住呼吸，任车窗外面擦肩而过的山丘和巨岩在颠簸中东摇西晃。

几道弯子颠过之后，我已经辨不出东西南北了。四周都是零乱破碎的山峦，如一张高挂的风帆孤零零矗起的青泥岭主峰——铁山，始终纹丝不动地挺立在天边，泛着冷冷的青光。我们行驶在被称之为路的山岭上，到处蔓延着荆莽，脚下是蜿蜒在石罅与裸露的黄土之间，仅能容得下吉普车两个轮子的山间小道。地势稍微平坦一些的地方，有一堆一堆的土红色的石头。陪同的县旅游局张局长告诉我，我们现在走的这条路，正是当年杜甫走过的青泥古道。路边堆积的红石头，就是铁矿石。青泥岭一带盛产铁矿，所以当地人就把这座在古蜀道上声名远播的山峰称之为铁山。

公元759年以前的青泥岭一带，肯定是古木苍然、猛兽出没的荒蛮之地。山险路滑、泥泞遍地的艰辛且不去说，仅仅是带着妻儿老小的杜甫一大早就起身，于深秋雨季的凉风冷雨中踽踽而行的那种孤寂，也是对这位一生都空怀大志的大诗人心灵的戕残与折磨，更何况茫茫林海前头，还有一座冰冷如铁的铁山在冷冷逼视着清瘦、孱弱的他呢！

"安史之乱"留下的惊恐、秦州投靠侄子杜佐的失望、于同谷山林里捡橡子充饥的凄苦，再到诗人不得不决定冒"哀猿透却坠，死鹿力所穷"之险，沿青泥古道到远在千里之遥的成都寻觅最后的理想之际，杜甫疲惫的内心，肯定贮满了忧伤的泪水。怪石阻途、秋雨绵绵、泥泞满山的秦岭北坡，年迈的杜老夫子负囊携妻，在黄泥翻滚的古道上艰难前行。他的四周是被雨淋湿了的古老山林，他的脚下是自遥远的蒙古高原和黄土高原滚滚而来的黄土凝结而成的青泥岭古道上特有的黏稠的泥泞。飘忽、浓重、阴冷的雨雾，紧紧追迫着如滚动的泥丸一样迟缓推进的杜甫一家老小。秋雨暂时停息之际，丛林里隐约传来的猿啼，几声昏鸦的聒噪，使空旷、寂寥的山岭上那种阴森、恐怖的气氛再一次加重。

夜幕降临之际，天地之间如一块凝固了的铁块，沉重而冰冷。虽然嘉陵江就在铁山后面奔突南下，虽然更遥远的秦岭峡谷里也许还有月光朗照，然而在今夜，在西秦岭的青泥古道上，在一生一世都在追求梦想、为自己的梦想、为祖国的未来歌唱的诗人杜甫的四周，现在是一片黑暗。无望的生活，没有归宿的漂泊，饥饿和疲惫，早已让这位曾经怀有"致君尧舜上，再使风俗淳"的冲天大志的诗人身心交瘁。生活与活着，对于此时此刻的杜甫来说，已经成为最严峻的问题。我不知道在至今都没有几户人家的青泥岭上，杜甫一家是怎样熬过一个又一个多雨的白天和一个又一个阴冷的黑夜的。但我可以理解的是，早在秦州时就把日子过到"囊空恐羞涩，留得一钱看"这种窘困地步的杜甫，面对南下途中无尽的艰险，天天都追迫自己的心灵和肉体的折磨，唯有沉默，唯有咬紧牙关，忍住泪水，带着内心无尽的伤痕和最后的梦想，向他最终的天国梦境——成都而去！

现在的青泥岭，已经没有多少林莽了。稍微平缓的坡地上种满了庄稼，乱石与沟壑之间，恣肆蔓延的荆莽静静地伫立在秦岭上空2004年夏天火热的阳光下。自汉代到北宋仁宗年间开通白水路之前，一直都维系着陕甘川三省翻越秦岭天险的青泥古道遗迹，我们只有从曲折山道间那一排排光滑的青石板上去寻觅——那应该是往来于川陕古道、蜀陇大道的商人、戍边士卒,以及占山为王,伺机打家劫舍的匪徒们行走时留下的痕迹了。

一路上,在无休无止的颠簸中缄口不语的张局长告诉我,当年杜甫是翻青泥岭,渡嘉陵江,然后从略阳经剑门关到成都的。过青泥岭时,杜甫已经贫困潦倒到连吃饭都成问题,既无力雇佣车马佣人,这条路也无法供车辇通行,所以他认为当年杜甫靠步行翻青泥岭,至少也得花三天的时间。

三天的跋涉也许并不漫长,然而从青泥岭回来的这么些日子我却一直在想,在正值北秦岭多雨泥泞的深秋,举目无亲、伸手无钱、老病残身的杜甫,到底是凭借什么力量翻过青泥岭,最终完成他一生最后一次人生大迁徙的呢?

在诗人留给我们的陇右诗中,我没有找到答案;在青泥岭的崎岖山道上,我也没有寻找到答案。

这中间的秘密,也许只有杜甫知道。

我这次寻访杜甫在青泥岭上的痕迹,只能到铁山底下的一座破庙告终。张局长告诉我,如果沿着青泥岭古道继续走下去,有20多里路,就可以到达略阳的白水江。

现在,高大雄矗的青泥岭主峰——铁山已经矗立在我眼前。

这只朝着苍天张开的巨手,这把如一把高高举起的扇子或一柄朝着苍穹刺去的闪着幽蓝、冰冷寒光的利刃,以及杜甫当年在青泥岭漫漫山道上留下的浩叹,已经在我刚刚走进秦岭之际激动亢奋的内心留下了沉重而悠远的回声。我现在还暂时不需要太多的经历,我需要触摸、体会和体验。我渴望从博大浩瀚的秦岭之一隅感受诗人赋予青泥岭的诗意、诗情和精神。在开始这行走之前,其实我早就明了地预知到,正是秦岭的冷酷和冷峻,以及与那些高贵灵魂的对抗与对视,才使它拥有了高出人世的精神意象。

铁山下面的寺院叫太和庵，寺院建筑已经很破败了。小小的四合院式院落里长满了荒草，几块石碑字迹涣散，早已看不出创建年代了。虽然听名字像是住尼姑的佛教寺院，然而墙败瓦残的大殿里，却清一色塑着四大天王之类的神像。几个当地农民在看起来刚刚完成不久的神像前烧香祭拜。问起这寺院历史，中年人含含混混地齐声回答说："好几千年了。"而说起李白和杜甫，一看就知道大字不识的农民却满脸洋溢着光彩，说这村子就是嘉陵镇铁山行政村，古代的青泥驿就在他们村子，杜甫当年也是从他们村子翻过青泥岭到四川的。还说李白也到过青泥岭，过去这寺院里还有一块铁碑，上面写着李白到过这里的内容。

李白来没来过这里的青泥岭，我没有考证。但除了颠沛流离的杜甫费尽艰辛，翻越过这座因山高多雨、泥泞载途的古道外，诗人元稹倒也是从这里翻越青泥岭古道的。面对青泥岭古道的艰险，元稹也曾发出过"岩崅青云岭，下有千仞溪，徘徊不可上，人倦马亦嘶"的慨叹。然而相对于杜甫的为生计奔波来说，既有随从前呼后拥，又有骏马代步的元稹途经青泥岭上的情状，在我看来竟让人有一种游山玩水、故弄玄虚的感觉。所以，当看到在这荒郊野岭的山上，还有这么几位可能一辈子都没有读过一首诗的农民，在俯首拭摸李白和杜甫一千多年前留在这块艰辛之地上的痕迹，我的内心竟倏然涌起了一种感动。

从青泥岭上舒目望去，茫茫群山如一堆一堆高高涌起的巨浪，在阳光朗照的天空下汹涌而去，嘉陵江就从这群山峻岭下静静流过。据张局长介绍，在青泥岭东侧嘉陵江边的悬崖上，过去还有青泥岭古栈道的遗迹。这就是说，杜甫当年翻越青泥岭时,不仅要忍受漫漫青泥岭山道上的泥泞,以及绵绵阴雨的寒冷、漫漫长夜的悲凉,还得穿越悬空横置在山林与江水之上的栈道!

山下是酷热难当的盛夏,青泥岭上却凉风袭人。一路的颠簸,吉普车的电路颠坏了,司机小王屏住呼吸,把车开下了青泥岭时,我们已经是满身汗水。

几天以后,当我从凤县南下略阳时,是一个雨天。迷茫雨雾淹没了嘉陵江上游的西秦岭山脉。火车从青泥岭下经过的时候,雄矗的青泥岭烟雨迷茫,但铁山壁立的背影,依然是那样冷峻、沉重。

伫立在车窗前,望着几天前刚刚造访过的青泥岭,我想如果在这种时候攀登青泥岭,我会不会也徒生出"满目悲生事,因人作远游"的感叹呢?

西部牧马人

冥冥之中,秦人命运和马有一种说不清,道不明的神秘关系。

嬴秦始祖,大业儿子伯益(又名大费)能够获得舜帝信任,被委以协助大禹治水重任并立功受赏,获得嬴姓封赐,是因为曾经担任过专门为舜帝驯养牲畜的官员。古书在说到这件事情时表述得相当简略,只用了"佐舜驯畜"四个字。舜帝是我国上古品德和功绩都非常卓越的帝王,治国攻伐都功勋卓著。我想伯益为舜帝驯养的牲畜,除了供百姓吃穿耕作的猪牛鸡羊外,应该还包括能够在战场上驰骋千里的战马。到了殷商时期，嬴秦之所以能够成为商纣宠臣，还是得益于马：伯益两个孙子费昌和中衍，一个在商汤灭夏的决定性战役名条山之战中作为王公贵族贴身近臣驾驶战车，立下了卓著战功；另一个直接就为殷帝太戊驾驶马车。到了商末，嬴秦虎落平川，又是善于养马、驯马、驾驭马车的造父在驾车陪周天子西巡和平定徐偃叛乱中立下大功，获赵姓封赐，保住了汾河流域嬴秦血脉，也为生活在西垂一带的陇上嬴秦残部撑起了遮风避雨的大伞。

一个与马结缘的民族，注定要依靠奔腾的战马改变自己的命运。

现在，在西垂边地与羌戎杂居、残杀不断的恶劣环境中艰苦奋斗了二百多年的陇上嬴秦，不仅继承了善于经营畜牧业的传统，而且在与西部戎族相处的过程中学习、积累了丰富的养马经验，已经在关山草原，西汉水上游、渭河中上游的山间平地，在西秦岭北坡的密林深处，驯养起了成千上万的马匹。他们不仅用马匹和周边戎族交换生活用品，也将马匹出售给陇山以东的周人。既善于农耕，又长于养马的嬴秦，更像一位成功的牧马人，利用陇右一带山间平地丰茂的草场，不断繁殖改良骏马，让马匹长得更膘肥体健。

生活在天水一带的嬴秦遗民养马的名声开始远播，连那些成天生活在马背上的西戎部族也舍近求远，从遥远的北方大漠和西部草原慕名来到犬丘，挑选毛色纯正、体格健壮的马匹。

养马业不仅给这些艰难生活在群戎中间的人们带来了生活的改善，也慢慢改变着他们的社会地位。奔腾的马群成了这个一直笼罩在去姓亡家阴影中的部族新的希望。

马者，甲兵之本。

古代战争，决定交战双方实力的装备，就是战马和战车。一支军队战斗力强弱，决定性的因素是拥有战车的数量。战车是古代战争的主体。交战双方对阵，由四匹马驾驭的战车冲在前面开道。战马嘶鸣，战车驰骋，坐在战车上的甲兵居高临下，开弓张弩，利刃横扫，开出一条血路之后，步卒紧随其后，挥戈进攻。尤其是跟擅长骑射的游牧民族作战，战马的优劣和数量，最为要紧。所以直到汉代，汉武帝为了战胜匈奴，千方百计引进西域汗血马，改良马种。西周时期，周王室最大的边患是生活在关中西北部的游牧民族，马不仅是抵御狄戎的重要装备，而且是主要交通运输工具和王宫贵族地位和身份的象征。《周礼》中对公、侯、伯、子、爵不同等级爵位贵族乘坐马车，死后陪葬使用马匹数量都有明确规定。驾驭马车马匹数量越多，乘车人的身份就越尊贵。每年夏秋两季，周王要亲自主持隆重的"颁马政"，春夏秋冬四季，还要举行隆重的祭祀马神仪式，祈求马神给王室赐予更多好马匹。

在周王室把马匹生产视为仅次于农业生产的国家命脉的时候，渭河流域和西汉水上游的西秦岭山地水草丰美的牧场，给嬴秦在苦难中沉默二百多年后再一次崛起提供了机遇。

让这个机遇变成现实的，是大骆第二个儿子非子。

大骆有两个儿子，一个叫成，另一个是非子。非子长大成人后，重新捡拾起了始祖伯益擅长畜牧业的传统，开始在西秦岭山地的山间草甸饲养起马群。

那时候的西汉水和渭河上游气候温润，森林茂密，绵延起伏的秦岭山地之间到处是大块大块长满丰茂牧草的草场和山间草甸。非子一边精心照料马群，一边虚心向当地游牧部族学习养马经验，改良马种。春去秋来，非子的马群繁殖非常旺盛，不仅数量不断壮大，而且他养的马膘肥体健，油色光亮，非常出色。

关于非子最初牧马的地方，有人说在现在天水境内的清水、张家川一带，也有人说在曾经发现过战国木板地图的麦积山风景区内的牧马滩一带，还有人说应该在犬丘附近的西汉水上游河谷地带。

西汉水上游的犬丘，被称作西犬丘。西犬丘作为一个历史地名，历史学家和考古学家争论不休，但基本指向还是在距离后来发现秦西陵大堡子山不远，西汉水附近的礼县盐关、红河一带。红河乡至今还有一个叫费家庄的村子。我去那里考察时发现，这个被群山环抱、偏远安静的小山村，几乎都姓费——一个在天水一带很少见的姓氏。我不知道这个叫费家庄的村子里的费姓，与嬴秦先祖、又名伯益的大费有没有关系。不过，西汉水流域从现在天水市秦州区小天水镇到礼县永平乡二三十公里的川原和两岸并不高峻的山丘，过去的确土地肥沃，牧草丰茂，又有曾经是汉江古老源头的西汉水滋润，是一片难得的天然牧场。牧场中心的盐关镇——三国时期的卤城，盛产井盐，是古代陇右著名的产盐基地。城南盐井卤水四溢，既可制作食盐，又能泽润牧草，供牧马饮用，可使马匹催膘健体。

从非子短时间内就能牧养出非常出众的马匹来看，似乎犬丘附近的盐关镇一带更适合非子作为一位历史上非常出色的牧马人脱颖而出。所以，我想非子最初牧马成名的地方，应该在西汉水上游似乎更合情理一些。虽然那里有越来越人丁兴旺的嬴秦部族，但盐关一带的西汉水上游两岸土地肥沃，用不了多少土地，种下的粮食就可以解决全族人吃饭问题。何况那时候的嬴秦已经在生活习惯等方面明显接受了戎狄影响，牛羊肉已经成为这些曾经在东海之滨吃惯鱼虾海味的部族餐桌上不可缺少的食物。

应该是在初次养马获得成功之后，非子瞅准了周王室连年征战，需要大量战马的机会吧？非子向父亲大骆提出了大量牧养马匹的请求，并很快得到大骆的支持之后，非子在牧草覆盖的山坡开辟大片大片的牧场，发展规模养马。

丰沛的西汉水滋润出鲜嫩的牧草，鲜美的牧草让已经和来自西北游牧部族的骏马良驹杂交过了的马匹迅速起膘，长得体健腰圆。非子经观察发现，那些经常在盐池附近吃草饮水的马匹不仅成长迅速，而且毛色油亮，体力超群。他迷惑不解，来到那里一看，从盐井溢出的卤水流向城外牧草，形成星罗棋布的卤水滩。含有丰富盐分的卤水浇灌的牧草也分外茁壮。非子恍然大悟：是卤水为这些马匹提供了强骨健体所需的盐分，所以这些马匹才格外出众！于是，他让其他人在每天让马群吃饱之后，都将它们赶到汉水北岸的盐关城南的卤水滩边，让马匹饮用从盐井溢出成泉的卤水。

非子的马匹天天饮用含有大量盐分的卤水后一天一个样子地成长。那些体魄高大、毛色闪亮的骏马打着响鼻，在西汉水两岸扬鬃奋蹄，纵横驰骋，引得与嬴秦部族杂居在一起的羌戎、昆戎等西戎人惊羡不已。因为非子养马规模越来越大，西犬丘境内的盐关很快形成了骡马市场。来自河西、漠北、朔方的游牧民族争相抢购嬴秦人牧养的骏马。

这个时候，西周王朝已经到了周孝王时期。

西戎各族与周人的矛盾从来就没有彻底解决过。周人视西戎为心腹大患，西戎也根据周王室现状灵活调整与周的策略。西周初创之际，周人国力强盛，民心所向，又有推翻殷商时锤炼出来的强大军队，分布在京畿北面和西面的游牧民族虽然也经常来去无踪地在边境进行闪电式掠杀，却不敢长期与周分庭抗礼。到了孝王时期，经历前后八代极度辉煌的周王室已经出现衰退迹象，西北戎族蠢蠢欲动。活动在内蒙古河套地区大青山一带，后来被称为匈奴的猃狁戎借机侵略，迫使周王室不断派兵，战事不断，战马死伤数量剧增。周孝王七年（前879年）冬天，关中、中原出现罕见雨雪冰冻天气。雪灾连绵，冰冻三尺，北方大地冰天雪地，举国之内，牛马纷纷冻死。而猃狁与周的战争还在继续，前线急需的战马补充不上，周与猃狁的交战陷入困境。

这时，非子在陇右牧养了成千上万良驹好马的消息传到了周孝王耳朵。

一边有千里良驹待价而沽，一边在闹马荒，陷入战争和自然灾害一筹莫展的周孝王求马若渴。上天又一次把嬴秦民族命运转机的机会，托付给了草原上自由驰骋的骏马。

很快，三百里加急诏令快马越过关山，送到了西汉水上游的西犬丘。

一封彻底改变族人命运的诏书到达的时候，非子像一位地道的牧马人一样，正带着他的部族在山坡上放牧。绿如碧毯的山川上，撒满了枣红、雪白、墨青的马匹，如朵朵盛开的花朵，在蓝天白云下摇曳。自由自在漫流的西汉水穿过绿草、穿过丛林，舒舒缓缓，不紧不慢，从遍地开满野花的草滩上向东流去。明亮的阳光洒落到水面，仿佛千万颗璀璨的宝石，闪闪烁烁。

不远处，一位骑在马背上的牧马人放开嗓子，用低音粗重的秦音吟唱：

> 我出我车，
> 于彼牧矣。
> 自天子所，
> 谓我来矣。
> 召彼仆夫，
> 谓之载矣。
> 王事多难，
> 维其棘矣。

——《诗经·小雅·出车》

周王室派来的使臣不仅采购了许多战争急需的战马，还把非子召进西周国都镐京，接受周孝王接见。

史书上没有记载周孝王召见非子的具体细节，但有案可查的历史是，周孝王任命非子为管理马匹的官员，在京城附近，现在陕西凤翔境内汧水与渭河交汇的汧渭之会继续为王室繁殖马匹。

周孝王将非子从天水调到宝鸡的原因，大概主要出于马匹运输方面的考虑吧。天水和宝鸡之间的直线距离并不远，但中线有渭河和高矗的秦岭阻挡，在西周时期大概是无路可走的。北线经张家川翻关山（当时称陇山）的路途不仅有点远，而且山路曲折，沿途又经常有戎狄出没，而凤翔境内汧河和渭河交汇处不仅地势平坦，而且水草茂盛，是一块和西汉水上游盐关一带同样优越的天然牧场。

也许是非子确实就是一位养马天才，也许是上苍觉得这个部族受苦受难的日子应该结束了，在汧渭之会，非子牧养的马匹依然非常出色，而且出栏率非常高，为周王室武装军队、打击西戎提供了有力支持。

面对成群结队散落在汧河和渭河两岸威武健壮的马群，周孝王突然意识到，当年犯了路线错误，这个被剥夺嬴姓的部族，是西周将来可以依靠的力量。他决定奖赏这位为王室提供大批优良战马的年轻人。

最初，周孝王是想确立非子继承父亲大骆王位的地位。周孝王的这个动议遭到大骆岳父王室权臣申侯反对之后，周孝王断然决定，从京畿附近划出一块土地，封非子为附庸。

九百多年后，司马迁在《史记·秦本纪》记述这件事时这样写道：

> 非子居犬丘，好马及畜，善养息之。犬丘人言之周孝王，孝王召使主马于汧渭之闲，马大蕃息。孝王欲以为大骆适嗣。申侯之女为大骆妻，生子成为适。申侯乃言孝王曰："昔我先郦山之女，为戎胥轩妻，生中潏，以亲故归周，保西垂，西垂以其故和睦。今我复与大骆妻，生适子成。申骆重婚，西戎皆服，所以为王。王其图之。"于是孝王曰："昔伯翳为舜主畜，畜多息，故有土，赐姓嬴。今其后世亦为朕息马，朕其分土为附庸。"邑之秦，使复续嬴氏祀，号曰秦嬴。亦不废申侯之女子为骆适者，以和西戎。

这种结果大概是非子从来都没有想到的。

非子不仅获得了封地秦,成了进入周王室统治序列的附庸国,而且恢复了曾经被周王室剥夺的嬴姓。周王室甚至明确承认了非子恢复祭祀嬴姓先祖的权利——这就意味着非子一族嬴秦的社会地位已经进入到了周王室体制之内。从此以后,非子和他的部族彻底摆脱了延续多年的奴隶身份,不仅可以直接接受周王室领导,而且可以和其他贵族平等对话了。

还有一点更让非子和嬴秦部族每个人感到意外,这就是非子被作为嬴秦一个独立的部族和在西汉水上游犬丘的大骆同时存在。这就是说,除大骆以外,非子作为新崛起的嬴秦力量诞生了。

蒙受二百多年去姓亡家之辱的嬴秦部一族,终于有了一个属于自己的新姓氏:嬴秦。中国历史上一个新的姓氏"秦",从此呱呱落地,辉煌分娩了。

二百多年来以泪洗面、屈辱苟活的日子终于结束了。面对拨云见日、涅槃后的苦海重生,非子和他的族人满怀感激和振奋。从现在起,他们不仅再也用不着怀揣寄人篱下的惶恐,凭借借用的赵姓苟且度日,而且可以在苦心经营了五代人的西犬丘公开建庙设坛,祭祀先祖少昊帝了!

一个后来成为华夏大地第一个封建帝国创建者,并一度被西方人作为中国代称的民族——华夏秦族,就这样在一个牧马人手里诞生了。

非子受封于秦的时间,大约是公元前890年。

那时候,人们根本没有意识到,这个在屈辱和狼群中活下来的民族会从此崛起,打乱这个世界的秩序,改变世界的模样!

非子最初的封地秦,大概在宝鸡境内汧渭之会的某个地方。后来,非子迁至甘肃境内张家川,并在那里建起了自己的城邑秦亭。

面对刚刚筑起的秦亭城头随风飘扬的"秦"字大旗,非子和他的子民双目含泪,长跪在地,默默念叨着自少昊帝开始的每一个秦人先祖的名字……

忠和勇的含义

秦庄公,秦国历史上在位时间仅次于秦文公的君王。

从犬戎手里夺回犬丘后,秦还是处在西周与西戎交锋的前沿阵地,庄公剩余的将近四十年时间,还有很多事情要做。

公元前824年收复犬丘的战争,虽然给西戎以重创,迫使他们不得不暂时把头缩回去,不敢轻易挑衅。但时间一长,胳膊上的伤疤愈合了,整天游牧打猎的日子过腻了,这些抢掠成性的部族,还会时不时在边境上制造一些麻烦。所以,据守犬丘的后来三四十年,庄公肩上的担子仍然不轻。他一边在自犬丘到张家川境内陇山脚下秦邑一线的秦地继续发展农业和畜牧业,充实国力,一边还得睁大眼睛,紧紧盯住附近西戎动向。

秦庄公去世前,在选拔储君这件事上,出现了意外。

庄公有三个儿子。按照长子为大的常理,长子世父作为太子,将来继承王位顺理成章。然而,就在秦庄公做出将长子世父立为储君的决定时,世父做出了让他的父亲和西周王室都感到震惊和意外的决定:拒绝做储君继承父亲王位。

决定储君人选的时候,世父还在犬丘东面,二百多公里以外的秦邑。

从小目睹了西戎对秦人欺凌暴虐的世父，内心堆积了太多的仇恨。当年父亲击败西戎，从秦邑移居犬丘时，他拒绝跟随父亲入驻犬丘，发誓不为祖父报仇，决不返回西垂。他于是在秦邑长期驻扎下来，操练军兵，伺机与西戎血战到底。庄公年事已高，不得不考虑接班人的问题了。但世父的态度仍然没有改变，面对父亲的劝说，他毫不犹豫地回答：我秦人自到西土，受尽西戎欺凌，西戎杀死祖父秦仲，不拿下戎王脑袋，我没有颜面做君王！

就这样，世父把继承王位的机会让给了弟弟秦襄公，自己却抱着壮士一去不复还的决心，继续镇守西垂通往关中的军事要塞秦邑。

世父这种充满血性、过于情绪化的选择，似乎有些不合常理，但在当时秦戎矛盾仍然很尖锐的情况下，世父放弃个人利益而追求忠勇侠义的举动，却让后世赞叹不已。

也有人在评价世父让位这件事情时说，这件事本身恰巧体现了秦人不拘常理，敢于僭越礼制的性格。而我却从世父放弃王位，誓死复仇的举动中，看到了秦人在虎狼群中生存所接受的忠诚、刚烈、坚持不懈和敢爱敢恨的性格。

秦人在东方的时候也被华夏族斥为狄夷，排斥到华夏文化之外。后来到了西方，三百年与戎族朝夕相处，虽然流了不少血，结了恩怨，但西戎民族敢生敢死、敢爱敢恨、不守成规的性格，已经被他们接受。当年秦仲被封为大夫，秦国还只是西周小小的附庸小国，按规定还不能享受车马礼乐的待遇。但秦仲却僭越周礼，豪车华辇，礼乐相随，招摇过市，西周诸侯国对此很有微词，但周宣王只是一笑了之。在他看来，秦人本有夷族血统，做事不受礼仪约束，可以容忍。再说秦人刚刚立国，在西戎和周王室夹缝里生存，再越位享受，也闹不出多大动静来。

公元前778年，秦庄公在祖邑犬丘去世，走完了他收复犬丘后与群戎剑拔弩张、相互对峙的一生，次子秦襄公继位，成为秦人第六代国君。

庄公去世前，秦的实力有了很大改善。由于庄公的威慑，秦与戎族接壤地区虽然冲突不断，却都是些小零小碎的摩擦，整整三四十年，西戎不敢大举进犯。庄公去世后，沉寂太久的西戎有些耐不住寂寞了，秦戎之间孕育着新的大规模较量。庄公一去世，西戎立即加强了对秦的军事压力，被庄公追赶缩回老巢的西戎十二国，在陇右西部和北部挑动事端，蠢蠢欲动。襄公刚刚继位，一切还在新旧交替之中，面对西戎大兵压境的局面，只好调整战略，将自己的妹妹缪嬴嫁给丰戎王为妻，让一个女人用她的肉体和媚笑为国家换取短暂的和平。

按照合理推论，这位秦国公主一定是貌若天仙的美女。

丰戎是西戎的一个分支，他们活动的地域在关中西北部的岐山至长安一带，距离秦地很远。如果是为了解除西戎对秦国威胁而采取的怀柔政策，襄公为什么不把他妹子嫁给实力强大，有号召力的戎王呢？

当时西戎部族最强大的部族有犬戎和猃狁。以狗为图腾的犬戎，诛灭大骆一族，抢占秦人祖邑犬丘，与秦人结下世仇，秦襄公是不可能与犬戎修好的。猃狁戎更多的时候生活在西周都城北部一带，而且直接与西周持续不断冲突，在西戎部族里很有影响。这个以狼为图腾的部族，从商周到秦汉，一直是游荡在北方草原上一匹极具进攻性的苍狼。秦襄公为什么不与这个部族和亲呢？说起这个后来曾经横扫亚欧大陆的民族猃狁戎，

213

我还想起了一个与女人有关的故事。王族的《上帝之鞭》一书记述了这样一个美人救国的故事：公元451年奥尔良之战后，匈奴大单于阿拉提攻进西罗马城，罗马帝国已成为阿拉提囊中之物。就在罗马教皇不得不把帝国大门的钥匙交给这位来自东方草原狼部族首领的关键时候，阿拉提却提出只要把罗马公主荷罗丽娅嫁给他，他就从罗马退兵。

对于岌岌可危的罗马帝国来说，这当然是一笔非常便宜的交易。于是，美丽的荷罗丽娅用她美丽迷人的胴体挽救了一个濒临灭亡的帝国。

在我看来，那时秦国与西周虽是君臣关系，但秦人已经开始忠心耿耿，把西周王朝的荣辱存亡，也当作自己的事对待了。既然周王室把西周西北部边境安危托付给了秦国，在秦和周王室同时受到西戎威胁的情况下，襄公首先考虑的是周王室安全。他把自己的妹妹远嫁给西周都城镐京北部的丰戎王，大概是希望万一秦人和西戎在陇山以西发生战争时，临近镐京的丰戎能保持沉默吧？

然而，秦国公主为戎王献身，仅仅换来了秦国不足一年的安宁。

公元前776年，秦襄公妹妹远嫁戎王的第二年，丰戎王怀里抱着秦国美丽公主，还沉醉在新婚的幸福之中时，陇山以西的宁静突然被狂奔的马蹄和狼嚎虎啸的呐喊声打破了！狂风般袭来的西戎族以迅雷不及掩耳之势，包围了犬丘。

这是公元前822年以来四十多年，秦人精神圣地犬丘首次遭到劫洗。

犬丘再次遭遇西戎大军压境的威胁。

西戎的战马和寒光闪闪的弯刀降临的时候，秦襄公应该是在犬丘城里打理公务。兄长世父让给他的这个王位并不好坐，既要守住几面都在西戎伸手可得的祖邑犬丘，又要防范西戎从陇山和镐京北面进攻周王室京畿，襄公劳心费神，兢兢业业。但西戎看准的就是秦人防线长，犬丘兵力不足，庄公新逝，襄公王位新立，一心求稳求安，才想起用自己的妹妹换取安宁的机会。

秦襄公被围困在犬丘城的消息传到秦邑，世父立即带领人马赶往西垂救援。

四十多年，世父驻扎在陇山脚下，苦苦等待与西戎主力交锋，斩杀西戎王的机会。但父亲庄公在世时，收复犬丘的余威还在，西戎部族不敢轻举妄动。他在秦邑一带偶然和西戎零星交手，也都是些散兵游勇。现在，西戎大部队到来，复仇的火焰在世父胸中熊熊燃烧。苦苦等待来的机会让世父内心充满亢奋。漫长的等待，让世父内心的仇恨和怒火像一座积满渴望奔腾的洪流的堤坝，水库闸门未曾开启时，从四面八方汇聚到堤坝里的激流只能强压住奔泻的欲望，在堤坝里团团打转。一旦闸门开启，积聚已久的能量就会随着震天动地的怒号，奔腾而下。

世父内心的堤坝已经决口。

他把几十年前立下誓言，斩杀戎王的仇恨、怒火和希望都寄托在解救犬丘的这次战争上。

然而，让后世赞美世父侠肝义胆的人们失望的是，这股滚滚巨浪一路咆哮着冲过来，腾空落下时，却扑了个空！世父和秦襄公内外夹击，击败了西戎进攻，保住了犬丘。但世父却被败退的戎族军队掠走，当了俘兵。

秦人在进入春秋五霸之前，在西周史官眼中只是一个微不足道的附庸小国,像世父被俘这样的芝麻小事,是没有必要记入历史的。所以谁也不知道世父如何被俘,被俘时有什么表现。但根据合理的推断,世父应该是在犬丘之围解除,单枪匹马追杀戎王时陷入重围,在求生不得、求死不成的情况下被活捉的。

兄长世父被俘,祖邑犬丘却保住了。

秦襄公还得一边治理留下战争创伤的犬丘,一边设法与西戎周旋,营救世父。好在秦国已是一头正在茁壮成长的雄狮,身后又有西周王室撑腰,世父被活捉后,西戎也不敢把他怎么样,在历经一年的羁押之苦后,世父被放回了秦国。

秦人从女防时期失姓亡家,沦为奴隶,被发配到西垂,已经度过了十代人;如果从商初中潏肩负保卫西垂边疆算起,秦人与西戎争取生存权的斗争,已经持续了300多年。在经历非子、秦仲、庄公之后,到了襄公时期,秦人终于在西戎眼里有了威严和尊严。这中间固然有秦人渐渐强大起来的因素,也有秦人和西周关系越来越密切的原因。

这一点,秦襄公比任何人都清楚。

然而这个时候,西周王朝已经送走了它的辉煌。曾经是西周京畿之地的岐山、丰京一带已经落入西戎手中。一座大厦即将倾覆时,房子的主体首先腐烂。周宣王之后,西周王朝迎来了它历史上最臭名昭著的昏君——周幽王。

这位周幽王就是创造了"千金一笑""烽火戏诸侯"等成语故事,并最终葬送了西周江山的那位昏君。

那位让周幽王费尽心思的冷艳美女褒姒的老家,据说就在今陕西汉中市石门水库旁边勉县的褒河镇。几次点燃只有敌兵来犯才用来传递紧急军情的烽火,博得褒姒一笑后,周幽王在废除正妻申后和太子时招来了灭顶之灾。周幽王王后是戎人申侯的女儿。当年周宣王为儿子选择王后，原本就是为了和居住在骊山一带的戎人建立联姻关系，保障镐京不受戎人侵扰。现在，周幽王要废除申后和太子，不仅激怒了申侯，国人也不答应。申侯联合缯国和犬戎发兵攻进镐京，讨伐周幽王。大兵压境之际，周幽王再次点燃烽火，向各地诸侯求援。被周幽王为博取褒姒一笑频频点燃的烽火，已经把各地诸侯戏弄得难分真假。所以面对从京城镐京一路传来的滚滚狼烟，各地诸侯以为周幽王又在和褒姒上演浪漫的有些过火的调情游戏，仍旧在各自的封邑里喝他的酒，作他的乐，无人理会。只有那时还在陇山以西的秦襄公在看到关山上一路升起来的滚滚狼烟，急匆匆带领秦兵从天水挺进关中救驾。

最后的结果是，秦襄公带领的秦兵打败了缯国和犬戎进攻，周幽王被申侯和犬戎联军斩杀于陕西临潼骊山脚下，镐京城里珍宝钱财被洗劫一空，褒姒也被戎人掳走。

申侯和犬戎的联手，目的不在推翻西周王朝，而是为了保住外孙宜臼继承王位，再加上秦襄公先祖秦非子也是申侯先祖申伯外孙，在引狼入室除掉周幽王之际，秦襄公勇赴国难的行为，申侯自然也很满意。于是在申侯和各地诸侯立被废除的太子宜臼为周平王，继承周天子王位后，秦襄公自然成了解除这次周王室政治危机中立下大功的英雄。

这一年是公元前771年。

此前的周幽王二年（前780年），西周境内发生大地震，岐山崩裂，山河移位，周王室气数已尽。现在又经历了一场战乱，西周镐京已成一片废墟。为了远离西戎骚扰，新即位的周平王也不想留在这块伤心之地，决定迁都洛阳。

西周末年的诸侯国各怀鬼胎。国家要迁都，总不能让所剩无几的王室卫队送一代天子孤苦伶仃去新的都城吧？这个时候，还是秦襄公挺身而出，率领秦军护驾，踏上了护送周平王去洛阳的漫漫长途。

镐京失陷，西周大厦呼啦啦倒下的全过程，当时被打进冷宫的宜臼看得非常清楚：在西周江山眼看就被西戎掠走的危急关头，其他诸侯按兵不动，只有这位原本与自己外公还沾亲带故的秦襄公带兵解围。其忠勇之心，让周平王颇有些感动。在都城东迁——为西周王朝送终的路上，又是秦襄公挺身而出，放下四周都是戎兵压境的封地带兵护驾。一路上，这位尽职尽责，为周王室固守着西垂边境的秦襄公忠心耿耿，宽仁勇敢，更让周平王对秦襄公平添了不少好感。

在新都城洛阳安下身后，周平王决定回报这位在王室生死存亡的关键时刻站出来的秦人首领：封秦襄公为诸侯。

那是秦襄公护驾回到犬丘的第二年。

册封诸侯，是周朝的重大典礼。

接受周平王册封的那一刻，秦襄公内心非常激动。盛大庄严的仪式，冗长繁复的礼仪，神圣威严的礼乐，让秦襄公恍惚看到，一个强大的秦国正从陇山以西、西汉水上游的宗邑犬丘站起。前面走着少昊、颛顼、大业、伯益这些秦人精神和灵魂的领袖，紧随其后的是中潏、非子、秦仲、庄公，以及无数为了在犬丘、天水一带争取到安身之地而死去的和为一个即将巨人般站立起来的秦国拼死搏斗的更多的秦人子孙。而他自己，就是这后来者中第一个把秦人的族徽和族旗，带到神圣的周朝诸侯册封大典仪式上的人。

一个饱受去姓亡家之苦的嬴秦部族，终于跻身周朝诸侯之列了！

一头饱经磨难,筋骨渐渐强壮起来的雄狮,正在周王室西部边疆崛起!

按照周朝诸侯册封礼仪,在册封典礼上,周天子要在册命中明确宣布新封诸侯的疆土范围、土地的数量,以及所封给属臣、奴隶、礼器、仪仗的数量;受封诸侯还必须承担为周天子镇守疆土、出兵勤王、缴纳贡赋、朝觐述职等义务。但在这次册封典礼上,周平王只是当着文武百官的面对秦襄公说:西戎无道,侵吞了我周王室祖邑岐山、丰水一带的土地。你如果能够赶走盘踞在岐山、丰水一带的西戎,那里的土地就归你们秦国了。

从周朝册封诸侯制度来看,周平王册封秦襄公时,并没有将现在陕西岐山以西宝鸡一带的岐、丰之地的归属权明确写在册命上,而且那里戎狄密布,连强大的周天子也束手无策,秦人能从戎狄手里收回那些土地吗?所以后人评论周平王口头承诺将岐山、丰水一带土地赐给秦襄公这件事时说,周平王当时实际上给秦襄公开了一张有名无实的空头支票。

但秦襄公却不这样认为。他想,关山以西天水一带的秦人祖邑犬丘,是周王室明文赏赐的封地。这两座城池之间从关山之麓到西汉水上游几百平方公里的土地虽然从严格意义上说,还不是秦人的封地,但周王室也从来没有将这些至今还在西戎犬牙威胁之下的领地收回王室的想法。这就等于只要秦人有能力,陇山以西的广袤土地,尽可以插上秦人的旗帜。现在陇山以东的岐山、丰水虽然还在西戎手里,但只要有了周平王这句话,关中西部迟早是秦国的。数十代秦人先祖在陇右边地忍辱负重,于虎狼丛中求生存,为的就是积聚力量,伺机东进。只要能把西戎从周王室故地逐走,秦人就有了向东拓展疆土和势力的跳板！

所以在秦襄公看来，周平王口头赏赐的岐山、丰水一带土地，也是不大不小的一个意外惊喜。

和当年秦人先祖向往太阳西沉的西方一样，得到周平王的土地承诺的那一刻，秦襄公就默默筹划起了收复已经成为秦国东部疆土一部分，当时仍然被戎族占领的岐山、丰水一带土地的计划，并在在位的短短几年间，先后发动过三四次向诸戎的讨伐战争。虽然那时的秦国已经拥有了装备了甲衣的战马，有了红色羽毛编织的盾牌，但关山之东的关中西北部高原，以及天水西部和北部一带的猃狁戎、犬戎、丰戎、上邽戎、冀戎一直限制着他东进的脚步。直到公元前766年，经历三四年磨砺和准备之后，秦襄公才带兵进入岐山。

秦国的军事力量虽然明显强大起来了，但争夺岐丰之地的战争毕竟不同于以往与西戎的交战。过去，秦人是在家门口与来犯的敌人交战，后勤保障、军队供给都占据优势，而且交锋的敌人情况也比较简单。而这次秦襄公不仅要长途奔袭，而且面对的是众多的西戎部族。所以秦襄公收复岐丰之地的战斗十分艰难。翻过关山，到达岐山的秦兵本想稍作休整，然后展开与戎族的决战。然而，秦襄公带领的军队在岐山立足未稳，秦军东进路上被赶跑的戎狄却突然转身杀了回来。秦人和戎狄之间又一场你死我活的惨烈战斗，就在秦襄公刚刚进入关中之际展开了。

那场战斗中，敌我双方大概都拿出了拼死一搏的决心吧？已经不再年轻的秦襄公指挥秦军拼命搏杀，而数量众多的西戎军队宁肯战死，也不肯退出从周王室手里抢来的这块土地，鲜血和死尸为秦人第一次越过关山的东征壮威。

这场战争到底有多惨烈，持续了多长时间，史书上没有多少文字记载。我们只知道秦襄公——秦人历史上第一位真正意义上的国君，在替西周王朝保卫西垂边疆44年后，死在了这次与西戎争夺岐丰之地的战场上。

秦人又一位君王死在了与西戎的战斗中。

只不过，秦襄公死在了秦人第一次向东扩张的战斗中，而前面几位则死在了被动地保卫家园的战斗中。

同样的死亡，对于秦国历史来说，意义各不相同。

秦襄公死后，秦人虽然被迫再次西撤，退回天水一带，但第一次让奴隶出身的秦人和西周诸侯王平起平坐的秦襄公，却以他的忠勇，让秦人的情感和精神突破陇山的樊篱，踏上了关中平原更加广袤丰饶的土地——这历经太多苦难之后的第一步，无论对于点燃秦人内心熄灭已久的渴望，还是孕育中国历史上第一个封建帝国，都具有非同寻常的意义。

秦襄公在宝鸡一带剿灭狄戎的尝试失败了。但秦人扩张、崛起的梦想却在一个梦想破灭之后，更加蓬蓬勃勃地复活了。

渴望飞翔的鹰一旦展开翅膀，再高迈的群山、再急骤的风雨，都阻挡不住它凌空翱翔的力量。

这大鹰一旦开始飞翔，它所俯瞰到的山川大地、村镇城郭，都将不可避免地成为它的囊中之物。

孤独的霸业

公元前623年，秦穆公灭掉天水境内的绵诸戎后，乘胜追击，一口气消灭了大小二十多个戎族部落，成了名副其实的西垂霸主。

　　开地千里，遂霸西戎。

　　司马迁这样慨叹秦穆公平定西戎的功绩。

　　秦穆公对西戎的胜利，也引起了中原各国对长期以来在他们眼里和戎狄无异的西方小国秦国的注目。彻底清除西戎边患的消息传到洛阳，周襄王派召公来到秦国，封他为西方诸侯之伯，并献上金鼓道贺。

　　踌躇满志的秦穆公陶醉在胜利的喜悦中，对来自周王室的恭贺表现得多少有些反应迟钝，接受封赏之后，以自己年老为由，只派了一个大夫公孙支前往洛阳，向周天子道谢了事。

　　或许，在秦穆公看来，他苦心经营的独霸西垂，是顺理成章的事，没有什么值得大惊小怪的。因为从继位那一天开始，他的目光所指之处，就是黄河对岸的中原。奋斗了几十年，眼看自己已经垂垂老矣，秦国车马仍然被晋国阻挡在函谷关以西，这是他心中最大的遗憾。

　　从客观上来说，晋国的强大既限制了他的东扩计划，也成就了他称霸西部的事业。在晋献公到晋文公时代，以秦国当时的力量，是不敢与已经和齐桓公平起平坐的中原霸主晋文公分庭抗礼的。于是在暗中较量和牛刀小试屡遭失败后，摆在秦穆公面前的路只有一条：按照蹇叔对当时各国形势的分析，秦国还是做好自己家门口的事情，把西方世界划归秦国版图之后，再找机会谋划其他事情为好。

　　秦穆公也清楚，东部邻国晋国限制了他，也成就了他。但崤山之战，确实让秦穆公够窝火的了。折兵损将且不说，历经了献公、惠公、怀公、文公四位国君，晋国还牢牢扼制着秦军挺进中原的出口，这口恶气多少年来都让秦穆公耿耿于怀。

现在，西戎已经被他赶到西部大漠更西的地方了，周襄王封自己为伯，实际上已经承认了自己在西方的霸主地位。秦穆公再也不是以前默默无闻的秦国国君了，而是可以和其他诸侯一样对春秋时势产生影响的霸主了。而东部邻国晋国与秦国的交情已经走到了尽头，秦穆公再也没有必要维护那种貌合神离的盟友关系了。

公元前624年，年事已高的秦穆公披挂上阵，亲自督阵，跨过黄河，向晋国展开了他一生最后一战。

从自己继任秦国国君，将秦国东部国境开拓到黄河西岸开始，秦穆公一生几乎都活在晋国的阴影下。晋国的强大是他最不愿看到的，但在整个晋献公和晋文公时代，忙于强国富兵的秦穆公，手头还有很多事情要做：与秦人为敌数十代的西戎边患要解除，关中经济要发展，加快秦人接受中原文化的步伐，为秦国将来集聚人才，等等，都是他必须悉心料理的事情。所以多少年来，秦穆公只能在忙于自己手头的事情的时候，看着晋国一天一天强大。而他早就成熟于心的东扩称霸的想法，却一拖再拖。

有时候我在想，对黄河另一岸的期望，伴随了秦穆公完成霸业的一生，但秦穆公为什么却一次又一次放弃了有可能进入中原的机会呢？

公元前636年，周襄王弟弟为争夺王位联合北方戎狄攻入洛阳。周襄王逃往郑国躲避内乱。逃亡途中，周襄王向当时离郑国最近的秦国和郑国求救，百里奚建议秦穆公抓住机遇，出兵救驾,将周襄王接到秦国,用挟天子以令诸侯的方式乘机称霸。然而,当秦穆公带领军队到达黄河岸边时,晋文公却借故支走了秦穆公,错失了勤王救驾称雄天下的绝佳机会。

救驾成功后,晋文公深得周襄王信任,周襄王将黄河北岸、太行山南麓的阳樊、温、原、州、陉、缔、组、攒茅等八座城邑赏给了晋文公。晋国不仅有了进出中原的战略据点,而且国力和声誉直线上升,取代齐国成为北方霸主,拉开了与南方霸主楚国争霸中原的序幕。

如果秦穆公当时不听从晋文公指使,秦晋两国一同勤王护驾,而是自己一人去向周襄王卖好,北方霸主还会不会由晋文公一个人来承担呢?

周平王东迁后,周王室已经形同虚设,但众多诸侯国要实现霸业,都争相与周王室套近乎。但秦穆公一生几乎从来没有拜见过周天子。春秋时期,各诸侯国为了协调争霸过程中的各种事宜,举行过二百多次诸侯会盟,秦穆公一生只参加过一次。而且他参加的那次,还是晋文公组织的。碍于秦晋两国情面,秦穆公参加了,却以路途遥远为借口,当面向当时北方霸主晋文公表达了以后不愿再参加这样的会盟的意愿。

此后,秦穆公几乎断绝了除晋国以外与其他国家的交往,成天待在自己国家,悉心经营他的大秦王国。

是秦穆公太过于封闭,还是长期被中原诸国歧视的阴影让他无法摆脱?

在熙熙攘攘、你方唱罢我登场的春秋争霸场上,秦穆公在我的印象中,是一位满怀雄心,却长期被晋国牵制着的孤独的君王。他胸怀大志,但身边的麻烦事太多;他渴望介入中原争霸,却长期被中原诸侯斥之为狄戎之属;他渴望独立,却在秦国并不强大，戎狄未能彻底清除的时候不得不与晋国联姻，以换得东部边境安宁，而且在秦晋之好名存实亡之际，仍然不得不被晋国牵着鼻子，做晋国争霸的马前卒……

就像一只雄鹰被困在笼子里，秦穆公只能默默承受孤独和渴望的煎熬。

即便将来再迷惘，秦穆公这位孤独的统治者还是在等待打破藩篱、翱翔蓝天的时机。他确信秦人在关中的磨砺，已经到一种地步了，他期待和晋国再做最后的较量。毕竟，在荡平西戎之后，在周王室和当时上百个大小诸侯国眼里，秦国国土面积和影响力已经跻身大国行列，秦穆公已经是和齐桓公、宋襄公、晋文公、楚庄王并驾齐驱，平起平坐的春秋霸主了。

晋文公时代结束了，秦国再也不能沉默了。

有两位君王之间的个人恩怨，更有国恨，秦穆公决定向晋国亮剑了。

崤山之战后的彭衙之战，秦军又遭遇了一次重创。

与晋军两次交战的失败，让秦穆公对晋国的怒火和仇恨积蓄得更多、更猛烈了。尽管从崤之战到彭衙之役，百里奚之子孟明视屡遭败绩，秦穆公对秦军主帅的信任和希望，却没有丝毫减退。他坚信秦国将士是好样的。在遭遇连续打击之后，将帅带领士兵卧薪尝胆，秦穆公"增修国政，重施于民"的政治改革也取得了成效。

公元前624年的王官之役开战前，晋国大夫分析当时秦军军事力量时，用秦国军队"惧而增德，不可当也"和秦军将领"念德不怠，其可敌乎"，来评价秦军同仇敌忾的气概。

这次战斗，是秦穆公对晋国的一次复仇之战。他要把这些年积攒的怨气和怒火都发泄出来，要为几年来死难的秦军将领报仇雪恨。哪怕鱼死网破,也要把晋国阻碍秦人东进的疆界撕开一个缺口。

带领大军从雍城出发的路上,秦穆公眼前一定浮现过几年前崤山之战阵亡将士临死之际痛苦而绝望的表情。从结识由余开始,他就在国内推行以德治国的理念。但那些鲜活的生命,却由于自己的决策失误毁于一旦,而且至今尸骨还暴晒在荒野之中。

痛苦可以让一个人变得英勇,也可以让人舍弃一切。

临行前,秦穆公和孟明视都立下了不能雪耻、誓不生还的誓言。为了安抚将士,秦穆公还从国库里拨出钱财,为每一位出征将士家里支付了丰厚的安抚费。过了黄河,秦穆公下令将所有船只一把火烧掉。

包括秦穆公和孟明视在内的秦军将领眼中,都冒着复仇的火焰。全军上下都横下了一条心:既然踏上了晋国土地,就没有打算回去。

杀伤力最大的武器不是金戈铁马,而是仇恨。

从来都没有把秦国放在眼里的晋国,这次被愤怒的秦军震慑住了。晋军第一次采取守而不战的方式,对付秦军的进攻。秦军车马在秦穆公指挥下在晋国土地上纵横驰骋,从心理上已经败给秦军的晋军,见秦军来了就撤,秦军走了就守。

这次战役,秦军虽然仅占领了王官、临晋、平阳之间的一些小城,但秦军的威仪和战斗力,却让晋国开始重新打量这个过去对自己百依百顺的国家的实力了。从此开始,北方大地进入再也不是晋国一个国家说了算的时期。晋国在春秋争霸天平上的地位明显失重了,失衡了。秦穆公从春秋五霸的大盘子中脱颖而出。

晋文公时代晋国独霸北方的余音彻底沉寂了,秦穆公从春秋五霸的后台,昂首阔步走到了前台。

战争结束后,秦穆公下令秦军从茅津渡过黄河,掩埋五年前阵亡的秦军尸骨。

为了那次没有听从蹇叔和百里奚劝阻而大败于崤山之战的死难者,秦穆公已经自责过好多次,流过太多的眼泪了。到了崤山,面对烈日下漫山遍野的阵亡将士白骨,秦穆公的泪水又一次涌了出来。

埋葬了白骨,秦穆公命将士宰牛杀马,修筑祭坛,举行祭祀仪式。

群峦起伏的山谷哭声震天,撕心裂肺。

这哭声整整持续了三天三夜。

面对座座新坟,秦穆公号啕大哭,洒酒祭奠。他再次自责说:"我不听蹇叔和百里奚劝阻才让秦国蒙受了这样大的损失。后人要记住我的罪过和我的教训啊!"

我猜想,秦穆公的泪水是真实的。

刚开始流泪的时候,秦穆公一定是为那些因为自己失误而身死他乡的将士而伤心的。但这泪水流着流着,秦穆公就想起了他的一生:做了三十多年国君,他每时每刻都想参与中原争霸事业。但西边的西戎和东边的晋国将年轻气盛的秦穆公拖成两鬓如霜的老人了,晋国仍然将秦人阻挡在黄河西岸。原想乘这次战役扫清东进道路上的障碍,晋军偏偏避而不战!

想到此生只能孤独地望着中原大地烽火缭绕,诸侯们你来我往地轮流争霸,而自己只有守在被人歧视、小瞧的西部,终生经营从戎狄手里打下来的西垂,秦穆公心中就涌起一种莫名的忧伤和孤独,泪水也就愈加汹涌地奔泻了出来。

从崤山回来的第三年,秦穆公在将秦国引领到春秋五霸之列后溘然长逝。这位一生都在学习仁德治国的西方霸主临死前,却宰杀了177个活人为他殉葬。

> 交交黄鸟,
> 止于棘。
> 谁从穆公?
> 子车奄息。
> 维此奄息,
> 百夫之特。
> 临其穴,
> 惴惴其栗。
> 彼苍者天,
> 歼我良人!
> 如可赎兮,
> 人百其身。
>
> ——《诗经·秦风·黄鸟》

也许,是一生被困在甘肃和陕西渭河流域,不能与外界交流的寂寞,以及他过于高迈的理想只能深深潜藏在自己内心的孤寂,让他对肉体终结的另一个世界心怀恐惧的缘故吧?临死之际,秦穆公这位孤独的西方霸主,将开始于他叔父秦武公的人殉制推向了极致:让177个活生生的生命和他一同走向另一个世界,创造了中国历史上殉葬人数最多的纪录!

有那么多人陪他上路,就能减轻秦穆公一生的孤独和寂寞吗?

成纪李氏

成纪李氏家族最早在中国历史上成为关注的焦点，是在西汉。

司马迁在《李将军列传》里一句"李将军广者，陇西成纪人也"，就让天下姓李的人都记住了自己那个功高盖世、命运多舛、刎颈沙场的先祖——"飞将军"李广。

陇西成纪，就是西秦岭北坡的天水。

我最早关注李广这位从司马迁开始就一直备受中国传统文人尊重的军人，是在十多年以前。当时，和朋友策划创作一部电视连续剧《飞将军李广》。为了获得一种感受，我走访了位于天水市郊南山下的李广衣冠冢和西关老城的飞将巷。

飞将巷是一条非常古老的巷道，据当地志书记载，那里是李广故居。

当时的天水市西关，明清时代古民居云集，小巷幽深，木楼老宅，别有一番古朴醉人的气象。在明清时代达官贵人官邸鳞次栉比的西关，飞将巷虽然也有飞檐高翘的门楼厅堂，但一片高墙深院的几座宅院，好像从来就习惯了不事张扬、平平朴朴的平民生活。

长满苔藓的屋脊，凌乱而破败的院落，以及居住在那里的下层百姓实实在在的生活态度使我觉得，这种氛围似乎更接近于李广的内心和性格。

司马迁说："余睹李将军悛悛如鄙人，口不能道辞。"用现在的话来说,老实人李广属于只埋头苦干,不会阿谀逢迎的那种人,所以尽管他陪伴汉文帝、汉景帝、汉武帝戍守边关,一生与匈奴作战七十余次,让匈奴闻风丧胆,却至死都未封侯,是自然而然的事。

与卫青、霍去病相比,李广属于时运不佳的那一类人。他年富力强时的文、景两朝,是重文治而轻武功的时代。文帝和景帝对北方少数民族的骚扰以和亲怀柔为策略,本来就没有大的战争。而到了好战尚武、开疆拓土的汉武帝当朝的时候,李广年事已高,再加上过于老实本分的性格,年轻气盛的汉武大帝对他在情感和观念上常常有一种恍若隔世的陌生感。于是,功过相抵,有功无禄,甚至被贬为普通百姓的起落沉浮,就成了《李将军列传》对李广一生生活经历最频繁的记述。

李广对命运的最后一搏,是在公元前119年(元狩四年)。

窦太后死后,汉武帝采取的一系列稳固政权,加强中央集权的措施已经奏效。这一年,汉武帝刘彻瞅准时机,由自己一手培养提拔的少壮派军官卫青、霍去病为统帅发兵40多万,与盘踞在漠北的匈奴展开大决战。

那一年,李广64岁。

最初,汉武帝就没有把李广计划在这次行动之内。但一辈子大部分时间驻在北方边境,常年与匈奴作战的李广自然是不能放过这次机会。在他的苦苦请求下,汉武帝才允许他作为前锋参加这次战斗。

然而,汉武帝的不信任,卫青又偷梁换柱,让公孙敖取代李广,与匈奴正面作战。苦苦等待与匈奴正面交锋的李广烈士暮年的最后一次机会,被迫与他背向而去。

倒霉的命运终于把李广推上了绝境:被打发到远远偏离主

战场的李广长途跋涉，在遍地泥泞、沼泽和沙漠的东线，李广部队迷了路，延误了与卫青会合的战机。面对即将来临的刀笔吏的审问，李广为保全人格，终于用那把伴随自己一生，杀死匈奴无数的利剑割断了自己的颈项，壮烈牺牲在漠北大营军营。

这就是一代名将李广简单而复杂的一生。

李广先祖就是亲手俘获了策划荆轲刺杀秦王的燕国太子丹的李信，他堂弟李蔡早在景帝时期就位列三公，被封为乐安侯了，而一生都在战场上度过的李广，却只能带着终生的遗憾结束自己的生命！

这样的结局看似偶然，其实也是李广性格的必然结局。

前面我已经说过，李广属于那种恪尽职守、廉洁奉公、不贪不占，只知低头拉车，不知道抬头问路的老实人。论人品，李广的正直诚实在当时就早有公论。司马迁说李广死后，"天下知与不知，皆为尽哀"。而且就是针对李广不善言谈却以自己的行动赢得了社会各界普遍尊重的人品和人格，司马迁不经意间竟创造出了一句饱含人生哲理的成语："桃李不言，下自成蹊。"然而，他的才能过于出众，他人生态度的卓尔不群，他的耿直诚实，以及他的不善辞令、不善审时度势，不知道投机取巧，都是导致李广悲剧人生的根本。

无论是在云中、上郡、右北平，只要李广出现在哪里，哪里的边关就会安宁无事。但是往往是在眼看就要功成名就的时候，老实得有些愚拙的李广总是与机遇擦肩而过：七国之乱本来立了大功的李广，却因为接受梁王所赐的将军印被贬到怀柔一带的边防前线；公元前125年雁门关之战，李广在敌我悬殊的情况下身负重伤，被匈奴所获后机智逃回，却被削官为民；漠北决战，本应是李广立功封侯的最后一次机会，却被汉武帝和卫青联合暗算!

这种人生经历,即便是钢铁汉子,恐怕也难以承受。但对大起大落的命运,李广都接受了。唯一不能接受的,是对人格的糟践。所以在最后一线期望和希望破灭之际,李广只能选择自杀。

生命消失了,干净的灵魂还在。

多少年来我一直在思考这样一个问题:李广一介武夫,为什么在他死后多少年竟有那么多文人骚客为他抱打不平,对他怀恋不已呢?

为了表述清楚我最后的结论,我还得引用司马迁对李广虽然笔墨极为节省,却字字珠玑的评价:"及死之日,天下知与不知,皆为尽哀。彼其忠实心诚信于士大夫也?"

可见,李广的人格和人品在当时就已经感染了当代文人。至于到了后世,特别是在唐代,面临与汉朝初年动荡不安的边防形势,一部分人怀念李广,是期望能有一位如李广一样英勇善战的戍边名将消除北方边患。更多怀才不遇的文人,却从李广的遭遇里看到了自己的影子:有能力却不被重用,有报国之心却无报国之门,有高洁的品性却无力扭转乌烟瘴气的社会现实……尤其是李广最后采取的以结束生命来保全人格的方式,让历朝历代那些满怀忧愤的中国文人,看到了一种宁可玉碎,不能瓦全的人格光芒的力度。

李广的人生悲剧,标示了中国传统文人的人格理想和人格境界。

同样是在威震四方的大汉天子脚下,成纪李氏的命运悲剧,还不仅仅出现在李广一个人身上。

李广死后,成纪李氏人气急转而下。

好像是一种宿命，李广儿子李敢、孙子李陵，以及他的堂弟李蔡，都没有逃出不能善终的命运结局。

李广有三个儿子：李当户、李椒和李敢。司马迁在《史记·李将军列传》里只说"当户早死，拜椒为代郡太守，皆先广死"。不知为什么，司马迁并没有说明李广大儿子、二儿子死因。

李当户死时留下一个遗腹子，这就是李陵。

与李广相比，在司马迁看来人品和名气与堂兄李广相差甚远的李蔡就幸运多了。元朔五年（前124年），也就是李广和卫青出兵定襄无功而返前一年，李蔡被封为安乐侯。随后，李蔡平步青云，在公孙弘死后当了汉武帝第二任丞相。然而李广漠北大营引颈自杀的第二年，李蔡头脑发热，竟胆大妄为地将景帝坟墓旁一块空地据为私有，结果被责令自杀，结束了自己的性命。李广死后，曾经跟随骠骑将军霍去病在河西走廊讨伐匈奴右贤王，立功后被封为关内侯的小儿子李敢，对卫青逼父亲于死地耿耿于怀，在为父亲报仇刺伤卫青之后，被卫青和霍去病乘打猎之际射杀。

至此，人丁兴旺、名将辈出的成纪李氏，在汉武帝当政期间接连出事，战死的战死，自杀的自杀，被谋杀的被谋杀，最后只剩下了李广的孙子、李当户的遗腹子李陵。

由于《苏武牧羊》的故事，对多少年来都背着"叛国罪"黑锅的李陵，迫于无奈投降匈奴的过程中国人是再熟悉不过了。李陵当时是以5000步兵与匈奴8万铁骑作战（也有人说，当时匈奴是以举国之兵与李陵作战），而且是在弹尽粮绝，几近全军覆没的情况下被匈奴俘虏的。在刚刚被抓的时候，李陵只是假降，原想瞅准时机，另谋他图。但汉武帝在听信了素来就与李家有过节的公孙敖谗言,一怒之下,将李陵一家满门抄斩。

没有退路的李陵,只好选择不得已而为之的求生之路。

真正逼迫李陵走上绝路的不是匈奴大单于,不是李陵自己,而是汉武帝以及他身旁那些唯恐天下不乱的大臣。

此后,"陇西士大夫以李氏为愧"。

李陵成了过街老鼠,满朝文武都在喊打,只有司马迁为这位满身罪名的"叛国者"鸣不平:

且李陵提步卒不满五千,深践戎马之地,足历王庭,垂饵虎口,横挑强胡,卬亿万之师,与单于连战十余日,所杀过当。虏救死扶伤不给,旃裘之君长咸震怖,乃悉征左右贤王,举引弓之民,一国共攻而围之。转斗千里,矢尽道穷,救兵不至,士卒死伤如积。然李陵一呼劳军,士无不起,躬流涕,沫血饮泣,张空弮,冒白刃,北首争死敌。陵未没时,使有来报,汉公卿王侯皆奉觞上寿。后数日,陵败书闻,主上为之食不甘味,听朝不怡。大臣忧惧,不知所出。仆窃不自料其卑贱,见主上惨凄怛悼,诚欲效其款款之愚。以为李陵素与士大夫绝甘分少,能得人之死力,虽古名将不过也。身虽陷败,彼观其意,且欲得其当而报汉。事已无可奈何,其所摧败,功亦足以暴于天下。仆怀欲陈之,而未有路。适会召问,即以此指推言陵功,欲以广主上之意,塞睚眦之辞。未能尽明,明主不深晓,以为仆沮贰师,而为李陵游说,遂下于理。拳拳之忠,终不能自列。

——《报任安书》

司马迁的申辩不仅没有为李陵开脱，还搭添上了自己的男儿之身！

李广死了。

李广的几个儿子死了。

李广唯一可以成就大事的孙子李陵，成了臭名昭著的"叛国者"。

曾经在文帝、景帝和武帝三代轰轰烈烈，在大汉帝国开疆拓土中建立过赫赫战功的成纪李氏，就这样彻底淡出了西汉政治舞台。

文化之祖

我们要回到过去，认识一位在遥远的上古时代创造汉字的文化先祖仓颉。如果没有这位生活在黄帝时代的奇人，我们可能至今还不知道文字为何物。我也不可能坐在这里，一边倾听渭河隐约的涛声，一边以文字的方式讲述日日夜夜从身边流过的渭河的传奇故事。

仓颉出现之前，古老渭河的波光已经唤醒了中国文字最初的斑驳光影。

那是在渭河上游的大地湾，时间在距现在六七千年前。那些生活在渭河上游支流清水河岸上的先民，面对莽莽丛林畅想、捕鱼、采集野果或种植黍之际，大概是有什么抑制不住的激情要抒发，或感觉有什么事情必须记录下来，留给后人。于是有人就在烧制盛水或装盛黍粒的陶器内壁，用比制作陶罐的赭色更加深沉的颜色，刻画下让人意味无穷，却又百思不解的朱彩图案。这些图案有十几种，它们的形状有的像流水波纹，有的像生长的植物，还有的是直线与曲线交叉起来的图形。这些神秘而又让人着迷的符号代表着什么呢？是大地湾人对养育了丰富鱼虾，让自己果腹的河流的沉迷冥想？是收获了第一季黍的大地湾人对催生万物的大地之神的感戴？还是暗含了当时已经建造出人类最早的巨型宫殿的原始先民对某种神秘事物的记忆？一切都只能在我们有限的揣摩和想象之中。但对于六七千年前尚处于茹毛饮血状态的原始人类来说，这位（这些）在陶罐上刻画下这种神秘符号的人，显然是超乎寻常的伟大天才或杰出的思想家。在人类才刚刚学习种植养活生命的粮食的时代，他（他们）竟然懂得了记录和思考！这应该是人类向文明世界跨越之际，一次具有划时代意义文化思想意识的觉醒。

　　大地湾人在陶罐上留下这种神秘的刻画符号一千多年后，在渭河下游西安半坡村，这种神秘符号再度出世。半坡人在陶器上留下的这些刻画符号，有一些与大地湾人手下创造的神秘图案如出一辙！只不过从大地湾到半坡村，这种刻画符号更加丰富，也更加成熟。半坡村时代，这符号依然被刻画在陶器上，但半坡人刻画这些神秘符号的位置，已经从陶器内壁上升到了陶钵口沿，数量也发展到三十多个。半坡人创造的这些在我看来有些像生产工具，有些如生长的禾苗，还有些似高山日出的符号，几乎就是我们后来看到的象形文字的母体。于是，考古界只能将大地湾和半坡村产生的这些神秘的刻画符号，看作是中国汉字最早的雏形，而美术史研究家面对这些符号的线条和构图，又将其归结为中国绘画之母。

六七千年前的文字符号过于原始，也过于神秘。不知道在将来，会不会有人解读出大地湾人和半坡人的那些文字符号，到底讲述了些什么呢？

还有一个历时几千年，至今尚无法完全解释清楚，却被人类认为奥妙无穷、含义无限的远古图形，也被认为是中国最早的形意文字的雏形——那就是伏羲八卦。

八卦也诞生在渭河流域。

伏羲创立八卦的时代，是大地湾文明发展到辉煌极致之际。位于渭河上游大地湾和渭河下游半坡村之间的天水三阳川卦台山，据说是伏羲仰观俯察，洞悉自然万象，制作那个被后世认为包含了宇宙万物相生相克、周而复始规律的几何图形——太极八卦图的地方。从古到今，已经有那么多人倾心研究后发现，伏羲八卦每一画都是一个寓意无穷的文字，或者一本意蕴深厚的大书。一个完整的伏羲八卦，其实就是宇宙万象运动变化规律压缩精编版的象形文字记录。

更加让人感到神秘和神奇的是，中国最古老的汉字孕育、生长阶段的母床和萌芽的热土，都在渭河中上游地区。

有史可查的汉字之祖仓颉出现的时候，大地湾人、半坡人和伏羲，都已经是仓颉时代的古人。仓颉和轩辕黄帝同一时代。根据《吕氏春秋通诠·审分览·君守》的说法，仓颉是黄帝时期的史官。

这又是一个由于为人类文明做出太大贡献而被后世膜拜者神化了的人物。所以我们不得不又回到原始神话世界，梳理仓颉的身世。

已经有不少资料说，仓颉是陕西白水人。白水在关中渭北地区，那里是黄土高原区。从蒲城北上，台塬越升越高，到了白水，不时出现在路两旁的黄土沟壑让往北的道路变得崎岖坎坷，人们只能在相对平缓的沟壑与沟壑上面平坦而破碎的塬上行走。从白水西面和北面的宜君、洛川、黄龙，可以进入陕北黄土高原腹地。渭河支流北洛河从洛川与宜君的交界处自西北朝东南，从白水县东北斜插而过，经蒲城、大荔向渭河流去。白水县城有一座仓颉塑像，矗立在烈日朗照的街头。那是一位温文尔雅的智者，伫立在莽莽高原沉思、凝望。从白水县城朝东、朝北，跨过潜流在深切的高原深处的北洛河，在已经接近洛川、黄龙的白水县史官乡，仓颉庙古朴而神秘的建筑，遍布仓颉庙的那些苍老且因为高原劲风千秋吹拂而遒劲有力的松树，以及庙内保存的众多名人碑刻让人觉得，出生在白水的仓颉是人，而不是神。

古人记载说仓颉"龙颜四目，生有睿德"。我国历史上记载有双瞳四目的人物，除了仓颉，还有三皇五帝之一的虞舜、春秋五霸之一的晋文公重耳、西楚霸王项羽、十六国时期后凉国的创建者吕光、北齐显祖文宣皇帝高洋和南唐后主李煜。他们中间，除了虞舜帝因离我们过于遥远而变得身影憧憧外，其他都是活生生的人。那么这双瞳四目，应该是后人让才能出众者区别于凡人的形象标志了。

仓颉本来姓侯冈，名颉，是燧人氏后裔，号史皇氏。创造汉字之后，黄帝赐给他仓姓。黄帝之所以给仓颉赐以仓姓，是取了"仓"字君上有人，一个人字下面只有一个君王的含义。由此可见，黄帝对仓颉抬爱到什么程度了！

仓颉创造汉字的时候，人类在探索记述、记载方式上，已经走过十分漫长的道路，堆石记事、结绳记事，以及大地湾人、半坡人的刻画符号。伏羲八卦虽然诞生了，但这些早期文字实在过于神秘简单，深奥难懂，而且数量有限。黄帝时代，每天发生的事情实在是太多、太复杂了，仓颉创造的文字出现之前，结绳记事还在沿用。一次，由于仓颉结绳记事提供的史实出现差错，致使黄帝在边境谈判中失利。而这次失利，仓颉有不可推卸的责任。作为史官，如何用仅有的文字记录下那么多的事情，是仓颉最头疼的事情。

仓颉所创造的字，叫鸟迹书。

有一天，仓颉正在林间苦思冥想，天空突然飞来一只凤凰，凤凰叼的东西正好掉到他面前。仓颉俯身一看，发现凤凰掉下来的东西上有一个脚印，却不知为何物所留。路过的猎人告诉他，那是貔貅的蹄印。仓颉猛然醒悟：世间万事万物都有各自不同的特征，比如鸟的脚印和兽类的脚印就大不相同，山和水的样子也各不相同，如果按照各种事物的不同特征，将他们画出来，不就可以记录更多的事情了吗？

这一发现让仓颉欣喜若狂。从那一天起，他开始悉心观察日月星辰、山林水泽、鸟兽器物各自的特征，并将最能代表那个事物的特征画下来。如画一个山形代表"山"，画几个水波代表"水"，画一个圆形代表"太阳"，画半个圆代表"月亮"，等等。仓颉创造的文字越来越多。黄帝挺进中原，建立炎黄部落的功绩，也被仓颉用他刚刚创造的文字尽可能完整地记录了下来。白水县史官乡建于汉代的仓颉庙中有一块《仓圣鸟迹书碑》，黑色的石头上刻着二十八个古怪符号，据说这些就是仓颉当年所造的象形文字。这些鸟迹书由小图形和画面组成，是世界上最早的象形文字。宋代王著《淳化阁帖》将这二十八个怪字破译为："戊己甲乙，居首共友，所止列世，式气光名，左互乂家，受赤水尊，戈矛釜芾。"

与北洛河隔秦岭相对的陕西洛南县，有一座山叫阳虚山，据说那里也是仓颉造字之处。有史书记载，说仓颉当年来到阳虚山，"灵龟负书，丹甲青文，仓帝受之遂穷天地之变，仰观魁星圆曲之势，俯察龟文、鸟迹、山川，指掌而创文字"。仓颉造的二十八个字，最初就刻在元扈山石壁上。秦朝丞相李斯到洛河之滨、阳虚山对面的元扈山，也只读懂了其中"上帝垂命，皇辟迭王"八个字。沿着发源于秦岭山区的南洛河从洛南向南、向东，再向北，进入豫西秦岭东部支脉熊耳山深处的河南洛宁，我们还可以在洛宁县兴华乡阳峪河畔，看到又有一处据传是当年仓颉受到龟纹兽迹启示，创造汉字的仓颉造字台。

还有一种说法，说所谓仓颉造字，实际上是仓颉以平生之精力搜集、整理，改进了前人创造的各种文字。如果仓颉是上古时代所创造文字的集大成者，那么他搜集整理文字的足迹，应该遍布全国各地。

从关中沿渭河向东、向南，甚至向北，仓颉极可能搜集到由大地湾人首创、经半坡人丰富发展、刻画在陶器上的原始文字，也可能借鉴了伏羲八卦，同时在沿渭河向东到达河南渑池县仰韶村，他还搜集到了仰韶人留在陶器上的记事符号。大量前人创造的文字和半成品象形会意符号摆放在仓颉面前，根据鸟迹兽踪创造文字的经验，立即点燃了他创造和想象的灵感。于是古人留下的刻画符号被他破译了，更多可以象形表意的后来被称为文字的图形或者符号突然浮现在眼前。仓颉把它们一一记录下来，刻写出来，画了出来。就这样，最早的成形文字，在经历几千年孕育发展之后，被一个叫作仓颉的圣人创造了出来。

仓颉创造出文字后，这个世界就改变了。《淮南子》说："昔者仓颉作书而天雨粟，鬼夜哭。"古人还说，由于仓颉创造了文字，造物主已经无法隐藏它的秘密，天空竟然下起了飘飘洒洒的谷子雨；多少年来让人类惶恐不安的妖魔鬼怪也害怕从此以后无处藏身，惊恐地在夜晚哭泣。据说二十四节气之一的谷雨，就是因此而来。

这一切描述，都是后人的想象。但有一个事实是不可改变的，即人类有了文字，思想和创造的天空就变得更加辽阔。人世万物之间出现的曾经让人类惊恐不已的神秘现象，从此将被人类用文字记录下来的经验、经历和真实场景所揭秘；隐藏在天地之间的奥秘，也将被一一破解。人类的精神和思想，从此将从混沌、昏暗、蒙昧、盲目的沉沉黑夜走出，向着文明昌盛、文化理性阳光普照的世界走去。也许正是出于这个原因，于右任才为白水仓颉庙题写了"文化之祖"的匾额。

仓颉创造出汉字后，黄帝召集九州部落首领，让仓颉向他们传授汉字，并在华夏推广。黄帝推广仓颉创造的汉字的时候，黄帝部族和仓颉大概已经离开渭河流域，进入天地更为广阔的中原大地。

今天，我坐在这里用仓颉创造的文字写这篇文章，是不是也受到了某种神示呢？因为在结束这篇文章的时候我突然发现，今天正是农历壬辰年三月三十日，谷雨。窗外的渭河两岸，也正飘洒着淅淅沥沥的春雨。

唯有杜康

粮食不仅可以维持人类的生命，还可以造酒。有了酒这种从五谷杂粮转化而成的液体,不仅可以点燃人类内心贮藏的热情和激情,还可以让人忘记俗世间的烦恼和忧愁。于是曹孟德一句"何以解忧?唯有杜康"的自问自答,让酒拥有了另一个名字:杜康。

"杜康"最初是一个人。他也是在渭河流域出生的远古奇人。是杜康发明了酿酒术。

杜康,这位在诗歌尚未出现之前创造出一种能够让人获得诗意和遁入仙境般飘飘欲仙的液体的人,是渭河支流北洛河流域的陕西省白水县人。

这位被古今《白水县志》都收录在册的人物生活的年代是夏代。还有人说,杜康是黄帝时期管理粮食生产的官员。无论如何,我们只能确信杜康生活的年代距离现在已经有五千多年。在没有文字记录史前历史的那段时间,我们也只能确信上古传说的真实性。至少,这传说在某种程度上多少也映现了历史真实的影子。

渭河上游最早出现的粮食作物叫黍———一种小米,是在距现在八千多年的甘肃秦安大地湾遗址发现的。随后,炎帝神农在宝鸡境内渭河南岸清姜河流域品尝百草,半坡人在浐灞三角洲开始种植包括黍在内的多种粮食作物。到了黄帝时代,已经从胞族炎帝神农那里学会并掌握了先进农耕技术的黄帝部族大力发展农耕,有余粮造酒是完全可能的。如果说杜康是夏代人,那么那时候后稷已经在距白水并不遥远的漆水河流域种植出了成片成片的谷子、糜子、大豆、小麦等作物,以粮食为原料酿造供夏桀王和贵族狂饮作乐的酒,更不在话下。

渭河几条大支流中,北洛河几乎所有流域都在黄土台塬和高原区。从蒲城一个叫罕井的镇子往北,地势越升越高。一路上,如巨大漏斗一样敞开、深不见底的沟壑不断出现在公路两侧。平坦的塬上,小麦已经收割,玉米挂满了红红的缨子,更多的田地里则结满了苹果。北洛河和向它汇聚而去的众多支流、山间小溪,被隐匿在一眼望不到底部的沟壑深处。这里是渭北黄土沟壑区与陕北黄土高原的交接地带。跌宕起伏的山塬沟壑,让我的心情也在高低错落中一路向北。

不知道杜康那个年代,渭北高原上的天空是不是如此瓦蓝?白水县杜康镇杜康沟的杜康墓面积并不大,遍地荒草中一块难辨年份的石碑后面,青砖围墙里一座依着另一座并不高大的小山包的坟包,就是这位酒神的墓冢。墓冢上面覆盖着无边无际、瓦蓝瓦蓝的天空。

杜康将粮食变为酒,不是有意为之,而是人类文明的偶尔创举。

黄帝时期,农业生产已经很发达,所以任命杜康为管理农业生产的农官。这一年,粮食生产获得千载难遇的好收成,于是如何贮藏粮食,成为杜康必须考虑的一件大事。苦思冥想之际,一天路过树林,杜康看到一棵大树树干上有一个大洞,里面落满了干枯的树叶。杜康便想,树叶在树洞里没有腐烂,如果把粮食装进去,会不会也不腐烂变质呢?

树叶被掏出来,粮食被放进去了。过一段时间,杜康前来查看,被眼前的景象惊呆了:走进那棵树生长的林间,远远就有一股从没有过的异香飘来。越往那棵树跟前走,奇异诱人的香味就越浓。循着这香味,杜康在树林里寻找这人间从来没有过的香味到底从哪里来。不料,那香味竟将杜康领到了那棵他用来贮藏粮食的树前。杜康定睛一看,树洞里的粮食已经变成半树洞的水,清冽甘醇。弥漫在树林里的异香,就从这里散发出来。

好奇和惊讶让杜康用手指蘸了一点儿，放进口中，一种从来没有品尝过的甘醇香甜瞬间在口中弥漫。接着，他又用手掬起树洞里粮食变成的水，畅饮一口，浓郁的香味愈来愈浓烈，热乎乎的感觉随即渗透全身。那种诱人的异香和火烈的感觉让杜康欲罢不能。很快，华夏大地上诞生的第一滴酒，让第一个品尝到的杜康陷入飘飘欲仙的醉态。

迷醉中醒来，大喜过望的杜康立即将这种由粮食变成的神奇液体带回去，让黄帝品尝。黄帝也被这种神水的甘醇迷醉了，让杜康为这种神奇之水取个名字，杜康沉思片刻说："此水味香而醇，饮而得神，就叫酒吧！"

从此，一种由固态的粮食转化为液态水的物质——酒，就这样在杜康无意为之之际诞生了。杜康也就成了中国历史上第一个用粮食酿酒的人。

还有一种说法，说杜康又叫少康，是夏代第五位君王相的遗腹子。早年，他用老家白水县杜康镇杜康沟的水酿造了中国最早的粮食酒。

我到那里的时候，没有去杜康沟，也不知道杜康沟现在是不是还有流水。如果有，也应该是流入渭河支流北洛河的。因为在杜康镇南不远处，有一条叫白水的河流，也流入北洛河。

如果按照后一种说法，《白水县志》的记载和远古传说之间的矛盾就出现了：一位曾经创造了夏代历史上少有的盛世——少康中兴，而且出生在现在山东德州古鬲国的夏代君王，怎么会千里迢迢跑到陕西白水来酿酒呢？但《白水县志》记载的杜康与夏王少康无关。杜康当年酿酒的地方，在白水县杜康沟。

如果中国最早的粮食酒就是杜康酿造的话，那么无论是他作为黄帝农官无意间创造出了这种至今让人类迷恋不已的美酒，还是杜康用杜康沟杜康泉水酿造出的第一滴酒，他所用的粮食，大概也就是在渭河流域诞生的黍或者粟吧！

有了粮食，就可以酿造出美酒；有了酒，人类既可以自我陶醉，也可以以酒祭拜天神和先祖。而成天沉湎于酒色的商代最后一位帝王殷纣王，却饮酒误国，将持续六百多年的江山拱手送给了周人。周人立国之后，饮酒之风不仅在王公贵族之间蔓延，而且根据西周专门设立管理酿酒的酒正、酒人、郁人、浆人、大酋等官职可以断定，西周都城镐京及其诸侯国国都的酿酒业也异常发达。从《诗经》中不少描述当年周人酿酒、饮酒的作品可以看出，西周的酿酒技术已经远非杜康时代可以比拟。西周时期对酿酒器具、水质、火候都有严格要求。那个时候，不仅可以酿造果酒，还有发酵酒。酿酒原料有果子、粮食和香料。周人还根据不同原料酿造出了稻酒、黍酒、高粱酒和麦酒等。那个时候，渭河流域盛产粮食，人们吃饱肚皮已经不是大问题。有了存粮和余粮，酿造出可以让人情迷神醉的美酒，也是人类文明向前迈进的标志。

宾之初筵，温温其恭。
其未醉止，威仪反反。
曰既醉止，威仪幡幡。
舍其坐迁，屡舞仙仙。
其未醉止，威仪抑抑。
曰既醉止，威仪怭怭。
是曰既醉，不知其秩。

这是《诗经·小雅·宾之初筵》描述的周王朝上层贵族的饮酒场面：宴会一开始，受邀参加筵席的各位宾客都显得温文尔雅，大家对对方也表现得极其恭敬。尚未喝醉时，人人仪态庄严，举止谨慎。但待到酒过三巡，每个人的本来面目就显出了。刚入席的庄重和矜持不见了，体内燃烧的酒将每个人压抑已久的激情点燃，大家纷纷离开座位，开始翩翩起舞。用粮食和水做成的酒就是这样神奇，没有喝醉的时候，人人仪态严肃，道貌岸然；一旦喝醉，每个人的言行开始变得轻薄而粗鄙起来。那时候，被酒控制了的谦谦君子在酒的迷醉下，只顾抒发个人情感，全然不理会这种庄重聚会场所的规矩了。

杜康无意之间的这一创举，其实是一种更接近于诗性和神性的创造。有了酒，寒冷可以被体内燃烧的这种叫作酒的火一样的液体驱散；有了酒，孤独的人、痛苦的人、哀愁的人、壮怀不已的人，都可以借助酒的温度和热度获得解脱；有了酒，人类才会从醉酒后那种飘飘欲仙的状态中，感受到人性与神性的沟通和照耀。

杜康之后，就有一种异香从渭河流域弥漫中国大地，让生活在南方与北方的人，都能在一种粮食与水交合产生的酒香里获得精神和灵魂短暂而幸福的解脱。

据《白水县志》记载，杜康死于酉日，所以当地人在酉日从不饮酒会客。每年农历正月二十一日，人们都要扶老携幼，到杜康庙中赛烹祭祀，怀念酒神杜康。

倾国倾城

　　中国古代四大美女除了西施、貂蝉、王昭君、杨贵妃都与渭河有关。如果将周幽王时期一笑倾国的褒姒和东汉才女蔡文姬、前秦才女苏若兰也列入其中，那么渭河流域也就成了中国古代仕女文化的摇篮。

　　2011年8月，我从渭河源头鸟鼠山到甘肃临洮县的时候，几个月前甘肃省政府新闻办公室宣布，经国家工商总局批准，临洮成功注册了"貂蝉故里"等七十八个类别商标。有关貂蝉出生地，历来就有甘肃临洮、陕西米脂和山西忻州几种说法。对于经罗贯中演义后，身份与去向变得扑朔迷离，又被历代文人高度理想化的美女貂蝉到底生于何地，死于何处，过于计较也没有多大意义。但如果她真的就出生在甘肃临洮或陕北米脂的话，我们也就可以更为真切地看到，盛唐以前的渭河流域，不仅是成就伟岸男人梦想的地方，也是造就美女的沃土——那位曾经让周幽王喜欢得连家国江山都当儿戏的褒姒，生地虽然在汉江流域的褒河，但让她在历史上留下参差声名的地方，却在渭河流域的西周都城镐京城。

　　褒姒是一个弃婴，被西周时期秦岭以南汉中境内褒河一带褒国的一对做小生意的夫妇收养后，竟长得如花似玉，楚楚动人。周幽王三年（前779年），周幽王征伐褒国，褒姒被作为褒国臣服西周的礼物献给周幽王。一方面是褒姒的魅力柔情，另一方面因为与周幽王在一起仅一年，褒姒就为周幽王生下了一个大胖小子。周幽王废除王后申氏和太子宜臼,立褒姒为王后,立褒姒还在襁褓中的儿子为太子,最终酿成了烽火戏诸侯、迫使周王室东迁洛阳、西周王朝宣告终结的历史悲剧。

更多的时候,女人被看作是王公贵族生活的点缀和装饰。她们的品性和生活地位,决定了女人是供男人赏玩的玩物。但到了紧急关头,女人那柔情似水的身体、灿烂迷人的微笑,却抵得上千军万马。

西汉开国最初几年,刘邦也曾经试图用武力解决威胁大汉江山的匈奴问题。然而自从白登之战险些命丧黄泉后,他采取的和亲政策中,为匈奴单于送去的礼单中有一个至关重要的礼物,就是美女。从汉高祖到汉景帝,与其说是西汉送去的丝绸美酒换来了汉初多年相对安宁的日子,倒不如说是一个个和亲公主的身体和柔情,让嗜掠成性的匈奴王暂时放下了弯刀。而在西汉的和亲公主中,最出色的一位是王昭君。

与王昭君用自己的美貌和才智换回汉匈之间五十年和睦相处不同,"回眸一笑百媚生,六宫粉黛无颜色"的杨贵妃,虽然在唐玄宗怀抱里享尽了人间快乐和荣耀,却让一座帝国大厦顷刻之间走向末路,自己也春花早谢,香消玉殒,身死渭河北岸的马嵬坡。

同样的美人,不同的生命取向和结局,除了命运,恐怕还有一个文化修养的问题。公元196年,远嫁塞北,给匈奴左贤王做了十二年妻子的蔡文姬终于被曹操接了回来。那一年,蔡文姬三十五岁,已经是残花败柳了。虽然多舛命运让这位才女身心饱受摧残,但生活还要继续。于是,她和董祀从洛阳溯洛水而上,来到渭河支流、灞河源头的陕西蓝田秦岭深处的悟真谷住了下来,隐居山林,潜心研究历史、文学和音乐,并为后世留下了著名的《胡笳十八拍》。

现在人们都知道,《史记》不仅为我们保留了西汉及西汉以前珍贵的历史,而且为我们树立了一座中国古代文学作品高耸的丰碑,却没有多少人知道,一位出生在渭河流域的女人为司马迁和《史记》所付出的一切。

这个女人,就是司马迁夫人柳倩娘。

渭河在甘肃渭源县鸟鼠山发源后,从陇西、武山、甘谷进入天水市区的时候,又有一条支流加入。这条支流就是发源于六盘山,流经甘肃秦安县的葫芦河。司马迁夫人柳倩娘的老家就在甘肃天水市秦安县。史料显示,柳倩娘是西汉名将"飞将军"李广的外甥女。她父亲是一位读书人,所以柳倩娘从小跟随父亲学习画山水花鸟,到十五岁的时候,已经可以通读"六经",翻读《庄子》和《离骚》。

柳倩娘还在秦安乡下的时候,舅舅李广是当朝名将,二舅李蔡已经是汉武帝的丞相。十五岁那年,柳倩娘跟随父亲到长安看望舅舅李广,接触到司马迁的文章后萌发了拜司马迁为师的念头。在表兄李陵帮助下,柳倩娘见到了司马迁。当时的司马迁大概也来到长安不久,正值年轻英俊且才华横溢的年龄,柳倩娘对司马迁一见倾心。谁知柳倩娘的美貌也让有了家室的李广利垂涎三尺,想将柳倩娘纳为小妾。为了躲避当时已经红极一时的汉武帝宠姬李夫人和宠臣李延年长兄李广利逼婚,柳倩娘躲到司马迁家里,并与司马迁成婚。

作为司马迁的崇拜者和妻子,在司马迁举足游历,开始为写作《史记》做准备的时候,柳倩娘跟随夫君先后到过江淮、庐山、九嶷山、长沙等地,帮助司马迁搜集资料、绘图。司马迁第二次获罪入狱,柳倩娘为保护正在写作中的《太史公书》

(也就是后来的《史记》),忍痛别夫,隐名改姓,带着司马迁完成的部分《史记》正本,逃到司马迁老家韩城,藏匿于芝秀庵尼姑庵,削发为尼。公元前90年,司马迁神秘死亡,柳倩娘通过女婿和外孙将丈夫遗体运回韩城安葬。按照韩城习俗,受过宫刑的司马迁不能入祖坟,柳倩娘就在韩城芝川镇东南山岗"东临黄河,西枕高岗,凭高俯下"的地方安葬了司马迁,并在那里种下柏树,守候到死。

司马迁和他的夫人柳倩娘的故事,已经被时光淡忘。但司马迁故乡韩城和其他一些地方的史料,却一直没有忘记这位为我们留下一部伟大著作,忠贞不渝守护一代伟人的伟大女性。

中国古代仕女文化兴起于盛唐。这大概与大唐盛世开明开放,崇尚美艳繁华的社会时尚有关。那些优雅美丽、绛裙拂散的美女,在被盛唐以来的画家描绘到画面上之后,也就成了古代社会女性身份、修养、美貌的象征。这些仕女的身份和情调,永远都与出入歌楼酒肆的歌伎舞伎有着明显界限。她们也可能妖冶妖艳,却绝少熏人的脂粉之气;她们也可能伤春感怀,却表现得优雅婉约。在我们的印象中,前秦才女苏若兰就属于后一种,是一位婉约、钟情,而且智慧的才女。

苏若兰,这位因为与夫君窦滔之间一段微波乍起的爱情故事和一首神奇莫测的回文诗而名扬千古的女子,她的老家在渭河北岸武功县苏坊镇苏坊村。苏坊镇与乾县和扶风相邻,大概过去的苏坊镇曾经归扶风管辖过的原因吧,所以有些资料称苏若兰为扶风才女,武功和扶风县志上也都说苏若兰是自己乡党。

苏坊村有四个自然村,塬下一个叫苏西村的村子,村头矗立一座村民自己出资修建的纪念苏武的石牌坊。虽然在苏坊村南不远,渭河支流漆水河岸上的武功镇有座新建的规模宏大的苏武墓，但村民说那位汉武帝时期出使匈奴被扣、在贝加尔湖畔以牧羊为生、苦熬十九年守节不降的苏武和前秦才女苏若兰，出生在他们村子。虽然现在苏坊村没有一户苏姓人家，但早在唐代，这里就有纪念苏武的牌坊。明成化二十三年（1487年），漆水河发大水，居住在苏坊村的苏姓人家都搬到了对面游凤镇新寨村。村民还说，苏若兰又名苏蕙，是苏武后裔。苏武是汉武帝时期和"飞将军"李广并肩抗击匈奴的西汉名将、平陵侯苏建的儿子，苏坊镇一带是苏建当年封地。作为苏建和苏武后代，这里除了有不少有关苏若兰的传说，1946年，西北农学院一位教师还在苏坊村田地里发现过一座古墓。据当地志书记述，这块大雨后露出地面的墓碑前，竖一通两米多高的石碑，上有"××苏蕙"字样。由此，人们断定那应该就是苏蕙——苏若兰的墓地。

与褒姒、杨贵妃以美貌迷住一国之君，葬送了西周和大唐江山不同，也与王昭君和蔡文姬身负和亲重任，以女人柔弱的肩膀承担一个时代的命运不同，苏若兰与夫君窦滔之间的爱情故事，似乎显得更加缠绵悱恻，充满人间烟火的味道。

最早记录下苏若兰与窦滔爱情故事的是《晋书·列女传》，而让这个传统爱情故事广泛流传的，则是清代李汝珍的小说《镜花缘》。

《晋书·列女传·窦滔妻苏氏传》说，苏若兰是前秦苻坚时期在陈留做县令的武功人苏道质的三女儿。十六岁那年，苏若兰随父亲游览扶风法门寺（那时候叫阿育王塔）的时候与窦滔相遇，两人一见钟情，并由双方父母做主，于前秦建元十四年（374年）结为夫妻。

出生于渭河上游天水市秦安境内的前秦皇帝苻坚，是中国北方陷入军阀混战的十六国时代很有作为的一位皇帝。生逢前秦盛世，有一身好武艺的窦滔很快建功立业，被擢升为秦州刺史，来到渭河上游的天水（那时候叫秦州）做官。公元380年，窦滔携苏若兰来到天水后不久遭人陷害，被流放到流沙一带（今新疆白龙滩沙漠一带）。离别之际，苏若兰和窦滔发誓海枯石烂，忠贞不渝。

哪里知道，窦滔去流沙不久，结识了一名叫赵阳台的歌伎，两人很快如胶似漆，住在了一起。有了新欢，曾经海誓山盟的窦滔将结发妻苏若兰忘得一干二净。后来，苻坚重新起用窦滔，派他驻守襄阳。窦滔赴襄阳到任之际，准备将已经纳为小妾的赵阳台和苏若兰一起带到襄阳，被苏若兰拒绝。于是，窦滔带新欢赵阳台去了襄阳，将苏若兰一个人留在秦州。窦滔这一去沉迷于风尘女子赵阳台的温柔乡，杳无音讯。独守空房的苏若兰就将自己对窦滔的思念之情、孤独，以及与夫君反目的悔恨，巧妙地织成回文组诗，寄给窦滔。窦滔读到这组织在锦缎上的回文诗后悔恨交加，送走小妾赵阳台，将苏若兰接到了任上，夫妻俩从此恩爱如初。

现在，天水残存的老城区还有半截没有被拆完的古巷道，叫织锦巷。"文革"前，那里有一座二层木楼，楼檐下前后各悬挂一巨型匾额，前门上书有"晋窦滔里"，后门上写着"古织锦台"。那应该是一千六百多年前发生在渭河上下中国历史上经典爱情故事的象征和最后见证了。

记录一代才女苏若兰和窦滔爱情故事的回文诗《璇玑图》，也许算得上是中国文化史上最让人品味不够的千古奇文了。织在八寸见方锦缎上的八百四十一个字，纵横各二十九行，每行二十九字，用五色丝线组成不同方阵，成为不同组诗。一代女皇武则天见到《璇玑图》后惊异不已，亲自为其作序。武则天在《璇玑图序》中说："苏氏悔恨自伤，因织锦为回文：五采相宣，莹心耀目。纵横八寸，题诗二百余首，计八百余言，纵横反复，皆为文章。其文点画无阙。才情之妙，超古迈今。"武则天从《璇玑图》里读出了二百多首诗，但对于《璇玑图》回文诗的解读，至今还没有一致的结论。明代起宗道人将织锦回文诗分为七图，读出了三千七百五十二首诗作；而明弘治十五年（1502年）状元、翰林院修撰康海之孙万民，从起宗道人的七图中又分出一图后，竟将区区八百四十一字的《璇玑图》读出了四千二百零六首诗意无穷的诗歌作品，且诗体繁复变幻，奥妙无穷，既有三言、五言、七言，也有四言、六言，还有绝句和律诗。

正是有了渭河水养育的这些才情俱佳、风华绝代的美人，才让一种与女性有关的仕女文化，进入了这个大多数时候被男性主宰的世界的视野。

痛别一位可亲可敬的老人

——悼陈忠实老师

4月29日早八点多，马平川发来私信告知陈忠实老师逝世消息时，我正准备启程去安康。面对微信上"今晨7点40左右，著名作家、茅盾文学奖获得者陈忠实因病在西京医院去世，享年73岁（作者注：应为74岁），中国当代文坛一颗巨星陨落"的文字，我先是一愣，继而怀疑是否谣传？便相继拨通马平川和诗人马召平电话,希望能证明这消息是误传而非事实。然而这时,微信朋友圈已有官媒证实:一代文学巨擘、我尊敬的文学前辈、《白鹿原》作者——陈忠实老师,已经离我们而去!

这些年,我原本已经习惯了日见平静地送一位又一位亲人和朋友赶赴黄泉路。然而消息被证实的一刹那,我还是忍不住心中一阵剧痛、头脑一片混乱。肃立片刻,我忍住泪水,转过身来,朝遥远的白鹿原方向连鞠三躬,并在心里默默祈祷陈老师一路走好!

我与陈老师相识,缘于我的长篇散文《走进大秦岭》。

2007年10月,《走进大秦岭》出版后市文联筹划搞个首发式和研讨会,想请雷达老师来天水给我撑撑门面。不巧,时间临近,雷老师因公脱不开身,提出他可以帮我请贾平凹或陈忠实参加。贾老师和陈老师都是秦岭山中诞生的大家,我自然求之不得。第二天,雷老师来电话说陈忠实答应来天水参加我的活动,让我直接跟陈老师联系。

当时,我与陈忠实老师无片纸之交,心想陈老师可能碍于情面答应了雷老师,我贸然联系,人家肯不肯接电话?事情会不会有变故?犹豫再三后,我诚惶诚恐地拨通了陈老师电话。

意想不到的是,电话里听到陈老师那瓷实而富于刚性的关中口音时,我忐忑不安的心反而平静了下来——从语音上我能感觉到,这是一位和他的作品一样真诚可亲的前辈。电话里,陈老师让我给他寄一本书,说:"我得先读读作品,看了书才有发言权。"那时,距市上确定的时间只有一个多礼拜,我答应托西安朋友送书给他。但当我提出到时候请他带夫人一块来,单位派车到西安接他时,陈老师却直言拒绝说:"不了不了!就我一个人。我坐火车来,没那必要。"

几天后的2007年12月21日，陈老师果然一个人坐着火车到了天水。

在火车站，接站的天水日报社社长张智明再次表达让他一个人旅途颠簸的不安时，陈老师哈哈一笑，说："没啥没啥。娃娃把我送到车站，一觉睡醒已经到了，感觉还在西安一样。"

也就是在那次活动上，陈老师从张智明手中接过聘书，担任了天水日报社文学顾问。第二年，陕西电视台准备拍摄八集纪录片《大秦岭》邀我做撰稿，后来才知道是陈忠实和叶广芩推荐的我。

从此以后，我和陈老师交往日渐频繁。每次到西安，只要有机会，我都会到他在西安石油大学的工作室坐坐，代朋友请陈老师题写书名或带朋友向他求字，只要提前约定了，陈老师从未爽约。

那几年是中国书画市场火到疯狂的时期，但陈老师给自己立了个规矩：给文友题写书名分文不取，却很少为商业店铺题写商号。2009年5月，我和张智明社长从四川返回途中路过西安，请陈老师一块吃饭。谈兴正高时，陈老师接了一个电话，刚说了几句突然提高嗓音吼了两声"我没写！我没写"，啪一声挂断了电话。末了，他告诉我们说打电话的是广东一位商人，要买他的字。一次，西安朋友要我帮他给一位做魔芋生意的老板写几个商品盒上用的广告语，并答应按字付钱，我一张口，就被陈老师拒绝了。他说生意人要的是他的名，不是要他的字。不像文学作者，特别是基层作者写一本书不容易，所以凡是给作者写书名他不仅有求必应，而且分文不取。过了不久，天水一位酷爱文学的朋友和我一块找陈老师写字。字的内容和数量电话上已经告诉了陈老师，聊天过程中陈老师了解到这位朋友也是苦难中熬过来的,且对文学非常执着、热爱,不仅给了鲜有的优惠,还签名送了一大堆他的书。临走,朋友又看上了写好的一幅6尺整张,陈老师告诉他那是给别人写的。最终,陈老师还是没有抵抗住我朋友的死缠硬磨和殷勤真诚,哈哈一笑说:"拿走吧,谁叫我和王若冰是朋友呢!"

2010年春天,报社新任社长王小熊提出去西安看望陈老师,顺便把应该给陈老师的顾问费付了。

去西安之前联系时,陈老师说如果你有事到西安,来坐坐可以,如果没事就不要专程来了。到了西安寻找吃饭地方时,西安日报社总编室主任曹军华建议订在西安美院附近的荞麦园。他说荞麦园是西安文化名人雅聚之所,饭店给陈老师、贾平凹、刘文西各有一个包间,只要请他们,什么时候都能订下包间,而且饭菜不贵,氛围很好。

荞麦园是一家陕北风味餐馆,不仅装修充满陕北情调,有唱陕北民歌的民间歌手助兴,饭店给我们预留的包间还挂着陈老师的字。下午六点一分不差,陈老师自己坐车来到了饭店。

那晚参加聚餐的还有诗人娜夜、三色堇和另外几个想见陈老师的西安朋友,原本只能坐10人的包间挤了十二三人,社长觉得不好意思,陈老师却说:"这样好,热闹!"

菜是地道的陕北菜,酒是天水带去的本地酒,陈老师兴致很高,频频举杯,喝了两瓶啤酒,一桌席吃了不到700元。吃完饭,送到楼下给装在信封里的顾问费时,陈老师怎么也不接手。推来搡去相持了好一阵,陈老师有点不高兴了,说:"无功不受禄,假如你请我到天水讲个课、干点活,你给我还有道理。我那名字不值钱,你们挂就是了。我又不缺钱,要那么多钱干啥?"执拗不过,我们只好把钱带了回来。

和陈老师最后一次见面，是2014年10月2日。

那年重阳节，参加完黄陵县民祭黄帝活动后返回西安，西北旅游协作区秘书处王晓民主任想请陈老师一块坐坐。电话上，我提出派车接他，陈老师怎么都不肯。晚上6点，陈老师又是一分不差，准时赶到位于吉祥村附近的东方大酒店。

王主任表示失礼，陈老师仍然是爽朗且富于感染力地哈哈一笑说："我又没到走不动的地步，有啥不好意思的。"

那天晚上陈老师是自己打的过来的，他说一上车出租车司机认出了他，下车时付的费对方死活不收，陈老师只好说不收钱以后不敢坐他的车了，司机才接下了陈老师硬塞过来的20元车费。

落座时，又出状况了：主宾位原本是给他留着的，可任凭怎么劝说，陈老师就是不坐。最后，他说："谁召集谁坐。"就这样，我被推到了主宾位。

那天，陈老师依然谈兴很浓。他给我们讲年轻时在公社当干部的经历，谈白鹿原上自己的老家，讲自己抽烟喝酒的故事。在座的有几位第一次见陈老师，一会儿要合影、一会儿要签名，然而任凭大家怎么折腾，陈老师都一副平平静静的样子，任我们摆弄。只是那时候陈老师已经啤酒也不喝了，但为了不扫大家兴，他还是以水代酒，接受大家的敬意，末了，慨叹道："老了，身体各个零件都出问题，我现在得听大夫的话！"

吃完饭，他还是自己打车，无声无息消失在古都西安流光溢彩的夜色里。

没有想到，那晚一聚，竟会成为永别！

去年春节，我照例用短信向陈老师拜年，送上我的祝福。春节过后，报社筹备创刊30周年展览，领导要我请陈老师题词，拨通电话，陈老师照例是那种一听就让人感到踏实并底气十足的嗓音。他让我拟好写什么话发他手机上。挂断电话,我将事先想好的"传播文化,传承文明"八个字用短信发过去。两个礼拜后,我收到一封陕西省作协寄来的快递,打开一看,是陈老师的题词。

其实,对陈老师病情,去年五六月份我就有所耳闻。

去年7月在西安,想约马召平去探望。召平在陕西电视台工作,和陈老师儿子是同事,他告诉我陈老师得的病很不好,病情还在保密,探视多有不便。接下来的日子,我一直关注着陈老师病情,并默默祝愿上天保佑这位真诚善良、可亲可敬的老人早日康复。先是从媒体上看到陈老师去年10月出席陕西省一个文学活动,元旦前后马平川电话上告诉我他与和谷去医院探望,说病情恢复尚好。今年前后,多方得到的消息都说经过治疗,陈老师病情稳定向好,只是不能多说话,记忆力也大不如前。即便如此,我还是深信老天是有眼睛的,即便天理如何不公,也不至于让既有一品君子风范,又淳朴善良如一位心无杂念的西北老农般可亲可敬的文学大家,就这么过早离开成千上亿挚爱着他和《白鹿原》的读者吧?

然而,我的真诚祈祷还是被老天残酷回绝了!

此时此刻,面对弥漫三秦大地甚至整个中国文坛的哀悼与悲恸,我不禁要质问上苍:昊昊苍天,你何德何能,怎么能够这么轻而易举夺走一位既像父亲一样可亲可敬,又如高山巨人一样让人敬仰的当代"文坛老农"的生命呢?陈忠实走了,他留给中国文学的空白,又有谁能够弥补?

陈老师,安息吧!

2016年4月29日下午匆就于十天高速徽县服务区
5月1日晚改定于石泉

最后的道别
——哭雷达

我不知道是冥冥之中神秘的暗示,还是和先生之间本来就心有灵犀。昨天下午到北京,今天一早醒来躺在床上,突然想去看看先生,又怕打扰了他,犹豫再三,快十二点时决计先打电话看他是否方便我去叨扰。第一次,先生未接,第二次占线。快十二点再拨,先生接的电话。依然是我所熟悉的天水口音,先生亲切地喊我的名字。我说我在北京,下午想过去看看他。先生说他身体不适,下午要去医院,让我不要来。说话时,感觉声音不像平时那么浑厚,倒也不觉得有什么异常。没想到,四个小时后,先生竟溘然长逝,与我天各一方了!

我与雷达老师相识,开始于1990年。此前,我已读过先生不少文学评论,也知道先生是天水人,但当时先生的简介里都说雷达是兰州人;在天水,除了少数文学界人士,也很少有人知道天水还有这么一位指点新时期中国文坛的评论家。

1990年夏天,借参加鲁迅文学院诗歌学习班的机会,通过当时还在北京空军工作的天水籍学旅书法家毛选选,拜访了先生。当时,先生还在南河沿住,居室有些逼仄,书房里挂着邓拓给他的书法条幅。雷老师操着天水口音,给我讲述了他此前的生活和经历。回去后,我在供职的《天水报》上,发表了采访先生的专访。由于这篇文章,天水本地开始关注这位天水走出去的文化名人,过去与先生失去联系的亲朋故友,也重新和先生取得了联系,先生也愈渐频繁地来天水走动了。随后,先生出版作品简介,也将籍贯改成了"甘肃天水"。他每次来天水,都指定让我陪,并以"兄弟"与我相称,老家有事,也打电话和我商量,让我帮他出主意。

先生是极恋情意,又不肯屈眉求人的汉子。他有个侄女在一家濒临倒闭的企业工作,想让他给市上领导说句话,换个单位。先生非常苦恼,也非常犹豫,几次打电话和我商量。当时市上有位领导曾经也是文学行内人,对先生很崇拜,我鼓动他写封信给这位领导。他还是不情愿求人,在电话另一头反复问我"这样好不好""人家给不给办"。当时,先生已经被推选为天水发起的中华伏羲文化研究会副会长,和市长领导见面机会也多了起来,仍然觉得这事会给人家添麻烦。后来,这个侄女出车祸,他正在评茅盾文学奖,只好打电话让我和从杨凌赶来的他姐处理善后。多少年后,先生还为此深怀内疚。每每谈及此事,总忘不了感谢我说"若冰是个好兄弟"。

20世纪末一段时间,我在单位过得不大如意,每次和先生通电话,他总是鼓励我好好写东西,其他都无所谓。我的文艺评论集《倾听与呈现》、散文集《天籁水影》(与安永、周伟合著)出版时请他作序,他二话没说,欣然应允。电话上感谢他时,他爽朗一笑,说谁叫我们是兄弟呢。有了诗集《巨大的冬天》和后面两本书,先生劝我加入中国作协。我担心条件不够,他说没问题,足够了。还说,加入作协要两个介绍人,他算一个,另外一个他找韩作荣签字。几天后,先生就给我寄来了申请表。不仅如此,只要有机会,一旦谈及甘肃文学,先生总忘不了适时把我推一把。2007年12月我的长篇散文《走进大秦岭》首发时想请他过来,凑巧又是评茅奖,他是评委会办公室主任,脱不开身。他说，对不住，若冰，实在没办法，不行让平凹或陈忠实来，你决定。后来，他亲自给陈忠实打电话，促成了陈忠实老师参加《走进大秦岭》首发式暨研讨会。

读过《还乡》和《新阳镇》的人都能体会到先生对故乡和亲人割舍不断的眷恋之情，但没有多少人理解先生面对故乡、亲人的不舍与矛盾。这些年，天水有些机构一直想请他回来做讲座，先生总是推辞、回避。问及原因，他立马会伤感起来，说："年纪越大，我就越怀恋新阳镇。可我回去到哪里呀？祖宅塌了、荒芜了，亲人一个一个都走了。去了，还不是让自己心伤！"话虽这样说，每次到了天水，先生都要留出时间，把侄子、侄孙叫过来，问日子过得咋样、有什么要他帮忙的，鼓励孩子们好好学习。临了，还要把事先准备的礼品和钱分发给他们。

先生对当代中国文学的价值和意义众所周知。著名诗人王久辛得知先生仙逝的消息，在微信上说："中国当代文学如果没有雷达——那就黯然失色！"这样的评价一点都不为过。且不说从1978年王蒙复出，先生率先在《文艺报》上对其推介，接下来的评论几乎涉及所有对新时期有重要贡献的作家。退休以后，作为当代中国文坛，特别是小说界硕果仅存的保持敏锐视觉和深邃思想的评论家，近些年先生对当代中国文学的警醒与忠告，也尚需我们用心去领悟。但先生对于故乡的恋情，这些年我愈来愈明晰地感到成为最让他心绪不宁的情愫。几年前，《作家》杂志连载他的传记体系列散文时，只要有写天水的，先生就打电话建议《天水日报》或《天水晚报》转发。对于国内报刊求其稿而生怕不得的大评论家来说，先生希望家乡父老看到这些文字，无非是为了让父老乡亲知道他对家乡深深的眷恋。正是出于这个原因，几年前，新阳镇时任镇长汪成保提出了修复先生旧居的想法。然而,先生对此事一开始持反对意见,后来经秦岭、毛晓春再三做工作,才算勉强答应配合。他老家麦积区还给镇上拨了专项资金,只可惜此事至今有始无终。每每谈及此事,先生总是说"无所谓"。然而,对于天水和当代中国文坛来说,在他深恋的故乡没有一个留存先生所创造精神财富的地方,毕竟是一件对不起子孙后代的憾事。

2015年5月,我和作家秦岭去韩城参加陕西省旅游局主办的《秦岭与黄河对话》,谈起修复先生旧居的事,我说汪成保已调走,估计此事没有多少希望了,秦岭提出可以建议天水师范学院建一个雷达文学馆。我觉得这个建议好,当即给已经改任天水师院组织部长的原文史学院院长马超打电话,说明秦岭和我的想法。马超研究方向是当代文学,对先生也非常崇拜,说这是件好事,他马上给学校汇报。几个月后,学校有了答复,决定由文史学院出面,组建雷达文学馆和当代文学研究中心,并派现任文传学院院长郭昭弟和我赴京,与先生商谈文学馆组建细节。

在潘家园寓所,先生依然是无所谓的态度,我和毛晓春在一旁煽风点火,才勉强答应。也是那一次,我才发现先生有严重哮喘,咳起来满脸发紫。他爱人告诉我,一到冬春季,一犯病非常厉害。她劝先生少往外跑,但先生情面软,一年四季到处讲学,拿他没有办法。

真正知道先生的哮喘严重到什么程度是2016年。这年十二月,首届"中国天水·李杜诗歌奖"颁奖,先生作为诗歌节顾问和颁奖嘉宾,最后一次来到天水。对于先生来说,除了参加颁奖活动,也受天水师院之邀进行讲学并最后商谈创办文学馆事宜。离开天水那天,先生一整天在天水师院活动,中午也没有休息,下午5点多回到宾馆时满脸发青,咳嗽不止。老伴让休息一会,他喝几口水,又开始接待来访者,给他的粉丝签名,吃饭前又见了几位亲戚。

那是先生最后一次回天水。晚上十点多,我和马超、先生的博士张继红,还有几位亲戚送站。火车站候车室正在改建,从汽车上下来,十二月的寒风吹过来,先生咳得更加厉害。从临时候车室到站台二三百米,先生走几步,就得停下咳一阵。王向明提出背他上车,先生摆手,坚决不行;老伴让坐在拉杆箱上,他还是不同意。硬是走几步,歇一歇,边咳边走,挪上了火车。

一路上,我拎着一个小包,在昏黄的灯光下看着先生撕心裂肺咳嗽的样子,忍不住眼泪也出来了。

这也是我和先生最后一次见面。后来,我发现先生明显减少了外出讲学和开会的频率。每次打电话问起身体,他总是爽朗一笑,说还好还好,就是哮喘的老毛病,注意着就行了,你放心。

我这次北京之行,原计划是早一个星期要去的,鬼使神差拖到了现在;这两年,来北京次数多,知道先生忙,加之年龄愈来愈大了,尽量避免打扰。也不知道是什么缘故,昨晚还没有去看先生的打算,早上醒来,睡意蒙眬中,竟冒出了要见先生的想法!在获知先生已经离我们而去的这几个小时里,恍惚中,我总觉得是上天有意安排一个带着他所挚恋着的故乡气息的人赶到他身边,专门为他来送行的。只恨天妒英才,凄风来袭,半途而废的先生旧居依然荒草萋萋,悬而未决的雷达文学馆至今八字不见一撇。当代文坛一颗光焰亘久闪烁的巨星、时刻眷恋着渭河边上故乡的赤子,先生竟这么匆忙、这么突然、这么毫无征兆地决绝而去——好像是生怕惊扰了别人，生怕给这本来就纷杂恍惚的人世增加一丝负担!

呜呼哀哉! 君子辞世，春草啜泣;魁星陨落，天地失色! 安息吧，先生!

一路走好，敬爱的兄长!
2018年4月1日凌晨于北京

陇原当代
文学典藏

第四辑

城

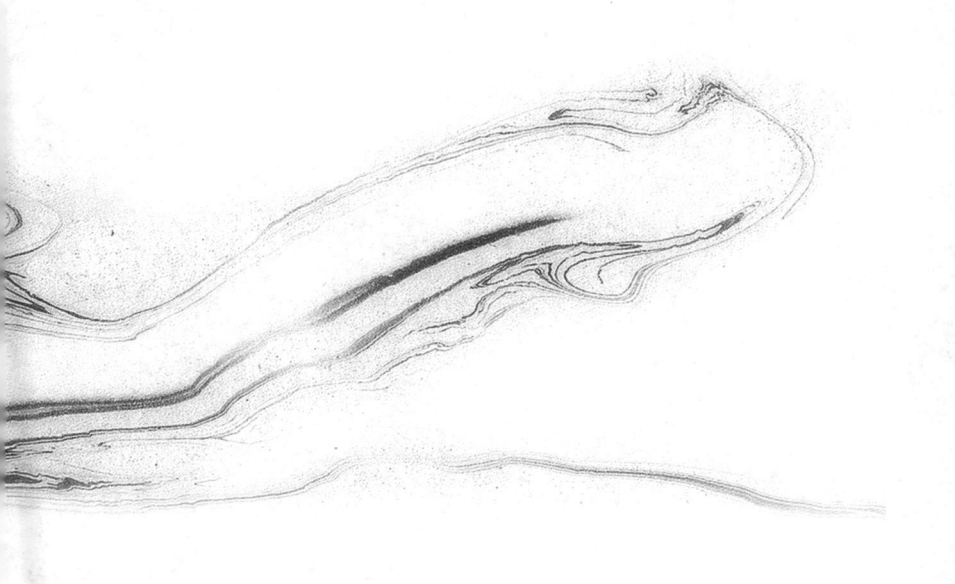

天水古巷

天水多古巷。

天水的建城史，可以上溯到公元前688年的秦武公时代。在城垣面积并不见大的天水古城，历朝历代拓延并保存下来的百年古巷，竟有160条之多。东关的百年名巷有忠武巷、仁和里、尚义巷，北关的澄源巷、西方寺巷、十方堂巷显然与19世纪西方宗教盛行天水有些瓜葛。西关是天水老城中心，唐宋以来一直商铺如云，民居弥望，数百年以上的古巷更是如织如网，飞将巷、织锦台、玩月楼巷、古人巷、折桂巷……纵横交错，里勾外连，如古城的血脉，吐故纳新，迎来送往，咀含了上启秦汉、近及明清的万千气象。

曲折、幽深的古巷像静静流淌的小河，在秦砖汉瓦覆盖的城区无声无息穿行。那一座连一座的深宅古院如泊在河岸的古船，紧紧依偎在小巷两岸，相依相偎，把一支支古老、悠远的谣曲从古巷深处吹送到街市上，弥漫向全城。于是，这古色古香的小巷便从古城悠远的历史中蜿蜒而出，一直延伸到了现在。

被鳞次栉比的古老宅院簇拥着的小巷，原本是城里百姓进出行走的普通街道。忽然有一日，自这小巷深处走出的某个人中举、做了官，或拼着性命在外边干了一件惊天动地的大事，这寻常小巷便名声大振，平日里为柴米油盐累得愁容难展的左邻右舍，也都平添了自矜和自豪的神采。于是花木扶疏、影壁弄月的庭院便香烛长明，喜筵开张，整条街巷大人小孩都聚拢到一起，披红庆贺。这种场合，少不了要请几位城里德高望重的名人雅士壮壮声威。酒过三巡，有人提议说这巷子百来年就出了这么个人物（也许是说"这件大事"），得请人给这巷子改个名，一为小巷扬名，二可昭示后人。一些时日之后，这巷子便建起了堂堂皇皇的牌坊，高悬起了一块乌黑发亮的雕漆大匾，沿用了几辈人的巷名被一个名字、一句警世格言，或一个古诗意境取代，小巷也如开创了新纪元，一夜之间从密如蛛网的众多街巷中脱颖而出，成了满城的荣耀。从此，祖祖辈辈居住在这条巷子的人们，从这一如从前的巷子里走出来之际，便被人抬举，受人尊敬。其后的方志史书，或许就避不过了，得费点笔墨，把这巷道的变迁史及与之有关的人事记录下来，成为古城的另一种历史。

位于西关伏羲庙路南的士言巷，原来叫南巷子。清同治年间，这巷子出了位官至户部主事的进士任其昌。任先生品高行端，不甘与腐朽官场同流合污，"告老归里"后主持天水书院，成了名震陇上的陇南文宗。任其昌去世后，百姓感戴他对当地文化教育事业的贡献，便取其字"士言"，改他居住过的南巷子为"士言巷"。一个世纪以来，不论世事如何纷乱，士言巷在天水百姓心中，永远都是一个蕴含了诗意和华美文采的地方。

一片古旧屋舍，几座朱红大漆门庭，正南正北地簇拥一条碎石铺地，狭窄仅容三两人并肩行走的小径，这便是天水古巷常见的格局。

小巷临街，巷口车水马龙，市声喧天，进了巷道，却又是另一番天地。悠悠的巷道把你领向曲径通幽处，两旁古老宅院便显得壁立高大起来。重重叠叠的屋檐自长满青苔的深墙上伸出来，把天空切割成一条窄窄的蓝色飘带，幽幽地在头顶飘着。

巷子渐走渐深，巷口的喧闹不知被抛到了何处，凉飕飕、阴森森的寂静迎面扑来，恍惚间，你会有一种穿越幽深古道的感觉。如果你不收住脚步，继续往巷道深处走，原本平直的巷道忽然急急地转了个弯，你会觉得如置身清风拂面的魏晋，或雍容华贵的汉唐时代。那种愈走愈深沉的宁静和寂寞，以及偶然从巷道另一头悠闲踱来的一两个行人，会使你陷入一种迷茫，你无从知晓自己到底是身处闹市，还是在天高地远的乡村漫步。于是，你放慢了脚步，原本烦躁不安的身心像经历着一次醍醐灌顶般的洗礼，不思尘世，不念六根，只是静静地承受着古巷深处弥漫着的轻松和安静。这时你才会明白，祖辈们依恋不舍的这幽幽古巷，原本是安放疲惫心灵的好去处。在司马迁笔下，汉飞将军李广既是一位开疆拓土、功高盖世的大英雄，更是司马迁理想人格的偶像。李广故居一直被认为在伏羲庙附近的李家巷，大约在李广死后一千多年的宋代，故乡人民改李家巷为"飞将巷"，并在巷口立起一座牌坊，植下两棵槐树，为屈死千里沙场的英雄招魂。我第一次寻访李广故里时，"汉飞将军故里"牌坊早已不知去向，并不幽深的巷子里不见一座飞檐脊兽的豪宅。巷口唯一一座能让人感怀逝去的千古岁月的门楼残败之至，门檐上长满了萋萋青草，不过守护巷口的那两株千年古槐却老枝苍劲，昂首云天，为整座巷子带来一地凝重而爽朗的绿荫。

面对古老、破旧的飞将巷，我倒觉得，对于在司马迁眼里"悛悛如鄙人"的李广来说，生前和身后都怀抱令人隐痛的遗恨，也许是他的宿命。好在有了这条小巷，有了冷月夕照下始终与小巷相依为命的乡亲父老，李广孤独而高贵的灵魂也就沐浴在永恒的人间温情中了。

汉唐以来，天水一直是长安西行之路上一座孤独的边地小城，是官场失意者、流浪者、守边士卒和远涉西域的商人告别长安之后最后一盏温暖而苍凉的明灯。于是，这曲折延伸于古城腹地的幽幽古巷，便成了古城千年沧桑默默的见证者。

旗杆巷是天水城区众多古巷中并不出名的一条小巷，但作家杨闻宇一听这个名字便感叹道："这巷子应该是造旗杆而不是插旗杆的，专门有一条街为作战的军士制造旗杆，这天水的战斗气氛该多么火烈，多么浓郁，多么迷人！"杨闻宇先生这种推断应该是成立的。历史上，天水一直是西域少数民族东进中原的第一道屏障，胡汉杂居，战事频繁，即便是大唐盛世，杜甫在天水时所看到的，依然是一派"降虏兼千帐，居人有万家"的临战景象。两千多年间，天水一带到底发生过多少战事？从天水西征远行的戍边将士到底把多少白骨留在了漫漫沙场？史书方志没有记载，但旗杆巷脚下的泥土，肯定至今还浸染着首尾相接、列阵西行的戍边将士的鲜血和泪水。

还有已经改名马廊巷的雪耻巷，象征回汉友好相处的亲睦巷，留下19世纪末叶天水城手工业兴起的淡淡回声的染布巷……千百年来，小城所经历的每一个日子，都被这条条小巷如数家珍般珍藏于内心深处，供后来者反复揣摸、品味、回忆！从历史的烟尘与血泪中款款走来的古巷，如今是那么苍老、破烂。然而对于世世代代沿巷而居的老百姓来说，这小巷是他们的根，他们生死难离的故土，他们最初和最后的精神归宿。我一位朋友的父亲是位忠实的佛教居士，祖辈在北关西方寺巷留下一处宅院，老人活着时每天端坐于一树梨花下，捻珠念佛。三年前老人去世，西方寺巷开始拆迁改造，儿子一家便四处投亲寄宿，苦苦等待返迁西方寺巷故居，好终生陪伴遗落在小巷深处的父亲那孤单的灵魂。

古巷里的居民，以平民百姓居多，即便是在玩月楼、醉白楼、折桂巷这样听起来诗意淋漓的巷子里，也没有几户人家有把酒吟月的雅兴，所以巷子里最常见的是土墙灰瓦的普通宅院。走着走着，如果对面竖起一座飞檐脊兽的楼，那必是明清时代富户名门的古宅。这样的宅院往往门套门，院套院，占去了大半条巷子。

青石铺地的庭院里，厅房、耳房、厢房、门庭相互呼应，自成一体。庭院里影壁回廊，门窗雕花，庭院中间秋菊春兰，四时皆景，假山盆景，飞瀑清流，俨然一处精致的江南园林。倘若是春风乍染，小雨初歇，清风把庭院里的竹梅之韵吹送出来，整条巷子便有了千古不绝的芬芳。

古巷是一首古老的歌谣，曲曲折折，缠缠绵绵，也留下了多少幽怨的故事。二郎巷深处的织锦台，至今都回荡着一代才女苏若兰深闺思夫的呜咽之声。尽管苏若兰用淋漓情爱绣织的《璇玑图》，最终为她与负心郎窦滔的爱情故事作了一个大团圆的结局，但时隔一千多年以后，每当走进这条死寂、空洞的织锦台巷之际，我便想，对于当今社会那些以理智而冷静的心态尽情消费爱情快餐的青年男女来说，苏若兰曾经在漫漫长夜里流下的泪水，还能不能打动他们干枯的心？

一个骤雨初歇的黄昏，当我孤身一人从空荡荡的澄源巷走出来时，巷口之外正是万家灯火，世纪末骚动、恍惚的夜晚正在几步之外的巷子向四周漫去。然而祖祖辈辈生活在这条条古巷深处的人们，却仍旧于一盏盏苍黄的灯光下，围坐在先人留下的一张桃木方桌旁边，静静地享受着古巷赐予他们的平和与宁静，过着和过去一样虽然暗淡清贫，却温情袭人的日子。

两本杂志和一座城市的气质

我去过两次天津,时间都很短。第一次在塘沽港和天津城逗留了一天,前几年一次更仓促,在海河边上盘桓了三个小时。但对泥人张、杨柳青、天津相声、狗不理包子,这些已经上升到中国国粹的传统津味文化,我不仅耳熟能详,而且情有独钟。而1900年,天津军民拼死抗击八国联军的大沽之战和老龙头火车站之战,则让我对天津人性格里奔涌的血性和宁死不屈的刚强更是敬谢有加。

然而面对当代,如果要推荐象征当代天津文化气质载体的话,我要选择的不是泥人张,也不是杨柳青,而是三十年前诞生在海河之滨的两本文学期刊:《小说月报》和《散文》。

一座城市的面孔是它的建筑,一座城市的气质,则表现为一种形而上的文化形态。20世纪初的北京有《新青年》《语丝》,上海有鲁迅时代的《小说月报》,有鲁迅、有戴望舒,而在当代天津,《小说月报》《散文》和梁斌、方纪、孙犁、鲁藜、冯骥才、蒋子龙等作家、诗人的存在,则昭显了从明成祖朱棣时代开始,作为天子码头的天津,从皇权文化附庸和殖民文化阴影走出之后确立的天津当代本体文化所达到的高度和品格。因此对于更多没有到过天津的人来说,《小说月报》《散文》就是他们瞭望古老天津城当代文化精神世界的窗口。

二十多年前第一次去天津,是在沈阳开会返回北京途中。半夜两点多,火车到达天津站,我临时改变了行程,一头扎进沉沉黑夜里弥漫着强劲北风的这座北中国最大港口城市。促使我临时决定在天津滞留的目的有两个：一是为了去天津港看海；还有一个悄悄藏在心底，从来没有告诉任何人的愿望，那就是想到《小说月报》和《散文》杂志社门口看一看。

那是1986年岁末。从天津站下车之后，我又赶在天亮之前搭乘一列从天津开往沈阳的慢车，赶到塘沽港。当时，塘沽港刚刚开始开发，临海滩涂已经开出一条条纵横交织的宽阔大道，新建的街区看不到几行人，来往穿梭的载重车轮子却转得非常快。穿过遍布海草和盐碱滩的滩涂，我终于来到了在舞台电影《海港》上看到过的天津港码头。那天大海上寒雾蒙蒙，寂静的海面上偶尔有一艘货轮拉响一声沉闷的汽笛驶出港口。太阳渐渐升高之后，大雾茫茫的海面上就有几只海鸥飞过。那是我平生第一次看到大海。我在码头上徘徊了整整一上午。尽管那天海天苍茫，浓雾紧锁的大海多少显得有点苍凉和压抑，但从脚下如沉重铁水般涌动的海水里，我却感受到了冬日沉默的大海震天撼地的重量和震撼力。从塘沽港返回市区，我便迫不及待坐上公交车，去和平区赤峰路的百花文艺出版社，寻找多少年来一次次浮现在我梦想中的《小说月报》和《散文》编辑部。

那时候，我在文学之路上刚刚学步，我知道自己还没有资格，也没有胆量走进当时被我视为当代中国神圣文学殿堂的《小说月报》和《散文》编辑部大门。但我在想，作为一位朝圣者和梦想者，能在挂有《小说月报》和《散文》编辑部的牌子前伫立一会儿，也是对一位狂热的文学赤子心灵的慰藉。

经历过20世纪八九十年代交替时期思想解放运动洗礼的中国人，大抵是没有几个不知道百花文艺出版社编辑出版的《小说月报》的。《小说月报》刚刚创刊的1980年，我还在乡村中学读书。在那个中国人精神世界开始解禁的年代，日渐增多的图书报刊，是中国民众瞭望世界的窗口。天津出版的《小说月报》，则更是刚刚从噩梦中醒来的中国人反思历史、憧憬未来的精神圣地。几乎整个20世纪八九十年代，走遍中国大地，无论是在大都市嘈杂烦乱的公交车上，还是在穷乡僻壤昏暗的油灯下，随处都可以碰到如醉如痴阅读《小说月报》的知识青年。我上中学时所接受的当代文学滋养，也是从《小说月报》得到的。在那本封面朴素淡雅的杂志上，我不仅读到了《伤痕》《班主任》《绿化树》等对新时期中国文学和当代中国社会变革产生重大影响的"伤痕文学"作品，我还从《小说月报》上认识了蒋子龙、冯骥才、航鹰、杨显惠等一批标显当代天津乃至新时期中国文化精神的天津作家。

我依稀记得，当时的赤峰路有不少19世纪殖民时代租借地遗留的西式小洋楼，花木掩映，精美别致，非常漂亮。和百花文艺出版社在一起的《小说月报》和《散文》编辑部，也在一座精致的小洋楼里。完全一派欧式风格的小洋楼门口，乌黑铁艺栅栏上悬挂着和我经常在杂志封面看到的字体一模一样的"小说月报"编辑部、"散文"编辑部招牌。我去的时候，正是下午邮车到来的时候，一麻袋一麻袋的稿件被邮递员扛进楼里，又将一捆一捆的邮件扛出来。我知道，那送进去的是投稿，扛出来的，除很少的采用通知，更多的是退稿信。

进出小洋楼的人都彬彬有礼，匆匆忙忙。作为一位朝圣者和拜访者，我只能不远不近地站在马路对面，用有些激动的目光久久凝视天津城里一个让我心仪已久的神秘去处。

文学对于社会生活的影响，现在已经越来越显得微不足道。然而在已经过去的20世纪八九十年代，中国小说却走到了自小说这种文学体裁诞生以来,对当代社会生活和精神态势影响最为直接的巅峰时期。不仅在我的关注中,就是在那些当红名家心目中,一度创下发行量180万份的《小说月报》不仅是当代文学的风向标,而且还被中国大众视为那个飞速变革时代社会生活走向的先导和暗示。就连那些既不曾怀有济世救民宏大理想,也没有做过成名成家的文学梦想的普通青年谈情说爱约会时,也忘不了手拿一本《小说月报》。阅读《小说月报》不仅成为当时人们反思历史,认识当下生活的必修功课,而且是积极上进的年轻人标榜人生理想的文化符号和精神标志。

三十年过去了,中国社会对文学的热情趋于平静。许多文学报刊因发行量锐减而难以为继,《小说月报》却仍然居高临下地坚守着中国文学高贵、神圣的精神高地,成为当代中国文学一个不可替代的标杆和高度。

1980年同时在天津诞生的两本文学期刊,如果说《小说月报》是一瓶纯正火烈,尝一口便可以让人激情飞扬的浓度佳酿的话,那么《散文》就是一坛年久封存,越老越浓郁,越老越醇香的陈年佳酿了。三十年来,这本根植于海河岸边,格调高雅,口味纯正的文学杂志如当代中国文坛一位修为高远,满腹经纶,历经沧桑的世外高人,不偏不倚,不温不火,不追风,不媚俗,寸步不让地坚守着中国文人沉稳内敛,虚怀若谷,悲世悯人,关怀现实人生,倾心中国文人情怀的立场,成为新时期以来中国文学期刊中一棵虽然不曾有过大红大紫的荣耀,却从来都老树新枝,蓬勃兴旺的常青树。

我接触《散文》比《小说月报》要迟。大概是上大学的时候,在图书馆看到这份如一位涵养深厚的淑女一般,躲在热闹鼎沸的文学世界一隅,安分宁静地开自己的花,结自己的果,俯察世事百相，我就被它沉思见智，温润纯洁的品格折服了。接下来的一二十年我在写诗，关注的对象在诗歌，但《散文》仍然是我坚持阅读的一本诗歌以外的刊物。后来做媒体记者，行走城乡，在乡间小卖部、村镇干部客厅卧室，也能看到《散文》杂志浓淡相宜、芬芳四溢的身影。三十年过去了，直到今天，一些公务缠身的官员出差时，也忘不了带一本《散文》在身边。一位成天沉溺于迎来送往，杂务应酬的官员告诉我，他喜欢《散文》那种淡雅安静的风格。劳碌一天，读一篇《散文》上的美文，犹如酷热难耐的酷夏接受一场霏霏细雨洗礼，人的精神和肉体立即会变得松弛、清爽起来的。

《散文》是从渤海湾的天津城吹来的一场微雨、一阵微风，它浇灌的是我们的灵魂，吹拂的是我们沉睡的思想，也将天津多元开放、透明圆通、悲悯关怀的津门文化气质，传遍了全国，传遍了全球华人世界。

二十多年前的天津之行，在离开心慕已久的《小说月报》《散文》杂志社后，我在和平区和河北区那一座座散发着殖民文化气息的西式小洋楼之间徘徊了一番，看了19世纪天津近代工业文明的标志——海河铁桥，吃了一笼百年老店的狗不理包子后，就在自渤海湾悄悄涌来的暮色中返回了北京。

二十多年过去后，一旦闭起眼来回味天津的过去和现在，《小说月报》和《散文》持久散发的人文气息，就和泥人张的彩塑、杨柳青的年画、狗不理包子的余香、海河铁桥的背影一起，成为我认识天津、理解天津最可靠的文化背景。因为从这两本杂志里，我能触摸到改革开放三十年当代中国民众情感、文化意识、精神世界苏醒、变化的心路历程，也能感受到天津开放包容、儒雅开阔的文化襟怀。

天子码头

金钱河从柞水、镇安、山阳一带纵横交错的山谷中流到漫川关，在穿越郧西大梁进入湖北境内的时候骤然变得平缓了。从山阳到漫川关的山漫公路再往前一延伸，一脚就踩进了湖北郧西境内。

刚进入湖北，我就与一座废弃在金钱河岸边的上津古城不期而遇。

从山阳漫川关到郧西上津，中间只有一座郧西大梁相隔。然而一进这座紧紧依靠在金钱河岸上的小镇，便有一股浓浓的楚风巴韵迎面扑来。从十堰到漫川关公路两旁，清一色白墙灰顶的江南民居，嵯峨刺天的屋角映照在清澈的蓝天下，很容易让人想起古代楚国士大夫头上高耸的峨冠。

早上动身时，天气预报的气温是37摄氏度。到了三面环山、一面临水的上津镇，我感觉突然掉进了热气腾腾的蒸笼，浑身上下冒着淋漓大汗。

就在我放下背包，曝晒在火烈的太阳下等候去郧西县城的汽车的时候，一座古城赫然出现在我眼前：并不高大的城墙，是已经被岁月浸泡得苍老的黑色。朝南的城门前，两棵叫不上名的大树高株擎天。从城墙垛口望过去，城池里涌起一堆一堆绿树，树隙间隐约露出一片屋脊。看形制和规模，应该是一座有些年头的古城。

大抵是我那身打扮和东张西望的样子，引起了正在四处逡巡顾客的出租车司机注意，身旁一会儿就围上了好几个汉子，争先恐后地拉我去郧西。好不容易摆脱纠缠之后，与一位年龄稍长的男子交谈时才知道，那是建于明代的上津古城。

一路奔走在偏乡僻壤，苦苦寻觅秦岭深处残留的历史痕迹，却从来没有听说在陕西山阳和湖北郧西交界的地方，还有一座上津古城。直到后来查阅资料才知道，其实上津最早置县，是在三国时期的公元262年。那时候，同在秦岭以南、汉水流域的上津平阳县，是曹魏疆域。到了唐代，这座上津古城已经是南达江南、北上长安的上津古道上一个事关大唐帝国南方物资供应保障的交通枢纽了。而且在前后一千多年的时间里，就在这个弹丸之地，曾经先后有过14次设县、6次建州、2次置郡的历史。

一座经历了一千多年繁华的古城，只剩下一具僵硬的躯壳，但城墙上那种深沉苍老的颜色诱惑着我。我把行李寄存在一家小卖部里，穿过满街道火辣辣的太阳，朝一座贮满岁月沧桑的古城走去。

上津古城曾经拥有的辉煌，应该来源于它背后苍苍茫茫、横贯中国大地的秦岭，和发源于长安附近终南山南坡的汉江支流金钱河。在更久远的年代，高耸的秦岭隔绝了南方与北方，而与长江沟通的金钱河和上津古道，则又通过这座群山围抱的小城，把物产丰饶的南方和曾经一度是亚欧大陆政治经济和文化中心的长安紧紧联系在了一起。

上津的原意，是天子码头。

郦道元《水经注》说："南合丰乡川水……又西南合关袥水。关袥水又南入上津。"金钱河自漫川关经上津继续南流，在与陕西白河接壤的夹河镇附近汇入汉江，然后直入长江。湖广、江浙和岭南的茶叶、丝绸，逆长江而上，从汉口进入金钱河，在上津古渡卸下来，然后由等候在上津、漫川关一带的马帮和骡帮翻山越岭，沿穿行在深山密林的上津古道进入安康旬阳，再入汉水，至洋州、梁州，随后经穿越秦岭的古道转运到关中、长安。盛唐时期，甚至连等候在长安的西域商人，也是在长安城里苦苦等待着那些翻山越岭的丝绸，能够早日和他们一起踏上翻越帕米尔高原的丝绸之路。于是自唐代以来的一千多年间，金钱河上一度帆影穿梭，航运繁忙；河岸上的上津城南腔北调，商贾云集，成为鄂西和陕南地区仅次于丹江上游丹凤县龙驹寨的水旱码头。特别是"安史之乱"后，长安至开封之间由汴水经黄河通渭河，进入关中的"东方大道"因藩王割据受阻，唐帝国与江南的经济动脉便全部压在了由长安经傥骆道至商州、邓州，沿丹江顺流而下的武关道上。在唐玄宗逃亡汉中、四川的一段时间，武关道也宣告中断。这样的情况下，地处偏远的上津古城，承担起了为整个大唐帝国转运来自江南各地物资的使命，金钱河和上津码头也就成了事关唐代经济稳定的运输大动脉。

繁忙的水路货运，也使这座地处陕鄂交界处的山间小城成了让来往于汉江之上、秦岭之间的商人和马帮享受温暖与幸福的梦乡。

唐玄宗时代是大唐帝国由盛而衰的关口，而淹没在茫茫大山之间的上津城却在此时迎来了它从未有过的辉煌与繁荣。这种繁荣，一直持续到了清代。在316国道和从武汉经安康到西安的铁路通车前，上津码头还是舟楫往来，行人如潮，是连接秦岭南北的重要内河港口。据《郧西县志》记载，民国时期，上津一带金钱河上还有10吨左右的木船运输货物。

我是从西门进入古城城垣的。

我看到的资料上说，现存上津城南北长306米，东西宽261.15米，城墙周长1236.6米，有东南西北和小西门五座城门。以南北向主街道为中轴线，过去的上津城由九条街道构筑了古城建筑的基本布局。城内有当年往来于金钱河和上津古道之间的各地客商聚会的山陕会馆、武昌馆、黄州馆，以及元真观、文庙、城隍庙，还有20世纪初西方传教士建的天主教堂。我去的时候，城里的街道只剩了两条，街道两旁的明清民居据说大多数是后来老百姓由于居住需要仿建的。真正的明清建筑，只有包括那座被作为郧西解放纪念馆的上关县县政府所在地，只有20多间。

即便如此，满城参差高翘的女墙，黑瓦覆顶的屋脊，安谧幽深的街道，静静地泊在午后刺目的阳光里，仿佛一个古老宁静的梦境还在古老城垣里继续。从西门到横贯古城南北的主街道，卫生所里一位老人坐在药铺前打盹，临街的房子都房门紧闭，好像一座空城。一个人行走在这恍恍惚惚的梦里，我原本被太阳烘烤得烦躁不安的心境，突然就安静了下来。

战国时期的上津、漫川关一带，是秦楚争夺战的交锋地带。古代成语典故中"朝秦暮楚"的故事，就发生在鄂西北和陕西白河、蜀河一带。隋唐以后的行政区域划分中，上津一会儿划归陕西管，一会儿又隶属湖北，而且县治也频频变更。所以上津古城沿街建筑，虽然是巴楚建筑风格的高翘飞檐和宽大的木质门板，而在院落布局上却是典型的北方四合院形制。土坯墙的老民居和老砖墙的店铺混杂在一起，一座连着一座，如一群相互搀扶着的垂暮老人，虽然破旧、苍老，但有了环绕四周的城墙做背景，就让人觉得这一群老者尽管年迈体衰，却历尽了沧桑，浑身上下透露出一种让人品味不够的古老神韵。

沉浸在巨大的寂静笼罩着的老城里，设想当年古城繁华热闹而又安静休闲的生活情境的时候，前面一条小巷里走出一位满头白发的老人来。赶忙上去打听古代会馆遗迹，老人扬手朝前一指说："武昌馆、黄州馆都塌了，山陕会馆还在。不过现在农忙，人都下田了，进不得门。"

老人还告诉我，山陕馆是清嘉庆七年（1802年）建的，清同治年间重修过。会馆大殿大梁还有"皇清同治"的字。过去山西、陕西一带的客商经常来这里贩运货物，那里是他们的客栈和聚会场所，院内有供往来客商居住的客房。

在经历了商业和运输业带来的繁荣的同时，上津古城更遭遇过一次又一次的战争劫难。自从上津连接江汉和关中地区的水旱码头建成之后，财富和灾难，战争的硝烟，便伴随着刀光剑影，让这座小小的山城遭遇了一次接一次的灭城之灾。

其中最惨烈的战事，发生在宋代以后。

南宋时期，宋金以横贯山阳境内的鹘岭为宋金分治疆界，漫川关和上津便处在宋金争战前沿，建于三国时期的上津城屡遭战火袭击。绍兴四年（1134年），岳飞部将王彦从金兵手中收回上津的第二年，金兀术与南宋商定，以金钱河上游的鹘岭关为两国分界。但在和约签订二十七年后，金国撕毁协约，派重兵掠走上津，宋兵不得不再派任天赐经过恶战，收复上津。到了元代，元世祖忽必烈以上津为南下江浙的后方囤粮基地，一年之中两次派阿木带20万大军攻打上津，直取襄阳，并将沿途俘虏的5万汉军将士和当地居民押运到北方作为奴隶，上津城内人口锐减，被降格为镇级建制。明朝洪武年间的移民政策，使上津城渐渐恢复生机。张献忠农民义军转战鄂陕一带秦岭山区时，多次驻扎上津，起义军与政府军在上津一带屡次发生恶战。

到了清朝同治年间，繁荣一时的上津城再度城池荒废，门可罗雀，被又一次由县降为镇。

翻阅了许多资料，我没有找到上津城屡遭毁城之灾的确切文字记录。但可以想象的是，在过去的野蛮战争中，征服者要掠城，必先毁城。魏景元三年（262年），曹魏修筑上津古城的目的原本就是为了占据这里三面秦岭环抱，一面有金钱河环绕的战略位置。过去的上津城，城墙到渡口直线距离只有15米，又有环绕四周的护城河和高筑的城垛为防线，无论是金兵，还是黄巢、李自成、张献忠、王聪儿，要征服这座古城，唯一的办法就是将城毁掉。所以，在砖石垒砌的城墙边徘徊的时候，我仿佛还能够感受到战死在古城里的无数将士浸透在脚下泥土里鲜血的热度。

一座城被毁掉的时候，大地上便多了一堆瓦砾；一座新城筑起来后，一个从废墟上站立起来的时代，便重新开始。

南城门的门洞里几位白发长髯的老人在那里纳凉。我走过的时候，他们用一种平和的目光注视着我，其中一位坐在一个巨大柱石上的老人问我，后面的天主堂去看了吗？我告诉他刚刚从那里过来。

老人又说："那是外国人建的。"

他说的天主堂，就是那座古城中心保存最完好，被当地人叫作"圣母无原罪堂"的天主教堂。那是清朝光绪三十一年（1905年）的建筑，由意大利传教士司铎和田公修建。这座教堂建起之前，另一名意大利传教士董文芳用在陕西行乞积攒的钱，在天桥沟建起了鄂西北第一座天主教堂。司铎和田公为了教民方便，就又在城里修建了这座供历经战乱侵扰的老百姓寻找灵魂归宿的天主教堂。

从古城出来，四周群山在阳光下弥漫着一层迷迷茫茫的潮雾，金钱河就在不远的山脚下闪着耀眼的波光。群山流水环抱着的古城如一只古旧而坚硬的青铜鼎，静静地摆放在山水环绕的山谷之中。

就在我转身离去的那一刻，我发现有些破败的城墙城砖上刻有"嘉庆七年修"的文字。

那是这座秦岭古城最后一次维修时的记录。

行进中的都城

长期与戎狄相处杂居的秦人，血统里早已浸透了西北游牧民族的血性和刚烈。进入关中之前，他们平日的生活习惯，大概与戎狄差别并不大。

对于一个出身高贵的东方民族来说，要习惯这一切、接受这一切，并不是一件容易的事。但在狼群里生存，必须比狼更熟悉和了解狼的优点与缺点。在关山以西的那几百年岁月里，秦人就是抱着这样的想法，忍住泪水和伤痛，慢慢忘记了东海之滨老家的炊烟屋舍，渐渐习惯了赶着成群的马匹和羊群，在西汉水两岸和关山深处不断袭来的西戎部族强悍残忍的刀戈利刃下顽强生存下来的。

就像他们的先祖在东方时知道自己的祖神在西方一样，到西方几百年后，嬴秦部族的每一个人，没有忘记自己的老家在东方。但在非子受封秦地之前，秦人所有的精力只能用来求生。直到公元前890年非子获得秦地封邑之后，在周王室心目中地位节节提升的秦人,才随着一座座都邑迁徙行进的脚步,开始了向中原挺进,向东方进发的梦想。

殷商末年,被作为战败俘虏和奴隶流放到西汉水上游的嬴秦,聚集在礼县大堡子山附近的西犬丘一带的时候,既没有能力也没有权力建设自己的都邑。但那里是他们的生存之根,求生之地。在默默忍受和等待中,他们多么希望在这块水草丰美、气候温和的秦岭北坡建设自己永久的家园啊。

等待和渴望是需要时间来完成的。

公元前890年——来到西垂三百多年后,非子为周王室提供的膘肥体健的战马,不仅洗刷了这个失姓亡国的部族从一代贵族降落到卑微奴隶的耻辱,而且第一次获得了一座属于秦人自己的都邑——秦。

关于非子所封的秦地具体位置,学术界至今有两种说法,一种说法是在关山以东宝鸡境内的汧渭之会,一种说法是在关山以西天水境内张家川回族自治县境内张川镇附近的瓦泉村。按照朱中熹先生的观点,非子最初为秦人获得的封邑,在宝鸡境内汧河和渭河交汇处的汧渭之会,随后出于战略上的考虑,才迁移至天水境内的张家川。

无论如何解释,秦人第一座有名号的都邑,就是秦亭了。

汧渭之会我是去过的。那里现在是平坦的农田,宝中铁路就从当年水草肥美的汧河与渭河交汇处穿行而过。面对与八百里秦川连为一体的平畴沃野,我怎么也想象不出2900多年前牧草茫茫、牧马成群的景象。而张家川县城附近的秦亭遗址,我们所能看到的,也只是一截低矮的土墙——西北地方史专家徐日辉先生指正,那就是当年秦亭城墙遗迹。

秦人刚刚得到秦亭的时候,身份还仅仅是周王室的牧马人,老家和本部还在陇山以西的天水、礼县一带，非子将秦邑从远离祖居地的宝鸡迁至天水，不仅合情，而且合理。那时候的秦人，大概还没有想到自己这个在狼群中生存的部族的将来会是怎么样的吧？所以非子此次迁移，应该只是一次既着眼现实，又着眼于未来的战略撤退。

秦亭不仅让秦人有了一座属于自己的城邑，更重要的是这支被剥夺宗姓的部族，终于有了重新祭祀先祖白帝的权利，而且有了一个属于自己的姓氏：嬴秦。

在迷雾隔阻的茫茫时空中，秦非子的面目已经非常模糊。从零碎涣散的历史碎片里，我们甚至只能想象这位秦人的开宗先祖，只是一位出色的牧马人。但对于秦人的过去和未来来说，他带领扬鬃奋蹄的烈马驰骋在关山左右的时候，矫健的马蹄下面，已经有一条宽广的道路，在杂草与迷雾中悄悄延伸、拓展。秦亭，这座在当时或许仅仅就是一座城堡，或者仅仅是一个可以供一部分族人聚居的聚落，就是这条通天大道的起点和开端。

2008年秋天，西汉水上游大堡子山一带刚刚破土的麦苗一片翠绿。温暖秋阳照耀下的大堡子山天空高远，安静异常。我陪同谢冕、林莽又一次来到大堡子山的时候，又有几座秦人早期古墓被发现。其中一处已经搭起巨大保护棚的遗址上，宏大的建筑形制清晰可见。礼县文博部门同志告诉我，那里可能是一座巨型仓库遗迹。遗址周围这片山包上，就是当年发现了数以百计的先秦古墓的地方。

那么，当年的西垂宫是不是就在大堡子山上呢？

从公元前11世纪初来到西汉水上游，秦人就一直生活在以大堡子山为中心的西垂或西犬丘一带。如果从实际意义上来说，西垂应该是秦人最早的都邑了。但非子以前，身为奴隶的秦人，还没有建立自己都邑的权利。所以西垂这个秦人的祖脉之地，还在等待一个名分，一种机遇。

公元前9世纪上叶，秦仲和秦庄公父子协力替周王室抵御清剿西戎的过程中，政治地位节节提升。秦人的身份从牧马人转而成为西周王朝的西部边疆卫士，并再一次获得了在西垂建都封邑的礼遇。在秦仲儿子秦庄公被封为西垂大夫之后，秦人终于可以在埋葬了几代人遗骨的犬丘建立自己的城池了。

在天水境内自东到西，秦人有了关山西侧的秦亭和西汉水上游的西垂两个都邑。这两座城邑就像两个相互守望的巨人，在关山渭河之间默默注视着四周群戎虎视眈眈的秦人故园。

几千年之后，秦亭还有一截残墙孤独矗立，而在秦始皇咸阳登基前一直是秦人精神和灵魂终极之地的西垂，那座曾经辉煌而庄严的西垂宫，却至今深藏在浩荡黄土之下，让人扑朔迷离。

西垂都邑建立之后，秦人将政治和文化中心再次西移，迁移至远离关山和秦亭的西汉水上游。但秦人觊觎关中的梦想，却在都邑一次又一次退却的迁移中不断长大。

秦襄公是秦人在西垂生活的年代里最有作为的一位国君。

公元前770年，在救周王室于存亡中获得诸侯爵位之后，秦襄公虽然仍然居住在西垂，但领兵救驾中周天子口头封赐的丰岐之地，已经让他大喜过望。再加上长期在群戎包围中的日子，总归要有个尽头的，更何况跻身诸侯之后的秦人，要发展壮大，就必须越过关山，走向更广阔的天地。于是，秦襄公在即位后做的第一件事，就是在清剿通往关中道路上的西戎的同时，将三次西迁的都城向前推进。

这一次，他将国都选在了关山东麓宝鸡境内的陇县。

天水的张家川和宝鸡陇县，是关山林莽中通往关中的东西两个关口。秦襄公在今陇县县城东南附近，汧河上游的磨儿塬，建起了秦人通往关中的第一座都城——汧邑。

长期蜷缩在关山以西秦岭山区的秦人，双脚终于踏上了曾经是周王室京畿之地的关中西缘———一个新时期的大幕，随着秦襄公在新都邑城墙上秦字大旗的升起，徐徐来临。

虽然，伴随着秦文公东猎的脚步声，汧邑在经历短短十多年荣光之后，很快就被更接近关中平原的陈仓城所替代，但这座小小的山间小城，却是一个让秦人梦想变成现实的跳板和桥梁。通过这座桥梁，秦人将都城步步推进，将指向东方的利剑，淬炼得寒光四射，威风凛然。因为秦人都城的每一次迁徙，都是在与西戎绵绵不断的争战中完成的。在关山左右，在关中平原上，秦人的迁都，就如一场场步步为营的战斗。每一次迁都，都伴随着对戎族势力的一次大消弭，而标榜着这支来自西垂边地的部族的一次大扩张。

秦人用青铜铸就的刀戈，让都城一步一步朝关中腹地推进的时候，远在函谷关以东的周王室一天天走向衰微，分布在中原周围的其他诸侯国，也还不曾意识到这个偏居西部的小国，会在群戎杂生的环境中以这么快的速度成长、壮大起来。

战争和磨难，是锤炼一个民族最好的老师。

离开了西垂老家，秦人与散布在关中的戎狄之间的关系，再一次进入到了你死我活的直接对峙状态。秦人要生存，要发展，就得用让都城步步逼近的方式将戎狄逼走，把自己的地盘扩大。

公元前716年，一代明君秦文公在陈仓城去世之际，这位胸怀高远的国君已经让岐丰之地变得空前繁荣。但周王室东迁后乘虚而入的戎狄，还阻挡着秦人继续西拓东进的步伐。遍布在岐山东面和西面的西戎据点，依然威胁着这个刚刚在关中落脚的国家。

根据秦文公遗愿，刚刚继位的秦宪公将秦文公遗体运抵西汉水上游祖邑大堡子山安葬后，又一次将寒光闪射的利剑，指向盘踞在宝鸡周边的西戎部族，并在两年后，再一次将都邑从陈仓迁移至更接近伐戎前线的宝鸡市陈仓区平阳镇。

一座都邑诞生的时候，利刃和鲜血在前头开道。

其实，从陈仓到平阳，路程并不算长，即便是从过去的汧渭之会算起来，直线距离也不过几十公里。但在那个时代，秦人在戎狄盘踞的关中每前进一步，都要踩着鲜血的泥泞和死尸的山丘艰难前行。几百年来，秦人本来就是在生与死的夹缝中生存下来的，对于流血和牺牲，他们从来就没有惧怕过。在战斗中，从士卒到将领，他们只和刀戈利刃一起前行，除非倒下，绝不后退。

迁都平阳的第二年，秦宪公的利刃直捣临近新都城平阳附近的戎族荡杜。在秦人的杀伐声中，这支自殷商以后活动在三原、兴平、长安一带的戎狄，转瞬间就土崩瓦解，溃不成军。狄军死伤殆尽，首领亳王逃亡西方，荡杜苦心经营数百年的城邑——杜，成了秦宪公清除都城边患的战利品。

秦人在关中的疆域，一下子从关中西部拓展到了关中腹地的长安一线。

都城东进的步伐，让秦人看到了更辽阔的疆域。但在关中还有虢国，在天水老家的甘谷、清水一带还有冀戎、邽戎。几乎整个秦武公时代，就是在秦人与这些戎族绵绵不绝的作战中结束的。到秦武公十一年（前687年），在平息内乱中不断强盛的秦国，已经控制了西起甘肃中部，东至华山一线的广大土地。在关中，整个渭河流域都在为秦国生产粮食，牧养战马。

一个大国气象已经初露端倪，进入关中后的两个都城汧渭之会和平阳，都已经无法容纳一个国家陡然壮大起来的梦想。

公元前677年，在位仅仅两年的秦德公做出一个大胆决定——将都城从平阳迁至今陕西凤翔，建起了几乎影响了整个秦人争霸大业的新都城——雍城。

这座总面积超过十平方公里的城池，坐落在周原最富庶的雍水附近。巍峨的宫殿，高大的城墙矗立在居高临下的周原。秦德公之所以相中这里作为新的都城，就是看准了雍在西周时期就是西进东出的交通要道。从雍城出发，向西翻过陇山可以抵达天水老家，向东自汧河进入渭水可直抵黄河，南越秦岭可以直抵巴蜀和荆楚。从秦德公到秦献公二年（前383年）的294年间，横跨春秋、战国时期，秦国20代国君在这里筹划争霸大业，将秦国的国威传向遥远的东方。

和西垂成为秦人童年时代的精神圣地一样，雍城成了秦人开创千秋基业的一个新的起点。此后的几百年间，秦人都城就沿着这个起点，在渭河北岸渐次向东挺进。后来，经历了栎阳短暂的迁都历史之后，秦国终于在距雍城不远的咸阳，建立了中国历史上第一个封建帝国的政治、经济和文化中心。

然而，对于在关中几百年拼杀征伐中成长起来的大秦帝国来说，雍城永远都是他们的宿命，是秦人实现帝王之梦的神示之地。秦德公迁都雍城439年后的公元前238年，秦始皇在走上千古一帝的皇帝宝座之际，隆重的加冕登基仪式地点，依然选择在故都雍城。

东方威尼斯

现在，我们要将目光投向长安城的过去。

那是公元前2世纪，西汉都城从现在西安市阎良区武屯镇附近的栎阳城迁到渭河南岸才五六十年。汉武帝即位的时候，汉高祖刘邦在秦朝原有长乐宫、未央宫的基础上兴建的长安城已经粗具规模，浩荡渭水映照着渭河岸边突然崛起的西汉都城巍峨宫墙和纷纷崛起的亭榭宫殿。行走在两面宫殿林立的长安城，刚刚接手西汉帝国皇帝权杖的汉武帝还是觉得美中不足。在他看来，泱泱西汉帝国的都城不仅要有高大的城墙、威严的宫殿和鳞次栉比的歌楼酒肆，还要有山环水绕的自然环境。有山，一座都城就有了霸气；有水，一座都城就有了灵气。更何况，刚刚建立的西汉帝国百废待兴，只有将帝国都城与关中王气十足的自然山水融为一体，符合他所推崇的天人合一、道法自然的黄老理念，大汉帝国才会从生生不息的自然万象中获得源源不断的精气神。

于是，汉武帝这位当时还在酝酿一步一步消弭边患、建立更强大的西汉帝国的皇帝，首先从再造长安城入手，开始实施他的宏图大略。他在长安城原有基础上大兴土木，兴建了北宫、桂宫和明光宫。在城南开太学，在城西扩充了秦朝上林苑，又开凿了昆明池，建造建章宫等西汉时期的标志性建筑。在这些建筑中，上林苑和昆明池是最能体现西汉文化精神的一笔。而这一切，则得益于环绕长安城的渭河及其众多支流。

那时候，浐河还没有融入灞河，许多支流直接流入渭河。渭河、泾河、沣河、涝河、潏河、滈河、浐河、灞河分别从东南西北对长安城形成环围之势。八水缭绕的长安城，城在水中，水绕城流，在水波环绕的环境中，又有苍茫秦岭为背景，长安城已经是一座充满灵气与灵动之韵味的水上都市。面对长安城斯情斯景，让汉武帝的御用文人司马相如在他那篇为自己换得封赏的《上林赋》里，发出了"君未睹夫巨丽也，独不闻天子之上林乎？左苍梧，右西极。丹水更其南，紫渊径其北。终始霸浐，出入泾渭；酆镐潦潏，纡馀委蛇，经营乎其内。荡荡兮八川分流，相背而异态"的铺陈与赞美。

司马相如笔下八水环绕的长安城，只是渭河及其支流为长安城带来美艳迷人风采的一部分。但对于有着雄才大略的汉武帝来说，当初借助环绕长安的八条河流建造水上都城长安，恐怕还另有深意。比如一直到20世纪60年代还是一片沼泽的昆明池，就是汉武帝训练水师的水上训练基地。

汉高祖和汉武帝之前，最早试图凭借渭河和秦岭建立横跨渭河南北，以整个关中为都城的，是大秦始皇帝。那一年秦始皇四十八岁，面对六国统一后都城咸阳人口剧增的现实，秦始皇萌生了依托渭河、拓建宏大帝国都城的念头。司马迁后来在《史记·秦始皇本纪》中是这样记述秦始皇宏大设想的：

> 三十五年，除道，道九原抵云阳，堑山堙谷，直通之。于是始皇以为咸阳人多，先王之宫廷小，吾闻周文王都丰，武王都镐，丰镐之间，帝王之都也。乃营作朝宫渭南上林苑中。先作前殿阿房，东西五百步，南北五十丈，上可以坐万人，下可以建五丈旗。周驰

为阁道,自殿下直抵南山。表南山之颠以为阙。为复道,自阿房渡渭,属之咸阳,以象天极阁道绝汉抵营室也。阿房宫未成;成,欲更择令名名之。作宫阿房,故天下谓之阿房宫。隐宫徒刑者七十馀万人,乃分作阿房宫,或作丽山。发北山石椁,乃写蜀、荆地材皆至。关中计宫三百,关外四百馀。

具体来说,秦始皇当年设想中的秦国都城咸阳城,依托渭河,包括了整个关中平原。其城域以咸阳为中心,东到黄河,西至汧河和渭河之滨,北起渭河北岸九嵕山和林光宫,南及秦岭北麓。在东西四百公里、南北二百公里的渭河两岸,都建有离宫别馆。渭河以北主要有冀阙、咸阳宫、兰池宫及各具特色的"六国宫殿";渭河以南有举世闻名的阿房宫和甘泉宫、上林苑。咸阳城的宫殿间,波光潋滟的渭河沿街衢穿流。一座宽六丈、长三百八十步的木桥把渭河南北两岸连在一起。这座桥,就是秦始皇心目中天宫里能够跨越银河的"天极阁道"。

这是一座世界上规模和气势独一无二的、没有城墙的巨大帝都。只可惜秦始皇的梦想没有来得及变为现实,随着阿房宫燃起的熊熊大火,短命的大秦帝国便归于崩溃。面对陷入纷争和战乱的咸阳城,浩荡东流的渭水一片茫然。

公元7世纪,渭河北岸和泾河下游南岸夹角地带的台地上,已经隆起了一座又一座巨大的帝王陵寝。那是西周、西汉和其后长安城你方走罢我登场的历代帝王将相们最终的归宿。那么多帝王将自己的陵寝选择在可以聆听渭水涛声,却相对远离渭河水波的北部台塬,只有秦始皇将自己葬在了渭河南岸的骊山脚下。但这一切,都还是长安城将自己繁华巍峨宫阙的身影投向整个世界序曲的开始。

公元618年，大唐大旗在李渊发动的宫廷政变中升起在长安城头。那时的长安城在百废俱兴的隋代整饬修建下，已经重现活力。前面，隋文帝在汉长安城基础上将新建的国都向南迁移，选定在了龙首原南缘依山傍水的台地上。隋文帝当初选择长安城新址，首先考虑的是防水与供水问题。隋朝建立之初的汉长安城，在历经数百年兵燹战乱后，司马相如时代那种八水绕长安的胜景已不复存在。人口的增加，使长安城排水、供水、污水处理，以及水质卤化等问题不堪负载，而忽南忽北，不断改变河道的渭河，更让长安城面临被渭河水淹没的危险。

有一则故事，讲的是迫使隋文帝杨坚迁建长安城的根本原因。《隋唐嘉话》说，面对长安城面临的威胁，隋文帝忧心忡忡。一天晚上，隋文帝梦见滔滔渭水涌入长安城，秦汉帝都一片汪洋。梦醒之后，隋文帝果断做出了在龙首原南缘重建长安城的决定。龙首原南高北低，而且越往南，原面越开阔，地势越高，不仅可以永绝渭河水患，龙首原东面还有灞河、西面是皂河，便于引水入城，解决城里用水问题。

隋文帝营建新长安城的速度惊人。隋文帝杨坚于开皇二年（582年）六月开工建设，第二年三月主体建筑全部完工。但就在隋长安城华丽威严如天宫神殿般崛起的时候，改朝换代的日子来临了：李姓家族接管了已经粗具规模的长安城，成为这座古都的新主人。

大唐盛世是一个襟怀天下的伟大帝国，必然要拥有威仪天下的国都。好在隋文帝的深谋远虑为唐长安城的扩建奠定了基础，龙首原及其周边山环水绕的地理位置，为盛唐都城的拓展留下了足够空间。从唐太宗开创的贞观之治到后来的开元盛世，这座公元7世纪到10世纪世界上最繁华的国际化大都市的建筑、文化、文明都达到了当时的世界顶峰。占地八十四平方公里的长安城郭城、宫城、皇城，城城相连，大明宫、朱雀大街、东市、西市等代表了公元7世纪世界文明顶点的巨型建筑拔地而起。宫阙弥望、金碧辉煌的长安城内，居住着超过百万的居民。他们中有官员、普通百姓和来自世界各地的学者、僧侣、商人。宽达一百五十米的朱雀大街和更多宽度上百米的街道，将城内一百零八个街坊连接起来，面积是后来北京故宫四倍的大明宫里，各国使节你来我往，络绎不绝。

长安城成为公元7世纪到10世纪初期世界第一大都市的时候，用水量也与日俱增。要支撑这样一座大都市，日常饮用、生活起居、城市美化都需要大量水源。街坊和宫廷的生活用水，利用长安城外密如蛛网的河流系统，汲取地下水和井水，正常年景是完全可以解决的。但当时的长安城是一座名副其实的国际化大都市，要保障这座百万人口城市生活的正常运行，不仅要引水进城，还必然要拥有一套科学完善的防涝、防旱和供排水系统。而这一切，在隋长安城规划动工时，早已在设计者的预想之列。

隋长安城设计者在选址上，就充分考虑了利用环绕在长安城四周的渭水、泾水、沣水、涝水、潏水、滈水、浐水、灞水及其附近支流对长安城供水、排水、防洪、防涝、防火的作用。隋开皇三年（583年），即隋长安城动工兴建的第二年，隋文帝就下诏开浚了龙首、永安、清明三条引水渠，分别引浐河、洨水和潏水供给城区用水。开皇四年（584年），隋文帝在西汉漕渠基础上重新开掘了与渭河平行的人工运河。盛唐来临，长安城排供水需求量日益增加，长安城在充分利用龙首渠、永安渠、清明渠的基础上，又于开元年间（713—741年）开浚了从终南山引义峪水进入曲江的黄渠，天宝年间（742—755年）再度开浚从城南引潏河绕城西入漕渠的水利工程。这个时候，以城外四面环绕的八条河水为外围供排水系统，与连接城内的龙首渠、永安渠、清明渠、漕渠、黄渠五条供水渠相互沟通、互为依托的排供水网络形成。接下来，通往兴庆宫、大明宫东内苑、曲江及近百家私家园林亭池林苑、皇家园林的供水工程，以及纵横交织在城内各条大街、连接每个街坊巷道的排供水网络也相继建成。这些密如蛛网的水网、星罗棋布的池塘湖面遍布城内，既可蓄水，又能美化环境，调节气温，还与连接城外的八水五渠相互沟通，旱可引水进城，涝可任意排放城区积水。生活用水、美化用水、城市污水各行其道。一时间，长安城内水网密布，清流环绕，沟渠纵横，湖池水泊，星罗棋布。龙首渠、永安渠、清明渠、漕渠、黄渠上舟楫往来，凝碧池、鱼藻池、蓬莱池、兴庆池鱼翔浅底。为东市和西市运送货物的货运码头——海池上，舟船进出，一派繁忙；巍峨的宫殿、栉比的街坊、高大的城墙和渠塘岸边的翠竹杨柳倒映水面。长安城纵横交织的河汊沟渠之间，画舫游弋，舟楫穿梭，如梦似幻，恍如置身西方的水上都市威尼斯。

　　蜿蜒在长安城内的河流水网，让长安城一天天变得美丽、妖艳、富足的时候，环绕在长安城外的八条河流，也将一座标志着公元7世纪到10世纪前后世界高度文明的大都市的高大巍峨的身影，收藏在了它经久不息的潋滟波光里。

青铜之邦

宝鸡是除天水之外我最熟悉的一座城市。

幼年时知道宝鸡并开始以想象为常常被有些闯州过县经历的老人描述成物产丰饶、粮米之仓的宝鸡画像,是借助语文课上《梁生宝买稻种》里柳青为我们提供的意象:和天水一样,宝鸡是一座有山有水,又一样有一身葱绿的火车沿陇海线呼哧呼哧驶过的西部小城。但到了后来,当有机会从列车车窗瞭望到宝鸡城,再后来一次又一次往来、徜徉、驻足西府大地之后我才发现,宝鸡不仅有浪花翻腾的渭河从城边流过、有逶迤秦岭若即若离、有一望无际的麦田翻卷着滚滚金浪从渭河两岸漫过,被秦岭渭河养大的宝鸡更是南来北往旅人心目中一个温暖宜人的梦乡,一个可供每一个心怀温情的人俯首留恋、沉思静坐的心灵之港。于是十年前,我曾经为当时已经日渐与我精神和情感交往弥深的宝鸡写下了这样的诗句:

早晨的微风/把秦岭上的云/打扫得干干净净/运载爱情的火车/从兰州和郑州的黑夜中/疾驰而来/一扇被渴望的黎明/打开的窗户/在秦岭的阴影中/倾听来自四川的赞美之声//在列车与列车的惜别声中/一片金黄的麦子/把雨后的花朵唤醒/北部是塬/黄土与寂静/让窑洞里的灯光如此暗淡/南边是幸福的丛林/把汉中的流水和四川的姑娘/召唤到我的面前//行色匆匆的秋天/在渭河两岸/留下高粱和玉米/

一群转乘的旅客/在陌生的灯光下徘徊/他迷茫的眼神/让我想起了六月的麦场上/回家的麦粒/阳光和尘埃。

十年前为宝鸡写下如此充满怀恋与忧伤的诗句的时候,我还没有与秦岭相遇。走进宝鸡城,我也还没有如此多的朋友让我感受温暖,与遍地埋藏着金光四射的青铜之光的宝鸡历史文化精神的沟通与交流,也还在等待时光赏予我契机和机缘。即便如此,每次坐火车从南方或者东部进宝鸡,内心就会有一种无限的温暖腾腾升起。不仅仅是我,几乎所有外地归来的天水人都有这样的感觉:即便是睡意蒙眬的深夜,只要列车广播传来"下一站列车将要到达的是宝鸡站"的声音,大家便睡意全无,开始收拾行李床铺,准备下车。仿佛远在渭河另一头的家门已经敞开,灯光温暖的窗户已经晃动着慈母或爱妻手捧热茶的憧憧身影……

天水与宝鸡之间如此不分彼此、兄弟情深的感情,既源于宝鸡与天水同饮渭河水、共靠秦岭山的地缘关系,更因为天水和宝鸡同是秦人故地,我们血管里同样奔涌着秦人热情激荡的鲜血。这种根深蒂固的历史情感,也许才是天水与宝鸡相互之间有着那么多认同感和融合感的根本原因吧?

2004年夏天,我是从南秦岭的汉中境内经太白县进入宝鸡的。那时候的宝鸡已经全然不是梁生宝时代的宝鸡,也绝非20世纪八九十年代我匆匆驻足或者从疾驰而过的列车车厢里所看到的宝鸡城。高楼与商业已经使过去曾经长满稻谷麦菽的渭河南岸成长为一座现代化新城。一路从大散关流下来的清姜河让渭河水变得更加急切流畅,而生机勃勃的秦岭葱绿更让成长与生长中的宝鸡城彰显出一番山水相依、风味别具的韵致。

到达宝鸡的当天下午，我在宝鸡日报符广成副总编和当时还是摄影记者的韩强娃陪同下，参观了酷似一只巨型铜鼎的宝鸡市青铜器博物馆——那是我此生第一次见到数量如此众多、年代如此久远、造型如此精美的青铜器。所以，面对宝鸡青铜器博物馆幽暗神秘灯光下陈列的5万多件出土于宝鸡境内的青铜器，我的情感和记忆立即就返身走进了周原上炉火燃烧，西府大地金光闪烁的周秦时代——那既是宝鸡历史天空最为光彩夺目的时代，也是中国历史真正意义上的文明曙光璀璨升起的时代。

尽管，我丝毫没有贬低华夏大地别的区域远古与古代文明对中华文明做出巨大贡献的意思，但我们同时也不能不正视这样一个历史史实。如果没有崛起于宝鸡周原的周人所创建的西周王朝倡导的礼乐文化，没有西周确立的宗法制度，没有秦人依托西府大地所创建的大秦帝国，中国封建社会的文明进程和文明程度，还会不会如我们现在所看到的这样生生不息、灿烂辉煌呢？

2004年盛夏，我徜徉在宝鸡青铜器博物馆的时候，眉县马家镇5位农民因无意间挖出27件"旷世国宝"级青铜器而与巴金、王蒙同时获得2003年度中国杰出文化人物的新闻余波未平，岐山周公庙附近发现周公大墓的消息又被国内外媒体炒得如火如荼。当时，我虽然没有机会到被看守得连央视记者都无法接近的周公大墓挖掘现场，感受自西府大地上吹奏起礼乐文明之声的周公旦墓葬所标榜的西周文明的辉煌与高度，但从宝鸡青铜器博物馆幽光逼人的青铜之光、从凤翔雍城秦公大墓所蕴含的秦人辽阔高蹈襟怀中，我已经理解了三五十年前曾经和天水一样黯淡、渺小的宝鸡城，之所以能够在这些年展开如此辽阔的襟怀，带着满身犀利夺目的青铜文化光芒快步发展的原因。

一座城市有一座城市的文化传统，一座城市的人也有一座城市人的精神历史。如果要我概括宝鸡的历史与现实精神的话，我觉得青铜的硬度与光芒，是宝鸡文化精神最恰当的喻体。

中国的青铜时代始于夏商，但将中国的青铜文明推向极致的，则是壮大于宝鸡周原的周人；以青铜利器开拓一个民族辽阔未来的，是从天水进入宝鸡，在宝鸡练就了强壮筋骨、锤炼出铁血精神的秦人。

一群赤裸着膀子的汉子出现在遥远的视野。火烈的骄阳炙烤下，他们每个人的皮肤都和眼前堆放的金光灿灿的黄土陶泥有着同样的颜色。这些两三千年前在岐山县凤雏村周人都城岐邑干活的人，是西周青铜器制作工厂的工人。他们是一群有明确分工，掌握了各种娴熟青铜器制作技术的劳动艺术家。这些人被分为制范、冶炼等工序，分工合作，共同完成一件青铜器具。制范工用眼前这些可以用来烧制陶器的黄土泥巴，按照已经设计的各种器物图样和纹饰，制作出鼎、壶、簋、樽等器具陶范，并在陶范内壁饰以花草植物、飞禽猛兽、山水云龙之类装饰图案。制作青铜器的陶范，一般有内范和外范。内范与外范相结合，才能组合成一个可供制作青铜器具的模具。青铜器的装饰图案和纹饰，一般在外范上；如果拥有这器物的王公贵族有特殊要求，以当时流行的钟鼎文为表现形式的铭文，也被一次性制作在陶范上，与青铜器一同诞生。

这是我在《渭河传》里描述当年生活在宝鸡境内的周人锻

造中国历史上青铜文明高峰时代的一段文字。其实，根据这些年在西府大地游走的经历，我发现在公元前10世纪到秦始皇创建大秦帝国之前的近千年时光里，铸造青铜礼器和兵器的熊熊火焰，几乎从未在西府大地上片刻熄灭。炉膛里燃烧的激情，未氧化之前金光灿烂的青铜礼器和兵器，将周秦时代西府大地的天空映得一片金黄，也让两三千年前的华夏大地将惊羡、仰慕、神往的目光投向过去的陈仓、现在的宝鸡。这种发源于西府大地，耀眼如黄金的青铜之光留给宝鸡的，是至今让人能够感受到燃烧烈度的创造激情；留给中国历史的，则是让世界至今引颈仰视的一个民族的庞然背影。

诞生于周原的第一只青铜器，也许是周人向先祖神灵祝祷祈福时使用的礼器。它可能是鼎，也可能是簋，或者樽。但当更多的青铜器皿在宝鸡出现的时候，中国的历史已经进入到了一个崭新的时代——这就是由生活在宝鸡境内的周人一手缔造的以青铜器为载体、以礼乐文明为代表的文化文明时代。虽然到了稳居雍城二三百年的秦人以青铜铸造的兵器开道，将秦国的辚辚战车驶向东方、南方与北方的时候，从燃烧的炉膛里走出来的青铜兵器上面淋漓着汩汩鲜血，但正是这青铜兵器宁折不屈的经历，才造就了中国历史上第一个封建帝国。最早出现于宝鸡出土的青铜器上的"中国"这个词，才以一个完整而强大的国家形态巍然出现在世人视野里。

青铜器的出现，是人类走向新的文明的重要标志。青铜器，这种铜和锡合金铸造的复合制造技术和铸造工艺，在宝鸡境内大放异彩，发展到辉煌巅峰之际，也将中华文明和中国历史带入一个崭新时代。而当青铜兵器与农具被同样最初诞生于宝鸡的铁器所取代的时候，青铜的影响和青铜的光芒不仅并未消失，而是以另外一种形式让古老中国的青铜文明绽放出更加绚丽夺目、亘古不朽的艺术光芒——这就是仍然在西府大地孕育成熟并发展到极致的中国书法艺术之母：钟鼎文。

中国书法史上，最早具备书写艺术的书体是甲骨文、石鼓文和钟鼎文。如果从严格意义上说，甲骨文也许只能算是中国书法孕育发展的母胎，而到了崛起于宝鸡周原的周人在经由青铜器铸造工匠与中国历史上最早的文字书写者合作，将王室贵族对神灵先祖的祝祷、周王室史官或法官对发生于当代的历史或生活事件、典章制度刻写在青铜陶范上，然后投入一年四季昼夜不熄的炉火之中，定型于刚出窑窨时金光闪烁的青铜器皿上时，原本只是用于记事的中国汉字，才从单纯的实用性书写载体破土飞升，成为一种有意味、有形式，具备了审美价值的艺术形式。不仅《毛公鼎》《大盂鼎》《散氏盘》这些中国钟鼎文的开山之作诞生在宝鸡境内，后来崛起壮大于宝鸡境内的秦人承袭刻写于青铜器上的钟鼎金文书风，留诸后世的陈仓石鼓，以及宝鸡青铜器博物馆收藏的琳琅满目的秦代青铜器皿上更趋规范优美的钟鼎铭文，不仅让周秦两代升腾于宝鸡境内的青铜之光绽放出更加迷人的光彩，也将中国文字与中国书法艺术推向了前所未有的辉煌巅峰。

于是，多少年来每每回想起宝鸡，我的内心里就会涌起一种黄金般温暖而激情的光芒。我知道，那是我们的先祖在创造中国历史上青铜文明时代时遗留在宝鸡大地的金属般精神光芒的持续回响。这光芒的内部是那么炽烈、璀璨、坚韧，而长满绿锈的外表在历经了千百年岁月覆盖之后又显得如此凝重内敛——这是青铜的本色与质地，也是宝鸡这座中国历史与现实中的青铜之邦的精神与灵魂。

行走在山水人间
——编选手记

答应王若冰为他编选一本散文集的第二天,也就是酒醒之后,其实我就后悔了。

老王一大早就发来了他几本书的电子版,计有《走进大秦岭》《寻找大秦帝国》《渭河传》《仰望太白山》和《天籁水影》(与安永、周伟合著),洋洋洒洒近100万字。我一下子就懵圈了。虽然在酒场上豪情万丈一口答应,但真要从100万字里精选出20万字,这种不自量力和艰辛程度,瞬间我懂了。

人到中年,更加懂得友情的重量。虽然知道这件事很难,但我还是决定兑现承诺。一是因为老王的信任;二是因为我明白,老王自己做这件事可能比我更难(敝帚自珍,何况是自己十多年历尽艰辛写下的这些心血之作呢?你叫他如何壮士断腕、如何忍痛割爱);还有一点就是,虽然我不是专家,没有资格妄评这些作品的优劣,但至少我可以作为一名熟悉和了解老王的读者,挑选我喜欢和欣赏的篇章。也许对于一个作家来说,读者的评判可能就是最好的评判吧。

好吧。那就先说说老王。

老王——王若冰,新世纪天水文坛的领军人物,三十多年不倒的旗手。没有之一。从最早的20世纪80年代末期、20世纪90年代初期的天水诗坛三剑客(与罗巴、杨春并称),到2000年之后以诗集《巨大的冬天》和一批高质量的诗歌评论享誉诗坛的诗人、诗歌评论家,到近十年来以《走进大秦岭》《渭河传》等散文集声名鹊起、四处游走讲学、宣传秦岭文化的秦岭之子……王若冰完成了从一个文学青年到文化中年,从一个小诗人到大作家,从模糊的自发写作到清醒的自觉写作的蜕变。

我想说的是,王若冰是幸福的。有些人写了一辈子,也始终未能找到自己,也始终在文学之路上徘徊不前。而老王在2004年那个炎热的夏天,从秦岭出发,经由渭河,走上了一条文学的金光大道。十多年来,物是人非,而王若冰始终坚定地走着自己的路。其中的艰辛不易,老王甘苦自知。

我是20世纪90年代初期和王若冰相识的。先是书信往来,之后一见如故,成为最好的哥儿们和朋友。如果我没有记错的话,"老王"这个称呼是我和诗人欣梓首先叫起来的。那时欣梓和我刚刚大学毕业没多久,还属于典型的文学青年,去王若冰家里拜访时(如同江湖上的拜码头,想告诉其时已是天水诗坛老大的王若冰,咱哥儿们从兰州回来了,而且诗也写得不错,您老留点心、注点意等等),我俩不知道该叫什么好。叫王老师好像太生分,太见外;直呼其名又似乎太不尊重,毕竟我们是小辈。在王若冰家黑黢黢的楼门口商量了半天,我俩最终决定:叫"老王",又亲切,又尊重。二十多年过去,如今在天水文学圈,"老王"这一称呼已经如雷贯耳。你称呼王若冰为"老王",这是你身份的象征,说明你们是同道中人,是朋友,是哥儿们,是一个战壕里摸爬滚打的战友和兄弟。

这些年来,我和老王一起度过了难以计数的美好时光。那是共同的经历,那是战斗的友谊,那是同病相怜,那是惺惺相惜……在南郭寺的茶园里,在中心广场的啤酒摊上,在大大小小的餐桌上,在西行或东去的车上,我们喝酒、打牌,我们谈人生、谈理想，偶尔也谈谈让我们爱恨交加、欲罢不能的文学……说偶尔，是因为我从来以为，文学不是用来谈的，而是用来写的。如同老王的秦岭和渭河，是一步一步走出来的，是一个字一个字写出来的，而不是谈出来的。

老王是一个经历过人生苦难和伤痛磨砺的人。他几近绝望的求学之路，他起伏跌宕的人生历程，他对文学近乎偏执的热爱，他经由文学企图对身体的拯救和对心灵的超越，都成为他如今成就的一部分。从哥儿们的角度，我深知老王这些年的劳累和艰辛。在各种身份的夹缝中，在各种杂事的裹挟里，老王一直坚持着他的文学梦想，与我这个逃兵相比，这殊为不易。

说了老王这个人，现在我们来说说老王的这本书。

我用整整两周时间读完了老王的四又三分之一本书（《走进大秦岭》《寻找大秦帝国》《渭河传》《仰望太白山》和《天籁水影》），并对其中的诸多篇章进行了反复阅读。因为这必须是一次负责任的阅读，所以这就注定是一次艰辛的阅读。面对老王用脚步和心血完成的这100万字，我必须认真、细心，才能做到不眼花、不盲目、不遗漏、不辜负。虽然我是以一个读者的身份去读这些作品的，但我深知，我不是一个普通的读者，我不能走马观花，我必须对老王负责，也对自己负责。

从我个人的视角来看，我觉得《走进大秦岭》和《渭河传》是老王更为成熟的作品，或者说是我个人比较偏爱的作品，所以选了相对较多的文章进来。我喜欢那种有生活、有经历、有思考、有情感的个人化作品，用一个词来表述，我喜欢那种"有温度"的写作。多少人写着写着把文学玩成了技巧，弄成了手艺；多少人写着写着丢失了自己和情感，只剩下他人和资料……而老王的大部分作品，是有温度、有情感的个人化写作。

注意，我说的是个人化写作，而非个性化写作。老王的这几本书从文本层面来说，可以归结为文化散文。而在我看来，文化散文的创作早已去个性化，千人一面，成为一种套路和模式。老王的可贵之处在于，在个性很难凸显和张扬的时代，他在自己的作品中融入了更丰富更浓郁的个人色彩。他喜欢行走的感觉，他偏爱厚重的题材，他追求宏大的叙事，他擅长在漫长幽深、纵横交错的历史时空中挥洒自己的情感，做出自己的判断……所以从本质上说，老王一直是个诗人。他始终秉持一颗诗人的赤子之心，以悲天悯人的情怀，关注他遇到的人，他经历的事，他走过的路。所以他的作品就是个人化的，是他自己——是王若冰——而不是别的任何人。

老王是一个心中有故乡的人。在他的作品中，总会时不时地、情不自禁地提到自己的家乡--街子古镇，一个他出生和成长，并给了他人生巨大影响的小山村。这是一个情结。我去过老王的家乡，在冬天，那是一个让人迎风流泪、欲诉无言的地方。我想我大致懂得老王的心境。故乡给了他亲情和温暖，也让他深深体味了人生的伤痛和苍凉。故乡如同一根刺，多少年来，钉着老王的心，让他时有呼吸的痛感。他渴望走出去，他渴望看到外面的世界，他渴望在精神层面上找到更为阔大的故乡。所以才有了他一个人的秦岭，有了他的微信名：秦岭之子。行走在山水人间，他把秦岭当作了自己精神的故乡。

拉拉杂杂说了这么多，我知道，是该结束的时候了。

愿我们都能像老王一样，诗意地行走在这山水人间；愿文学能带着我们去远方，找到我们的精神故乡。

刘 晋

2016年4月

后记

早就想出一本散文选本，没有想到机会来得这么快。

去年年初，敦煌文艺出版社要我选编一本散文集准备列入甘肃文化"标志性建筑"——《陇原当代文学典藏》系列，这于我自然是一个难得的机会。

20世纪八九十年代写诗的时候，读散文、写散文，于我也是一种常修功课。进入新世纪，由于2004年盛夏的秦岭之行，便与自然山水——尤其是秦岭山水结下不解情缘，十多年乐此不疲。这些年忙于人间琐事，不胜其烦，但一有机会，我依然情不自禁地孤身一人钻进深山林海、投身大河小溪婉转奔流的山乡村野，走读山水，已然成为我抵御喧闹俗世的本能，既沉迷其中，也乐在其中。这就成全了近十几年来我以自然山水为言说对象的行走式写作，最终促成包括《走进大秦岭》《寻找大秦帝国》《渭河传》《仰望太白山》和《走读汉江》等长篇系列散文的诞生。对于这个系列，我煞费苦心，也情有独钟，且常常既感怀于自然山川之灵秀，更沉醉于隐含于山水自然之间人文精神之丰厚迷人，便将这些在山川自然精神引领下完成的作品，名之为"大秦岭系列"。

山水文化是中国文化根源所在。尽管身处这个喧闹不堪的时代，品行再高古的人也做不了忘情山水、不知蜀汉的隐士高人，但于滚滚俗尘中抽出一点时间，带上灵魂和肉体，投入奇山秀水，做一次与山川自然物我相融的交流，倒也不是什么难事。不过于我来说，十余年持续不断的行走与写作，则不是冲动一时的豪情壮游。正如2004年进入秦岭后大秦岭绮丽多姿的自然山水、湮没其间的历史文化精神，迫使已经做好对秦岭山区的闭塞、落后进行声讨挞伐准备的我一夜之间变成大秦岭的歌唱者一样，愈是与亘古荒寂的大地山川交往久了、感情投入深了，我就愈明确地感觉到，自然山水也是有灵魂、有感情的。我对自然山水的沉迷，既深受自然万物与生俱来的灵性诱惑，更渴望从一山一水、一草一木秘而不宣的生存状态中体悟人间万物的生命秘密。更多的时候，我梦想在与大自然心智交融的交往中获得一种通天绝地的神力，用自己沾满一个民族文化萃英的脚步，唤醒正在被滚滚而来的现代文明阴霾无情吞噬的历史记忆。为此，我在《渭河传》自序里这样写道："对于一位以大地山川为写作对象的写作者来说，没有与大自然身心相融的交流，你就永远无法理解天地有大美而不言的状态后面山川大地所暗含的精神情感，也无法真切地表达一颗孤寂沉默的心灵面对一山一水之际的真实感受。因为自然的伟大远远胜过了神灵、才华、知识的启示。"

这本集子中的作品，绝大部分选自还在陆续出版中的"大秦岭系列"，少量选自早年与安永、周伟合著的历史文化散文集《天籁水影》和零星发表的单篇散文。其中几乎所有文章都与山河大地有关，即便写人写事，我也试图探询一方山水映衬之下的世事沧桑、人文源流、个体感悟，所以取名《走笔山河》。

这本集子是我和刘晋共同选编的。刘晋是我多年来亲如兄弟的好朋友。尽管我深知碍于情面，他对我的评价多有溢美之词，但作为兄弟，这份情谊，我很高兴领用。最后，我还要向帮我校对这本书的我的同事马文静、霍立红表示深深的谢意。

2017年1月3日于天水